까마귀 서점

까마귀 서점

박산윤 소설집

도화

차례

까마귀 서점

길 대리가 책을 읽고 있다. 아침 안개 때문에 모든 사물이 흐릿하게 보인다. 전봇대에 앉은 까마귀가 서점 안을 들여다보며 누구와 대화라도 나누듯 계속 중얼거렸다. 나는 창가에 서서 눈으로 까마귀를 좇는다. 아마도 통유리창에 비친 자신의 모습을 또 다른 친구쯤으로 생각하는가 싶어 재미있었다. 까마귀가 전봇대에서 내려와 그가 종이박스로 마련해준 먹이통에서 낱알을 쪼다가 통유리창 앞까지 다가오더니 부리로 유리를 두드린다. 까마귀를 따라다니던 나의 눈에 그의 뒷모습이 들어왔다. 벽면에 비스듬히 기대어 서 있는, 15도 정도 숙여진 상체가 흡사 막 내려앉아 날개를 접은 까마귀 같았다. 좀 전의 까마귀가 실내에 들어온 것인가 하고 나는 실없이 웃었다. 책장 넘기는 소리가 들린다. 금붕어들에게 먹이를 주다가 그를 다시 한번 힐긋 돌아봤다. 금붕어 두 마리

중, 한 마리는 수초 속에 숨어있고, 다른 한 마리는 온몸으로 수초를 헤치고 있었다.

배달원이 출입문을 열고 들어오면서 식사요, 하고 외친다. 배달원의 필요 이상 높은 목소리에도 그는 꿈쩍을 하지 않는다. 배달원이 자장면 그릇을 테이블 위에 올려놓고 사라진다. 그릇에 씌워진 비닐랩을 벗기며 길 대리를 불렀다. 그제야 그가 테이블로 다가온다. 나는 자장면을 비비며 그에게 물었다.

"책 좋아하시나 봐요? 무슨 책 읽었어요?"

"시집요."

그가 짧게 대답하고 자장면을 비벼 묵묵히 입으로 가져간다. 속으로 '시를' 하며 놀랐다. 그날 이후, 나는 시를 읽고 있는 그의 뒷모습을 수시로 훔쳐봤다.

길 대리와 얼굴을 마주보고 앉는 시간은 하루 중에 점심식사 시간이 전부이다. 그 외에 그와 가까운 거리에서 함께 할 수 있는 시간은 때때로 학생용 참고서나 문제집 도매점에서 책 배송이 올 때였다. 그가 책 박스를 풀어 서가에 책을 꽂을 때, 나는 옆에서 그에게 책을 집어 올려줬다. 그는 서가에 책을 꽂으면서 꼭 수학아 네 자리다, 물리야 네 자리다, 하며 책의 이름을 부르고 자리를 확인했다. 그래서 나도 책을 집어 올리면서 국어요, 영어요하고 장단을 맞췄다. 그 순간만큼은 두 사람이 돌림노래를 부르듯 호흡이 맞았다. 그런 일도 없는 날은 하루의 대부분을 나는 카운터에서, 길 대리는 서가 쪽에서 각기 다른 방향으로 시선을 두고 지냈다.

고등학생 한 무리가 들어왔다. 이름표의 색깔로 봤을 때 2학년 학생들이었다. 재잘대던 아이들 중의 한 명이 길 대리를 올려다보고 도플갱어야. 완전 똑 같아, 했다. 그 말을 들은 옆의 학생이 또 다른 아이를 쿡쿡 찌른다. 학생들의 눈길이 일제히 길 대리에게로 쏠린다. 길 대리는 서가에 붙어 서서 책을 찾고 있는 중이었다. 학생들이 책값을 계산하고 나가면서 재미있다는 듯 길 대리를 다시 돌아본다.

4월이 되자 꽃샘추위가 지나가고 벚나무의 꽃망울이 터진다. 붐비던 학생들의 발길도 뜸하다. 바람살이 한결 부드럽다. 조금 열어둔 출입문의 틈을 비집고 들어온 바람이 걷어 올린 블라인드의 줄을 흔든다. 점심을 먹고 나니, 바람에 줄이 흔들리는 소리조차 성가실 정도로 한가롭다. 눈꺼풀이 저절로 내려앉는다. 길 대리는 변함없이 벽면에 기대어 서서 시 읽기에 빠져있다.

졸음을 쫓을 겸 화분을 손질하기로 했다. 메인 도로 건너편에 있는 꽃집에서 부엽토와 모래흙을 사다가 분갈이를 시작했다. 아버지가 키우던 화분들이다. 서점을 이어받고 한쪽 구석에 가구처럼 놓여있던 화분들을 아버지의 집으로 실어다주기 번거로워서 그대로 관리하고 있었다. 화분의 식물들이 대부분 말라죽고, 지금까지 살아있는 것은 춘란분 세 개와 협죽도와 관음죽, 산세베리아, 그리고 다육이 종류 몇 개뿐이었다. 사람들이 귀찮아하면서도 꾸역꾸역 명절날을 챙기며 무언가를 치렀다고 생각하는 것처럼, 해마다 봄이 되면 아버지가 하던 대로 분갈이를 해주는 것이 나의 몫이었다.

축축한 모래흙 속에서 다슬기 한 마리를 발견했다. 껍데기가 짙은 갈색을 띠는 것이 예쁘다. 버리기 아까워 다슬기를 어항에 넣어두고 다시 밖으로 나왔다. 그때 나와 엇갈리며 고등학생 한 명이 서점 안으로 들어갔다. 서점 안으로 걸음을 옮겨놓는 학생의 뒷모습이 벽면에 기대 서 있는 길 대리의 뒷모습과 많이 닮았다. 둘 다 왜소한 체형에 목이 유난히 길고, 어깨가 목 쪽으로 솟아올라있다. 양쪽 어깨와 목의 형상이 좀 더 과장해서 표현하자면 뫼산자를 연상시킨다. 학생이 들어오는 것을 보고 길 대리가 읽고 있던 시집을 덮고 학생을 향해 마주 걸어 나온다. 나는 분갈이 하던 손을 멈추고 두 사람을 주시했다. 두 사람은 이목구비뿐만 아니라, 골격과 분위기까지 같은 금형에서 찍어낸 것 같다. 길 대리와 마주보고 선 학생이 쭈뼛거리며 말을 한다. 말을 주고받는 두 사람의 턱 근육 움직임까지 닮았다.

고무장갑을 벗고 물뿌리개를 들고 서점 안으로 들어갔다. 싱크대로 다가가서 물을 받으며 귀를 기울였다. 주눅이 들어있는 학생의 말소리가 들렸다. 반 아이들이 서점에 저의 도플갱어가 산다고 놀려요. 궁금하기도 했지만, 아버지가 안 계셔 혹시 하는 마음으로 확인을 하고 싶었어요. 학생의 말을 듣고 있는 길 대리 얼굴에 긴장감이 돈다. 목덜미까지 붉다. 그의 시선이 재빨리 학생 이름표에 가서 멈춘다. 학생 이름이 윤지우이다. 길 대리가 떨리는 음성으로 학생의 성이 윤 씨가 맞느냐고 거듭 확인하며 가슴이 맞닿을 정도로 바짝 다가선다. 윤지우가 겁먹은 표정으로 한발 물러서며 길 대리를 바라본다. 그때 점심시간이 끝나고 수업 시작을 알리는 벨소리가 들렸다. 지우가 길 대리에게 인사를 하고 서둘러 뛰어나간다. 통유리창을 통해 지우가 교문 안으로 달려 들어가는 모습을 바라보던 길 대리가 뛰쳐나간다. 그가 교문을 통과하려는데 수위실 창구 문이 열리며 수위가 그를 불러 세운다. 수위에게 제지를 당한 그는 교사校舍 안쪽으로 사라지는 지우의 뒷모습을 우두커니 바라보고 섰다. 수위도 밖으로 나와 길 대리가 보고 있는 방향을 같이 바라본다. 텅 빈 운동장의 벤치에 누군가 빠뜨리고 간 프린트물을 바람이 공중으로 날린다. 수위가 고개를 돌려 길 대리를 의심스런 눈초리로 살핀다. 운동장에서 춤을 추던 바람이 길 대리의 덥수룩한 머리칼을 마구 헝클어 놓는다. 길 대리를 모르는 사람이 보면 영락없이 오래 병을 앓고 있는 환자의 모습이다. 수위가 그의 검은색 일색인 아래위 차림새를 한 번 더 훑어보고 수위실로 들어가 창구 문을 닫는다.

윤지우가 다녀간 후에도 그는 여전히 시를 읽고 있다. 어두운 벽면에 기대어 서서 책장 넘기는 소리만 내는 그의 굽은 등을 바라보며, 전봇대에 앉았던 까마귀가 훌쩍 날아가 버리듯 갑자기 내일이라도 출근을 하지 않겠다고 할 것 같은 생각이 들었다. 그가 너무 빨리 그만 두면 큰일이다. 비록 서점의 규모가 작지만 내가 어렸을 때부터 아버지가 해 오던 것이다. 아버지가 허리디스크 수술을 한 후, 서점 일에서 손을 떼고 나 혼자서 운영을 하게 되자 남자직원이 필요할 때가 있었다. 길 대리가 출근을 하지 않는 사태가 생기면 새로 직원을 채용할 동안 아버지를 모셔올 수밖에 없다. 하지만 나는 아버지가 서점 운영에 다시 관여하는 것을 원하지 않았다.

아침에 길 대리가 출입문을 활짝 열어놓고 바닥 물청소를 하고 있었다. 먹이통에서 낱알을 쪼아 먹던 까마귀가 열어놓은 출입구로 머리를 들이민다. 그에 대해 선불리 예단한 것이 미안해서 점심시간에 특식을 시켰다. 매일 먹는 중화반점의 짬뽕 자장면이 아니라 가정식한식당에 주문을 했다. 길 대리의 출근 시간이 빨라 아침을 먹지 않고 출근할 가능성이 높았다. 서점은 남자 중고등학교 담장 옆에 붙어있었다. 점심시간을 이용해 학생들이 책을 사러 나오기 때문에 서점에서는 학생들 등교시간보다 1시간 일찍 출근을 하고, 점심시간도 1시간 빨랐다.

청국장찌개까지 포함해 먹음직스럽게 차려진 점심상 앞에서 그가 어떤 반응을 보일지 궁금했다. 나는 식사의 시작부터 끝까지 그를 세심하게 관찰했다. 기대와 달리 그는 나의 이런저런 물음에 간략하게 대답을 하며 무덤덤하게 숟가락질만 하였다. 그의 정체가 더 한층 흥미롭다. 인스턴트커피가 담긴 종이컵을 그의 앞에 놓아주며 물었다.

"길 대리님, 물어봐도 될지 모르겠지만, 어제 온 지우 학생 어떻게 생각하세요?"

"그러게요."

그의 대답이 김빠진 맥주 같다. 참 재미없게 말한다. 청국장을 떠먹는 그를 바라봤다. 말을 하기 싫어하는 사람이라는 생각이 든다. 아예 대화를 나눌 의사가 없어 보인다. 사람을 밀어내는 듯한 어조다. 더 깊게 들어가면 안 될 것 같은 벽이 느껴진다. 나는 그가 어떤 벽을 가졌는지 모르지만, 대화를 외면한다는 것을 감지할 수 있었다. 윤지우와 외모가 많이 닮긴 했지만, 궁금한 것을 뒤로 미루고 그와의 티타임까지 끝냈다. 나는 어항 속 금붕어들에게 먹이를 줬다. 모두 빨간색이다.

점심 식사 후, 그는 새로 나온 홍보용 문제집을 챙겨 교사들에게 배포하려고 고등학교 교무실로 외근을 나갔다. 그가 읽던 시집의 표지를 확인했다. 김현승의 시집이다. 나는 서가에 나란히 꽂힌 김현승의 다른 시집을 빼서 자리로 들고 와서 읽었다.

외근을 하고 돌아오는 그의 품에 새끼고양이 한 마리가 안겨있었다. 검은색 바탕에 흰색이 섞인 수면양말 한 짝을 안고 있는 것 같았다. 내가 놀라서 웬 고양이에요? 죽은 것 같은데, 했다. 그는 대답을 하지 않고 품에 안고 있는 고양이만 쓰다듬는다. 그런 그의 손등에 상처가 나 있다. 무언가에 찢겼는지 핏방울이 맺혔다. 길 대리가 한참 동안 몸을 문지르자 죽은 듯이 늘어져있던 고양이가 눈을 뜬다. 그가 냉장고에서 우유를 꺼내 은박지 접시에 부어 고양이 앞에 갖다 댔다. 고양이가 우유를 보고도 일어서질 못한다. 그가 고양이의 머리를 우유가 담긴 접시 위에 올려놓았다. 고양이가 냄새를 맡았는지 드러누운 채 목을 비틀어 혓바닥을 쭉 빼더니 허겁지겁 우유를 핥는다. 몇 번 더 부어준 우유를 다 먹은 고양이 눈에 그제야 두려움의 빛이 돋아난다. 고양이가 머리를 들고 주위를 두리번거리는 것을 확인한 후, 그가 싱크대로 가서 손을 씻었다.

길 대리는 출퇴근을 할 때 고양이를 데리고 다녔다. 그가 시를 읽으면 고양이는 그의 어깨 경사도에 따라 비스듬히 배를 붙이고 누워 세상에서 가장 행복한 표정으로 졸았다. 재밌는 것은 서점에 문제집을 사러온 학생들이 고양이를 쓰다듬으려고 하면 그가 단호한 목소리로 손도 못 대게 하였다. 게다가 고양이가 잠시도 길 대리에게서 떨어지지 않으려고 했다. 그가 외근을 나가면 돌아올 때까지 울어댔다. 길 대리님, 고양이 집에 두고 오세요. 너무 시끄러워서. 내가 그에게 말을 한 다음날은 길 대리가 혼자서 출근을 하였다. 그런데 그 다음날 다시 고양이와 함께 출근을 한 길 대리가, 얘가 분리불안증이 심해서. 다른 고양이들에게 위협 당하지 않고 혼자서 살아갈 정도로 자라면 원래 있었던 곳으로 돌려보낼 거예요. 양해를 구하며 묻지도 않은 말까지 덧붙였다. 사실, 그가 외근을 나가고 없으면 나는 출입문을 조금 열어놓았다. 은근히 사라져버리길 바라며 간식을 들고 고양이를 서점 밖으로 유인해보기도 했다.

매일 아침 정신이 하나도 없었다. 학생들이 스스로 책을 찾느라 판매대며 서가가 난장판이 됐다. 참다못한 나는 몇 번이나 길 대리에게 주의를 줬다. 하지만 그는 나의 말에 아랑곳하지 않고 작동을 멈춘 로봇처럼 통유리창 앞에 서서 교문 쪽만 지켜봤다. 윤지우가 다녀간 후, 길 대리는 등하교 시간에 서점 안으로 들어오는 학생들에게는 아예 관심이 없었다. 고양이가 구부정하게 서 있는 그의 허리에서 출발하여 어깨까지 오르락내리락하고, 길 대리와 고양이를 구경하는 학생들의 깔깔거림, 고양이의 무한 반복될 것 같은 울음소리. 그는 시끌벅적한 소음에도 꿈쩍하지 않았다. 고집부리는 아이 같았다. 아니 무엇에 홀린 사람 같다. 그의 뒤 꼭지에 후광처럼 간절함이 서리었다. 나는 그의 등 뒤로 몇 번이나 다가서다가 돌아섰다. 무엇 때문인지, 오히려 그의 집중력을 흐트러뜨릴까봐 숨을 참으며 발끝으로 뒷걸음질쳤다.

학생들의 등교시간이 끝나서야 길 대리가 판매대며 서가를 정리했다. 서가를 정리하느라 길 대리의 움직임이 커지면 고양이가 그의 몸에서 뛰어내린다. 고양이가 길 대리 어깨 다음으로 좋아하는 곳이 어항이다. 고양이가 앞발을 들어 어항을 톡톡 친다. 금붕어가 고양이에게로 다가간다. 고양이와 금붕어가 어항 벽을 사이에 두고 입을 맞춘다. 교도소의 면회실에서 수감자와 면회자의 만남만큼이나 애틋한 모습이다. 고양이는 금붕어와 입맞춤을 하면서도 금붕어가 물위로 떠오르는 것을 노린다. 나는 고양이를 경계한다. 얼마 전에 물위로 머리를 내밀고 아가미를 벌름거리던 금붕어 한 마리를 먹어치워 새로 사다 넣었다. 서가를 정리하는 길 대리에게 지우와 많이 닮았다고 얘기해주려다 관뒀다. 섣불리 아는 척하기 조심스러웠다. 먼저 말을 걸지 않으면 그는 거의 말을 하지 않았다. 좁은 공간에서 매일 함께 일을 하고, 함께 밥을 먹었지만 늘 검은 그림자와 함께 있는 기분이다.

서가 정리를 끝낸 그가 고양이에게 우유를 먹였다. 나는 컴퓨터 화면에 입출고 대장을 열어놓고 재고정리를 하고, 그는 그의 자리에 서서 시집을 읽는다. 고양이가 심심한지 야옹거리자 그가 외투 주머니에서 간식을 꺼내 입에 넣어준다. 점심으로 돼지국밥을 먹었다. 나른하게 오후가 지나가는듯했다. 나른함을 깨뜨리는 전화벨소리가 울린다. 고등학교에서 문제집을 찾는 교사가 있었다. 길 대리가 교무실로 외근을 나갔다.

출판사에 문제집 재고를 반품하고 새로운 문제집을 주문하고 있는데, 유선전화기가 울렸다. 학교 뒤쪽에 있는 파출소였다. 길 대리가 서점에서 근무를 하는 것이 맞느냐고 묻는다. 송수화기를 목에 끼고 빠르게 숫자들을 입력하면서 나는 떨떠름하게 왜냐고 물었다. 길 대리가 근무를 하는 것이 맞는지 확인을 해야 한다며, 지금 파출소로 방문해달라고 했다.

길 대리가 경찰관 앞에 앉아있었다. 내가 다가서자 경찰이 서류를 내밀며 읽어보고 사인을 하라고 한다. 내가 길 대리의 신분을 보증한다는 내용이다. 대충 읽고 사인을 하자 경찰이 그에게 돌아가도 좋다는 말을 했다. 그런데 그가 입고 있는 외투의 겨드랑이 솔기가 터지고 흙먼지투성이다. 눈살을 찌푸리고 아래위를 훑어봐도 그는 나의 시선을 모른척했다. 재고 반품을 하느라 스트레스를 받고 있던 차에 길 대리 때문에 경찰서까지 불려왔다는 것에 화가 났다. 그의 지저분한 꼬락서니가 보기 싫어 출입문을 열고 앞서 나와 버렸다. 그가 서점 안으로 들어서자 고양이가 숨어서 울다가 그의 종아리에 달라붙는다. 그가 고양이를 들어 올려 이마에 뽀뽀를 한 후, 잠시 나갔다오겠다며 출입문을 열고 도로 나간다. 그를 뒤쫓아 가던 고양이가 문에 부딪혀 날카로운 소리를 내지른다. 나는 저 시끄러운 것을 데리고 제발 나가 버려, 하고 그의 뒤통수에 대고 쏘아붙였다.

그가 새 외투를 입고 들어왔다. 나는 불쾌한 표정으로 그를 힐긋 훑어보고 고개를 돌려버렸다. 천장과 서가 사이 작은 틈새에 숨어서 울던 고양이가 그의 어깨위로 뛰어내렸다. 순간 그가 눈썹을 잔뜩 찡그린다. 나는 터져 나오려는 웃음을 겨우 참았다. 그는 파출소 사건에 대해 아무 말도 하지 않았다. 고양이를 어깨에 태운 채 그의 자리로 가서 시집을 집어 든다.

고등학생들의 하교시간이 되자 어김없이 길 대리가 통유리창 앞에 섰다. 야간자율학습이 시작되어 학생들이 교문 밖으로 나오지 않는데도 그가 어두워져가는 교문을 초병처럼 지켜본다. 날개를 접은 까마귀같이 어두운 벽면에 붙어 서 있던 길 대리가 갑자기 출입문을 향해 빠르게 걸어간다. 고양이가 뛰어가고, 나의 눈이 그를 좇는다. 윤지우가 서점의 출입문을 향해 다가왔다. 두 사람이 출입문 앞에서 마주보고 멈춰 선다. 길 대리가 출입문을 자기 앞으로 당기고, 그 사이로 지우가 들어온다. 지우의 눈길이 오직 길 대리에게만 가서 꽂힌다. 지우를 맞이하는 길 대리의 표정은 의외로 첫날보다는 많이 차분하다. 나는 웃으며 지우에게 소파에 가서 앉으라하고 서점을 빠져나왔다. 서점을 나와 꽃집으로 향했다. 꽃집에서 다육이 화분을 구경하며 서점 쪽을 살폈다.

시간이 20분 정도 흐른 후, 서점으로 돌아왔을 때 길 대리와 지우가 심각한 표정으로 함께 돌아봤다. 두 사람 모두 얼굴이 상기되어있었다. 나는 문제집 몇 권을 종이봉투에 담아 지우에게 내밀었다. 뚱그런 눈으로 쳐다보는 지우에게 나는 공부 열심히 해, 하며 웃었다. 지우가 소파에서 일어서며 시선을 길 대리에게서 떼지 않는다. 생각에 잠긴 표정으로 길 대리도 따라 일어난다. 두 사람이 나란히 서점을 나섰다. 지우가 교문 안으로 들어가는 것을 보고 돌아온 길 대리가 말없이 블라인드를 내리고 퇴근 준비를 한다. 나는 카운터를 정리하면서 그의 뒷모습을 흘끔거렸다.

길 대리가 출근을 하지 않았다. 전화도 받지 않고 카톡 대화창에 숫자 1도 지워지지 않았다. 길 대리의 급여를 정산해서 입금하는 것으로 끝내버릴까 생각했지만, 쉽사리 결정을 내리지 못했다. 망설이는 동안 며칠이 지났다. 그에게 한 번 만나자고 다시 카톡 메시지를 보냈지만 역시 답이 없었다.

남자직원 채용안내문을 유리창에 붙이고 있는데, 한 남자가 서점 안으로 들어왔다. 나는 벌써하며 그 남자를 발끝에서 머리끝까지 훑어봤다. 남자가 길 대리를 찾는다.

"며칠 전에 제가 중학생 자전거를 훔치려고 하다가 길 씨와 몸싸움 벌였어요. 그 학생 신고로 우리 둘 다 파출소로 연행되었고, 파출소에서 풀려날 때 길 씨가 자전거 살 돈을 보내주겠다며 내 계좌번호 물었어요. 처음에는 사기꾼인가 싶었죠. 별로 믿기지 않았지만, 통장을 통째로 넘기는 것도 아니고 해서, 여기 사장님 보고 믿어보기로 했죠. 계좌번호 알려줬더니, 깜짝 놀랐어요. 그날, 돈 오백만 원이 바로 입금됐어요."

남자의 표정이 거짓말을 하는 것 같지 않았다.

"길 대리, 일 그만뒀어요."

남자의 얼굴에 실망하는 빛이 역력하다.

"아, 그래요. 혹시라도 길 대리님과 연락 닿으면 그 돈으로 중고 오토바이 사서 시장에서 배달 일 하게 됐다고. 감사의 말씀 좀 전해주세요."

남자가 돌아간 후, 일이 손에 잡히지 않았다. 전봇대에 앉아있던 까마귀가 먹이통에 내려앉았다가 다시 날아오른다. 길 대리가 나오지 않으면서 먹이통이 비었다. 내가 낱알 봉지를 찾고 있는데, 지우가 출입문을 열고 들어왔다. 뛰어왔는지 숨을 고르며 서점 안을 둘러보는 그의 눈빛이 어두워진다. 나는 그에게 먼저 소파에 앉게 했다. 유리창에 붙여둔 채용안내문을 지우가 못 봤기를 바라며, 마음속으로 너무 성급한 것이 아니었나하고 나 자신을 나무랐다. 나는 팩에 든 주스를 지우 앞에 가져다 놓고 맞은편에 앉았다. 그에게 주스를 마시라고 권하며 사실대로 말을 해줄까 아니면 거짓말로 둘러 될까 속으로 고민을 했다. 지우가 먼저 입을 열었다.

"아저씬 그만 두셨어요?"

나는 곧바로 대답을 하지 못하고 잠시 머뭇거리다 거짓말로 둘러댔다.

"아니야. 외근 나갔어. 아마 그곳에서 바로 퇴근할거야. 아저씬 왜 찾니?"

잘 하고 있는지 판단이 서지 않았지만, 시치미를 뚝 떼고 되물었다. 카톡 대화창에 여전히 숫자 1이 사라지지 않고 있는 것에 생각이 미치자 까닭 없이 그가 밉다. 까마귀 같은 인간. 내가 생각에 빠져있는 사이 지우가 일어나며 인사를 한다. 나는 마음이 급한 나머지 그에게 뜬금없는 말을 해버렸다.

"내일은 출근하실 거야. 내일 다시 올래. 아니면 전화번호 주면 내가 전달해줄게."

내가 내미는 포스트잇에 지우가 전화번호를 적는다. 그러고 얼굴이 살짝 붉어지더니, 만나고 싶어요, 라고 덧붙여 쓴다. 생각 때문인지, 지우의 눈이 붉게 충혈되어 보인다. 걸어 나가는 그를 불렀다. 지우가 출입문을 밀면서 나를 돌아본다. 나는 손을 흔들면서 나의 말을 믿어도 된다는 듯 잇몸을 다 드러내고 웃었다.

지우를 보낸 후에 길 대리에게 전화를 걸었지만 받지 않는다. 음성사서함에 메시지를 남겼다. 길 대리가 오지 않으면 주소지로 직접 찾아가겠다고 말하고 끊었다. 그러고도 이틀이나 더 지난 후, 길 대리를 만났다. 그의 답글도 늦게 달렸지만, 나 또한 길 대리를 선뜻 찾아가기가 망설여졌었다.

서점에서 세 블록 정도 떨어진 전통시장 안에 있는 돼지국밥전

문식당에서 그를 만났다. 점심메뉴로 몇 번 주문해 먹었는데, 그가 맛있다고 했던 것이 기억나서다. 저녁식사를 하고 근처의 소줏집으로 갔다. 그가 연거푸 소주잔을 비운다. 그의 표정을 살피며, 그가 스스로 터지기를 기다렸다. 그렇지만 또 한편으로는 이런 자리가 부담스럽다. 뭔가를 터트릴 것 같은 사람 앞에 앉아있다는 것에 멀미가 났다. 차라리 길 대리가 그냥 일어서자고 하길 바랐다. 내가 한 잔을 마실 동안 혼자서 소주 한 병을 다 비운 그가 나를 빤히 바라본다. 나는 술잔을 입에 갖다 대며 그의 눈길을 피했다. 그가 입을 열었다.

지갑이 텅 비어있었다. 기숙사 룸메이트들이 야식을 시켰다. 그는 1학년 후배에게 눈치가 보였고, 3학년 선배의 무시하는 듯한 태도도 싫었다. 벌레가 된 기분이 들어 기숙사 방을 나와서 운동장으로 갔다. 어두운 스탠드에 앉아 앞이 보이지 않는 허공을 바라보며 담배를 피웠다. 각각 다른 사람과 재혼을 한 어머니, 아버지를 생각했다. 그는 담배 두 개비를 연거푸 피우고 난 후, 어둠을 향해 침을 뱉고 기숙사 퇴사를 결심했다. 지하층이지만 숙소가 제공되는 PC방에서 남들이 꺼리는 밤 10시부터 새벽 4시 타임 일을 하며 고등학교를 졸업했다. 그 후에도 그는 PC방 아르바이트에서 벗어나지를 못했다. 고졸인 그에게는 가장 좋은 일자리였다. 쉽게 떼돈을 벌수 있다는 말에 불법 도박게임 사이트 운영에 가담했다가 교도소까지 갔다. 그가 교도소에 갇혀있는 동안 여자 친구가 임신을 한 상태로 다른 남자와 결혼을 해버렸고. 출소를 한 후에야 그녀의 결혼 소식을 들었다.

그가 말을 해놓고 희미하게 웃는다. 가파른 산을 오른 듯 숨을 몰아쉬더니,

"제가 다닐 때는 사장님의 아버님이 서점 주인이었어요. 그때 본 문고판 시집들이 여전히 그 자리에 꽂혀있더군요. 고등학교 때 문예반이었거든요. 제가 지금 읽고 있는 문고판 시집이 그때 훔치다가 사장님께 들킨 책이에요. 읽기 위해서라기보다 충동적이었죠. 눈에 보이는 것은 무엇이든 훔치고 깨부수고 망가뜨리고 싶었으니까요. 사장님이 시를 읽고 싶으면 언제든지 오라며, 오히려 문제집을 주셨어요. 필요할 거라면서. 교사용으로 나오는 비매품이었지만 너무 고마웠죠. 아이들이 교사용 문제집을 부러워했거든요. 우쭐했죠. 고등학교를 졸업할 때까지 문제집을 챙겨주셨어요. 나중에는 제 사정을 아시고 PC방 알바자리도 구해주시고, 고깃집에도 가끔씩 데려가 주셨고요. 그동안 먹고 사느라고 찾아뵙지는 못 했지만 항상 생각하며 살았어요. 저 보고 까마귀 같다고 했죠. 그럴지도 몰라요. 김현승 시인님은 마른 나뭇가지 위의 까마귀같이, 라고 고상하게 썼지만."

나도 모르게 상체를 그에게로 기울여 다가앉았다. 그가 상체를 뒤로 빼서 등받이에 붙이고 팔짱을 낀다. 나는 갑자기 할 말이 많

아졌지만, 겨우 윤지우에 대해 물었다.

"길 대리님, 지우 학생에 대해 좀 생각해 봤어요?"

그가 새 병을 따 자기 잔에 스스로 따라서 마신다. 두 잔을 연거푸 마시더니 눈을 거슴츠레하게 뜨고, 딸꾹질과 믹싱이 된 이상한 소리를 낸다. 그의 딸꾹질이 멈추질 않는다. 한참 동안 실랑이 끝에 딸꾹질이 멎자 길 대리는 다시 소주잔을 비우고 대답대신 흐흣하고 웃는다. 물음에 대답은 하지 않고 그날, 지우를 만난 이야기를 한다.

"요즘 아이들 참 똑똑하더라고요. DNA 검사부터 하자고 합디다. 자기도 궁금하대요."

"DNA 검사? 하실 거예요?"

그는 그럴 생각이 없다고 했다. 그러면서 다른 직원을 구하라고 한다. 그의 말투에서 확실하게 잡히는 것이 없었다. 정말 까마귀 같은 인간이다. 내가 물었다.

"여길 관두면, 다른 계획 있어요?"

"티베트로 여행 떠나려고요."

"티베트요?"

"오체투지를 해보고 싶었어요."

나는 소주를 단번에 쭉 들이켰다. 술의 홧홧함을 빌렸다.

"꼭, 오체투지여야 하나요? 다른 방식은 없어요? 우리에게는 우리의 방식이 있지 않을까요? 길 대리님이 지하에서 빠져나왔으면 좋겠어요."

입안에 맴돌던 말을 뱉어내고, 가방을 들고 일어서려다가 눈시울을 붉히던 지우가 생각났다. 지우의 전화번호가 적힌 포스트잇을 길 대리에게 내밀었다. 그가 한참 동안 포스트잇을 들여다보더니 핸드폰 케이스에 넣는다. 그리고 눈을 지그시 감았다.

곧바로 집으로 들어가고 싶지 않았다. 가끔 혼자서 가는 와인바를 찾아갔다. 세상에서 혼자만 고독하다는 표정으로 앉아있던 사장이 두 손을 흔들며 반가워한다. 바 테이블에 앉는 내 앞에 잔과 안주를 가져다 놓으며 웬일이냐고 묻는다. 길 대리의 이야기를 하려다 그만뒀다. 사장이 눈치 없이 계속 말을 걸어왔다. 혼자 있고 싶다는 말조차 꺼내기가 어려웠다. 제일 안쪽의 테이블에서 20대 남녀가 숨넘어가듯 깔깔거린다. 사장이 그들을 힐긋거리며 물이 한창 오를 때 죽을 만큼 사랑하라고 축복인지, 저주인지 모를 말을 했다. 밤이 늦어서인지 손님이라곤 그들 남녀와 나뿐이다. 사장이 기분이라며 라틴댄스음악 차차차로 작은 와인 바를 꽉 채운다. 그러고는 피아노가 놓여있는 스테이지에서 혼자서 춤을 춘다. 푸념을 늘어놓을 상대라도 찾고 있었던 듯하다. 춤을 추는 사장의 모습이 초현실적이다. 리듬을 쫓아가지 못하는 다리가 리듬을 파괴해버린다. 차차차에 막춤으로.

청소를 끝낸 후, 까마귀 먹이통에 낟알을 한줌 부어줬다. 길 대리가 서 있던 자리에 서서 교문을 바라봤다. 내가 미처 보지 못하거나, 하지 않고 고의로 지나친 일들이 얼마나 많은지. 나는 솔직하게 말하는 것이 서툴렀다. 항상 그쪽을 바라보던 길 대리의 검은 모습이 옆에 서 있는 것 같다. 재빨리 시선을 거두고, 서점의 출입문을 살폈다. 지우가 찾아올까봐 걱정이다. 길 대리가 아주 떠난 것을 알면 얼마나 상처를 받을지.

며칠이 지난 후, 토요일 늦은 저녁에 윤지우가 서점에 들어왔다. 아래 위 옷차림이 모두 블랙이다. 지우를 바라보며 잠시 길 대리로 착각을 했다. 지우가 카운터 앞까지 다가오는 동안 나는 미안한 눈빛으로 그를 지켜봤다. 소파에 앉은 지우가 길 대리와 야구장에 갔다가 오는 길이라며 말을 했다.

"아저씨가 저에게 프로야구 보러가자고 전화하셨어요. 우린 둘 다 H선수 팬이에요. S구단의 T셔츠도 샀어요. 야구 보러갈 때 그 옷 입고 가기로 했거든요. ……아저씨가 곧 티베트여행을 떠난다고 해서 저도 데리고 가 달라고 졸랐더니 그러자고 했어요."

고맙다고 인사를 하는, 갑작스런 지우의 말에 맞장구를 치면서도 의아했다.

"길 대리가? 신났겠구나. 티베트 여행은 무슨 말이니? 네 어머니가 허락하신대? 학교는 어떡하고?"

"어머니는……. 해외체험학습으로 갈 수 있어요. 다른 친구들도 그렇게 해외로 나가요. 저도 가고 싶었거든요."

더 뭐라고 말하기 전에 지우가 덧붙였다.

"어머니는 안 계셔요. 지금은 기숙사에서 생활하지만, 어릴 때 암자에서 자랐어요. 부처님 오신 날에 누가 암자에 남겨두고 떠났대요. 저를 키워주신 스님은 저를 다슬기라고 불렀어요. 제가 사는 암자 앞에 계곡이 있었는데 싱크대까지 다슬기가 올라오곤 했어요. 스님은 싱크대 수도꼭지에 붙어있는 다슬기를 보고 계곡에서 여기까지 올라온 걸 보니까 저 놈은 성불할 거라고 하시면서, 저 보고도 다슬기처럼 산 밑에서 이곳까지 왔으니 너도 부처님과 인연이 있는 모양이야 하셨어요. 스님께 전화드렸더니 아저씨와 함께 한 번 오라고 했어요."

어머니가 없다는 지우의 말에 머릿속이 뒤엉켰다. 그의 목소리가 명랑하게 이어졌다.

어른이 되는 것은 나이하고 상관이 없는 모양이다. 거침없는 말투로 진솔하게 자기 이야기를 하고 있는 지우의 모습이 나보다 어른스러워 보인다. 여름방학 때 티베트로 떠나기로 했어요. 그래서 주말에 등산을 다니며 고산기후 적응 훈련을 하기로 했고요. 말을 하는 지우의 표정이 한껏 들떠 있다. 길 대리가 지우와 동행하기로 한 것이 이해가 안됐지만, 나는 지우를 와락 끌어안고 어깨를 두드렸다. 지우도 나에게 응석을 부리듯 안겨왔다. 신이 나 있는 지우를 보며 나는 까마귀 두 마리가 새파란 티베트 하늘을 날아오르는 장면을 상상했다.

아침 안개가 자옥하다. 청명한 날씨를 예고하는 것 같다. 전봇대에 앉아있는 까마귀가 통유리창 안을 향해 계속 대화를 요청한다. 나는 까마귀를 쳐다보다가 길 대리가 서서 시집을 읽던 쪽으로 고개를 돌렸다. 벽면에 퍽 박혀있는 거뭇한 물체가 고개를 든다. 고양이를 어깨에 태우고 그가 서가에 기대어 서서 시집을 읽고 있다. 책장 넘기는 소리가 들린다. 금붕어들에게 먹이를 주다가 그가 있던 자리를 다시 한번 힐긋 돌아본다.

모카를 위하여

혜주의 집에서는 나와 모카에게 필요한 것은 무엇이든 그녀의 손을 통해 제공됐다. 무엇을 먹고, 어떤 옷을 입고, 무슨 말을 할까 걱정할 필요가 없었다. 모카는 시바견이니까 어떻게 짖어야할지가 맞겠지만. 만약 천사를 만난다면. 아니 자신이 천사라고 생각하는 사람을 만났다면. 세상에 그런 사람이 어디 있느냐고 하겠지만, 나와 모카는 그녀를 천사라고 불렀다. 혜주의 집에선 모든 것을 그녀가 결정했다. 우리는 그녀의 친절에 즐거워하는 표정만 지으면 됐다.

내가 혜주와 같이 살게 된 것은 아주 단순한 이유에서였다. 때마침 나의 원룸 계약이 끝났고, 그녀 또한 함께 살던 어머니가 지방으로 내려가 혼자 살고 있었기 때문이다. 혜주는 나를 위해 15평짜리 구축 아파트를 새롭게 인테리어까지 했다. 내가 캐리어 두

개를 끌고 현관문에 들어섰을 때, 그녀의 말을 증명하듯 집 안에서 도배지의 독한 풀냄새가 코를 자극했다. 나는 알레르기성 비염 때문에 새집증후군에 민감했지만 그녀 앞에서 그런 내색을 하지 않았다. 괜히 그녀의 기분을 거스를 것까지 없다고 생각했다.

혜주는 자신의 아파트를 새장이라고 불렀다. 나는 그때마다 그럼, 우린 뭐지? 하는 기분이 들었지만, 그녀의 말을 옳다고 존중하기로 했다. 물론 아파트의 소유주는 혜주였다. 집 안에 있는 모든 가구들도 그녀의 것이다. 모카 또한 마찬가지였다. 나와 모카는 혜주의 공간에 이케아 매장에서 구입한 옷장이나 소파와 같았다. DIY가구처럼 그녀가 원하는 형태로 앉거나 눕거나 서 있기만 하면 됐다. 처음엔 어색하고 불편했지만 나의 코가 도배지의 풀 냄새에 무뎌지듯, 나는 곧 혜주가 케어해주는 생활에 익숙해졌다.

쿰쿰한 냄새가 방안에 가득 찼다. 청국장냄새였다. 재택근무라서 출근을 하지 않아도 되는데, 혜주가 이른 아침부터 부산을 떨었다. 그릇 부딪히는 소리가 LP판의 그루브에서 바늘이 튀는 소리와 같았다. 반복과 변주에 균열이 생기며 듣는 사람으로 하여금 은근히 불안하게 만들었다. 주방에서 튀어 오르는 불협화음 사이사이로 부르는 소리가 들렸다. 톤을 높인 혜주의 목소리가 몇 차례 더 들리는가 싶더니 방문이 왈칵 열렸다. 밥 먹어. 얘는 어디

있니? 아침 내내 보이지 않아. 목소리에 짜증이 잔뜩 배였다. 내가 혀를 차며 돌아눕는 새 나의 겨드랑이에 코를 박고 자던 모카가 잽싸게 빠져나갔다. 햄 굽는 냄새에 더 이상 견디기 어려웠던 모양이다.

"우리팀 화상회의 시간 다 됐어. 빨리 먹어. 모카, 너까지 왜 그래?"

혜주의 두 번째 잔소리가 끝나기 전에 나의 몸이 용수철처럼 튕겼다. 침대를 대충 정리하고 인덕션 앞에 서 있는 그녀 뒤로 다가가 허리를 껴안고 목덜미에 입을 맞췄다. 머그잔에 커피를 따르며 나의 눈은 식탁 위를 훑었다. 반찬가게에서 사온 배추김치, 우엉조림, 멸치조림, 구운 햄이 차려져 있고, 그 가운데 인스턴트 청국장이 놓였다.

"청국장이야. 장 건강에 좋아."

아무리 장 건강에 좋다고 해도 아침에는 사양하고 싶은 냄새다. 나는 비위가 상하는 것을 참고 청국장을 입안으로 듬뿍 떠 넣었다. 간이 너무 짰다. 짠맛을 희석시켜보려고 볼이 미어지도록 밥을 우물거리면서 어젯밤에 마신 술 때문에 입안이 깔깔해, 하고 그녀에게 에둘러 말했다.

혜주가 청국장찌개 국물을 떠 넣더니 이맛살을 찌푸리고 화장실로 뛰어갔다. 아우 짜 일찍 일어나지 않아 너무 졸았어. 입안에 든 음식물을 변기에 뱉어냈다. 나는 그녀가 음식물을 뱉어내는 소

리에 참고 있던 구토가 튀어나올 것 같았지만,

"우리의 천사님 감사히 먹겠습니당."

했다. 모카도 혜주를 쳐다보며 꼬리를 흔들었다.

나와 모카는 열심히 밥을 먹었다. 아침잠이 아쉬웠지만 혜주의 기분에 맞추기 위해서다. 식사 후, 나는 설거지를 하고 모카는 화장하는 혜주 옆에서 배를 뒤집고 애교를 부렸다.

컴퓨터가 ON 상태로 하루 종일 우리를 지켜보고 있었다. 파놉티콘에 갇힌 기분이었다. 오프라인에서보다 온라인에서의 업무피로도가 훨씬 높았다. 좁은 아파트에서 살아있는 생명체 셋이 하루 종일 부대끼다보니 서로의 숨결에 치이는 것 같았다. 신경이 바늘 끝같이 날카로워졌다. 평소 같으면 출근길에 모카를 반려견 유치원에 등원시키고 퇴근 때 데려왔다. 혜주와 나 또한 서로 다른 부서에서 근무를 하기 때문에 일부러 찾아가지 않으면 퇴근시간까지 만날 일이 거의 없었다. 특히 화상회의 중에 모카가 카메라에 잡힐까봐 걱정을 했는데, 오늘 혜주네 팀 회의시간에 모카가 짖었다.

화가 난 혜주가 모카를 다용도실에 가두었다. 놀란 모카가 다용도실에서 계속 짖어댔다. 혜주의 느닷없는 행동이 이해할 수 없었지만, 나는 개껌을 가지고 다용도실로 가서 모카를 안고 달래줬다.

회의를 끝낸 혜주가 나에게 함부로 모카에게 나쁜 버릇을 들이지 말라고 짜증을 냈다. 게다가 팀원들에게 부끄러워 죽을 뻔했다며 울먹였다. 나도 기분이 나빴지만 업무시간에 그녀하고 다툴 수도 없고, 일단은 미안하다고 말하고 말았다. 퇴근 시간이 되어 컴퓨터를 끄자 누가 먼저랄 것 없이 둘 다 침대에 누워버렸다.

우리가 다시 눈을 떴을 때, 벌써 창밖이 어두웠다. 모카를 산책시키기에 너무 늦은 시각이라 밖으로 나가지 못했다. 녀석도 제 집에서 꿈쩍을 않았다. 내가 간식을 흔들며 집밖으로 유인을 했지만 녀석이 머리를 앞다리 사이에 파묻고 알은 체도 않았다. 식탁 옆으로 데려와 같이 저녁식사를 하고 싶었지만, 하는 수 없이 먹이통을 집 안에 넣어주고 녀석의 머리를 쓰다듬어줬다.

밤새 모카가 낑낑거렸다. 경비실에서 인터폰이 왔다. 경비아저씨의 목소리에 귀찮음이 잔뜩 배였다. 밤에 개 짖는 소리가 나지 않도록 주의해달라는 민원이 들어왔단다. 바깥의 소음이 끊어진 심야시간대에 좁은 공간에서 내는 모카의 소리가 예상 외로 울림이 컸던 모양이다. 돌아눕던 혜주가 왜냐는 눈길로 나를 쳐다봤다.

"우리 위층에서 민원 들어왔대. 모카가 짖는다고."

그녀가 짜증스런 말투로 거칠게 내뱉었다.

"아악, 진짜 피곤해. 앞으로가 더 문제야. 걔 좀 어떻게 할 수 없을까. 정말 미치겠어. 그것 가지고 민원까지. 며칠 전에 엘베에서 만났을 때 우리 모카 귀엽다고 내가 싫어하는 눈치를 줘도 마구 만져놓고선."

모카의 이마를 만져봤다. 체온이 많이 높진 않았다. 녀석의 집 안을 살펴봐도 특별히 눈에 띄는 것이 없었다. 모카가 낑낑거릴 때마다 인터폰이 울리고 그때마다 혜주도 덩달아 찡찡댔다. 밤새 잠을 한숨도 못 잤다.

머리가 무겁고 눈이 아려 이불을 뒤집어쓰고 누워있는데 모카가 현관문을 긁는 소리가 들렸다. 그 소리에 혜주가 발딱 일어나 거실로 나갔다. 모카를 꾸짖는 혜주의 잠긴 목소리가 같이 섞여 들렸다. 내 입에서 신음소리가 터져 나왔다. 문을 거칠게 열어젖혔다. 혜주와 모카, 둘의 소리가 동시에 멈췄다. 모카가 긁던 것을 멈추고 나를 돌아봤다. 녀석이 안절부절못하며 나를 쳐다보는 눈빛이 간절했다. 맞다. 배변. 모카는 혜주의 어머니가 있을 때부터 야외배변을 했다. 하루에 한 번씩은 바깥으로 데리고 나가야 하는데, 어제 산책을 시키지 못했다. 나는 재빨리 외투를 걸치고 모카를 데리고 집 밖으로 나왔다.

엘리베이터에서 내리자마자 모카가 산책로를 향해 질주를 했다. 나도 따라서 달렸다. 녀석이 밤새 낑낑대던 것을 해결하는 동안 나는 벤치에 웅크리고 앉아 아파트 단지를 내려다봤다. 불빛 하나 없다. 희붐한 대기 속에 줄지어 서 있는 낡은 입방체 덩어리들. 입을 다물듯 창문을 꼭꼭 닫아걸고 있었다. 회색 시멘트 벽체

속에 규정지을 수 없는, 함부로 입 밖으로 내어놓지 못하는 소리, 소리들이 압축돼 있는 느낌이다. 그 소리들이 점점 강도가 강해져 밖으로 나올 틈을 찾아 맴을 돌다가, 탈출구를 찾아 맴돌던 소리들 중, 가벼운 것 하나가 모카 쪽으로 방향을 튼 것이 아닌가 걱정이 됐다. 앞으로 이러한 상황이 얼마나 지속될지.

언제 끝날지 모른다는 것이 불안했다. 나의 몸이 부르르 떨리며 진저리를 쳤다. 여느 때 같으면 새벽에 일찍 출근하는 사람들로 저절로 활기가 만들어지던 거리다. 행인 하나 없는 아파트 단지에 택시 한 대가 습관처럼 다가왔다가 사라졌다. 나의 무의식이 택시를 불렀다. 나는 모카를 데리고 떠났다.

모카의 배변덩어리를 비닐봉지에 담아 쓰레기통에 버리고 모카에게 리드줄을 채웠다. 내가 할 수 있는 것은 거기까지였다. 녀석이 홀가분한지 가벼운 발걸음으로 앞장을 서서 걸었다.

혜주가 모카의 입에 햄조각을 넣어주고는 심각한 어조로 말했다.

"얘, 성대수술 시켜야겠어. 많이들 하는 모양이던데. 그렇게 해버리면 인터폰도 오지 않을 거야."

나는 북어국 국물을 뜨던 숟가락을 놓아버렸다.

"그 말 진심이야?"

그녀는 나의 말뜻을 알아채지 못하고 성대수술에 대해 한 번 더 이야기를 했다. 식탁 옆에서 우리를 쳐다보고 있는 모카를 내려다보다가 나는 의자에서 일어났다. 내가 욕실로 들어가자 모카가 나를 따라왔다. 나는 욕실 안으로 녀석을 데리고 들어갔다. 모카에게 양치질을 해주며 녀석의 눈을 들여다봤다. 참 맑고 순종적인 눈빛이다. 차마 마주볼 수 없었다. 녀석은 칫솔질만 하면 눈을 감았다. 눈을 감고 입을 커다랗게 벌리고 있는 녀석을 보며 차라리 눈을 감고 있어줘 다행이라는 생각이 들었다.

아침 식사 후, 혜주가 외출준비를 하며 화요일에 동물병원에 가기로 예약을 해뒀어, 라고 했다. 다른 방법도 찾아봐야지 하고 내가 대꾸를 하자, 그녀는 최선의 방법이야, 하며 더 이상 말하지 않았다. 혜주가 현관문을 나서며 늦어질지 모르니까 저녁식사 때 기다리지 말라고 했다. 그녀가 나가고 현관문이 닫히자 모카가 나를 보고 엉덩이춤을 췄다.

늦은 오후에, 햇볕이 좋을 때 모카에게 야외 배변을 할 기회를 주려고 산책을 나갔다. 1층, 엘리베이터의 문이 열리자 모카가 나의 품에서 재빨리 뛰어내렸다. 리드줄을 늘이며 산책로를 향해 내달렸다. 어찌나 빠르게 달리는지 금방 줄이 팽팽해졌다. 아파트 단지 뒤쪽에 있는, 야산자락으로 이어지는 언덕배기로 올라갔다. 산책로에 사람들이 보이지 않자 나는 모카의 마스크를 벗기고 목줄을 풀어줬다. 혜주가 봤다면 질색을 했겠지만. 목줄이 풀리자 모카의 질주본능이 살아났다. 나도 달리고 싶어 함께 달리다가 가쁜 숨을 몰아쉬며 벤치에 주저앉았다. 모카는 길섶으로 들어가 한쪽 다리를 들고 마킹을 한 다음 느긋하게 나무둥치의 냄새를 맡으며 주변을 탐색하고, 발로 땅을 파헤치기도 했다.

나도 벤치에 길게 드러누워 하늘을 올려다봤다. 비록 희뿌옇게 미세먼지로 덮인 하늘이지만 그래도 다른 방해물 없이 시선을 끝까지 보낼 수 있어 좋았다. 숨통이 틔었다. 따스한 4월의 햇살이 나뭇가지를 유혹하고, 화답하듯 터져 나오는 움. 대지에 연녹색이 번지기 시작했다.

모카가 기운차게 짖는 소리가 들렸다. 나는 혜주가 동물병원에 예약을 했다는 말을 떠올리고 벌떡 일어났다. 앞으로 녀석이 시원스레 짖는 소리를 들을 수 없다는 생각이 들자 나의 목구멍이 꽉 막히는 기분이다. 모카를 불렀다. 녀석이 어디를 돌아다니다가 왔는지 숨을 헐떡이며 나타났다. 나는 모카의 입에 간식을 넣어주며 눈을 한 번만 깜빡였다. 녀석도 간식을 받아먹고 앞발로 나의 손을 잡으며 꼬리를 한 번만 흔들었다. 혜주가 모르는 우리 둘만의 대화법이다. 나와 모카는 얼굴을 비비며 웃었다. 집으로 돌아오는 길에 모카가 E마트 쪽으로 방향을 잡았다. 나는 1초도 망설이지 않고 모카의 리드줄을 잡아당겨 마트를 건너뛰었다. 혜주의 계획표 속엔 주말산책 코스에 E마트에 들르는 것이 필수항목으로 들어

있었다. 그리고 모카의 뇌 속에 그것을 입력시켜 놓았다.

혜주의 시선으로부터 몇 시간만이라도 자유롭다는 것이 우리 둘에게 모종의 해방감을 줬다. 집 안이 어둑해졌다. 그때까지 혜주가 돌아오지 않았다. 카카오톡에 혜주의 메시지가 들어와 있었다. 오늘 집에 못 들어온다고, 모카하고 저녁식사를 하라고 했다. 모카에게 사료를 줄 때 30그램만 줘야한다고 고딕체로 강조를 했다. 다이어트 때문이란다. 나에게는 라면 금지와 하트 두 개를 날렸다. 나는 댓글을 달고, 침대 위에 핸드폰을 던졌다. 모카를 안고 빙글빙글 돌았다. 일단 라면 끓일 물을 인덕션 위에 올려놓고 모카에게도 먹이를 듬뿍 부어줬다. 라면을 먹고 나서 남은 국물을 변기에 버리고, 물을 내리고 락스를 부었다. 완벽했다. 모카도 오랜만에 포식을 하고 기분이 좋은지 자기방석에 벌러덩 누워 설거지하는 나를 쳐다봤다. 설거지를 끝내고 나자 완전 범죄를 성공한 것 같아 기분이 좋았다. 나는 느긋하게 소파에 드러누워 넷플릭스에 들어가서 영화를 봤다.

모카도 나의 배를 베고 비스듬히 누워 영화를 봤다. 나는 비스킷을 먹으면서 모카의 입에도 넣어줬다. 녀석이 어느새 나의 허벅지와 아랫배 사이에 머리통을 끼우고 코를 골았다. 나는 모카의 배를 쓰다듬으며 화면을 주시했다. 녀석의 잠자는 모습이 어린 아이 같았다. 혜주의 마음을 온통 빼앗아갈 만했다. 모카가 자면서도 끊임없이 앞발차기를 했다. 나는 진드기가 붙었나 싶어 손바닥으로 찬찬히 훑었다. 나의 손길에 녀석이 눈을 가늘게 뜨고 쳐다보다가 나와 눈을 마주치곤 다시 눈을 감았다. 그런데 잠을 편히 못자는 것 같았다.

모카가 꿈을 꿨는지 갑자기 짖어대더니 눈을 떴다. 잠에서 깬 녀석이 현관문 앞을 왔다 갔다 하며 어슬렁거렸다. 그러더니 나의 손을 물고 흔들어댔다. 밖으로 나가자는 것인가? 산책을 시켰는데. 내가 귀찮아하는 표정을 짓자 녀석이 낑낑거리기 시작했다. 정말 똥마려운 개 같은 표정이다. 산책할 때 배변을 했는데 왜 저러지. 모카의 짖는 소리가 점점 높아졌다. 그래도 내가 일어설 기미를 보이지 않자 녀석이 물청소용 밀대에 붙은 부직포걸레를 물어뜯었다. 나는 녀석에게 뼈다귀 장난감을 던졌다. 모카가 장난감은 거들떠보지도 않고 도리어 나의 트레이닝복 바지자락을 물어뜯었다. 나는 녀석이 그러거나 말거나 영화에서 눈을 떼지 않았다. 모카가 이번엔 현관문을 발로 긁어댔다. 나는 알았어. 알았어 하며 영화 속에서 딸이 자기가 키운 동생을 데리고 도망치는 장면에서 화면을 정지시켰다.

외투를 걸치고 모카를 데리고 밖으로 나왔다. 밤이라서 그런지 달음박질치지 않고 내 옆에서 보조를 맞춰 걸었다. 약속이나 한 듯 산책로로 들어섰다. 나는 모카가 빨리 볼일을 끝내고 집으로 돌아가기를 바랐다. 그런데 녀석이 계속 앞으로 나아가더니 숲길로 들어섰다.

드문드문 서 있는 가로등 불빛 때문에 숲의 어두운 부분은 상대적으로 어둠이 더 짙었다. 불빛의 각도에 따라 나무들의 몸통이 일부분만 희끄무레하게 드러났다. 검은 실루엣만 드러내고 있는 나무들이 비밀의식에 참여한 검은 망토를 뒤집어쓴 사제들 같았다. 숲 전체가 주술에 걸린 것처럼 실체를 알 수 없는 기운이 팽배했다. 나는 리드줄을 당겨 모카에게 집으로 돌아가자는 신호를 보냈다. 그러나 모카는 내가 리드줄을 당길 때마다 잠시 멈춰 서서 기다리다가 다시 조금씩 앞장 서 나아갔다. 숲속으로 들어갈수록 나는 모카 곁에 바짝 붙어 서서 걸었다.

어느새, 산책길과 이어지는 야산자락 속에 들어와 있었다. 모카를 찾으러 몇 번 들어와 봤던 숲인데 밤의 숲은 완전히 낯선 세계였다. 리드줄을 쥐고 있는 손바닥이 축축했다. 그때 어디선가 강아지 울음소리가 들렸다. 그 소리가 들림과 동시에 모카가 잡목이 덮인 바위 아래로 펄쩍 뛰어내렸다. 내가 놀라서 모카를 불렀다. 나는 핸드폰 플래시로 모카의 짖는 소리가 나는 곳을 비췄다. 그곳에 텐트가 쳐져있었다. 모카가 짖어대며 텐트 주위의 흙을 파헤쳤다. 텐트의 지퍼를 열자 그 속에 강아지 5마리와 케이지가 놓였다.

강아지들이 우리를 보고 달려왔다. 내가 손을 내밀자 익숙하게 손바닥을 핥았다. 모카가 나를 쳐다보고 꼬리를 세차게 흔들었다. 모카가 이곳을 어떻게 알았을까? 텐트 안에 물통과 먹이통이 있었고, 물과 사료를 가득 채워놓았다. 누군가 강아지들을 이곳에 데려다 놓은 것 같았다. 강아지들의 건강 상태나 케이지가 깨끗한 것으로 보아 가져다 놓은 지 오래된 것 같진 않았다. 나는 유기견 센터에 알려주려다가 관뒀다. 낮에 다시 가보기로 하고 모카를 데리고 숲속에서 나왔다. 하늘에 별이 떴는지는 모르겠다.

혜주가 인터넷 쇼핑몰에서 반려견용 마스크랑 개껌이며 개뼈다귀에 개빵까지 간식거리를 장바구니에 담았다. 나는 저렇게 많이 하는 눈길로 그녀를 흘끗 봤다. 반려견이 성대수술을 한 후 짖으면 쉑쉑거리는 소리가 난대. 굉장히 듣기 싫대, 라며 모카가 짖으려고 할 때마다 간식을 입에 넣어주기 위해서라고 호들갑을 떨었다. 모든 것이 모카를 위해서라는 그녀의 말이 섬뜩했다. 그것에서 끝나지 않았다. 이번에는 장난감을 골랐다. 뿐만 아니라 신발까지 담았다. 신발이 아주 앙증맞았다. 갓 걸음마를 시작하는 아기신발 같았다.

내가 신발을 보며 신기해하자 그녀가 귀엽지 하며 예뻐 죽겠다는 표정이다. 예쁘긴 한데 개도 신발을 신니? 하고 묻는 나에게 어휴, 미개인. 그것도 몰라? 여기 봐. 예쁜 거 얼마나 많아. 외출할 때 우리 모카에게 개발바닥같이 더러운 진흙을 밟게 할 순 없어. 안 그래? 하고 핀잔을 줬다. 나는 속으로 모카는 개 아니야 하면서도, 그건 맞아. 엘리베이터를 탈 때 안아달라고 하는 녀석이니까.

옷 더럽힐 염려도 없고 좋겠네, 하고 혜주의 말에 맞장구를 쳐줬다.

쇼핑몰에서 구매한 물건들이 도착했다. 혜주가 신발을 들고 모카를 불렀다. 짙은 브라운색으로 얼핏 보면 육포로 착각하기 딱 좋았다. 녀석도 나와 같은 생각을 했는지 코로 냄새를 맡고 이빨로 물어뜯었다. 혜주가 모카의 머리를 쥐어박으며 이 돼지, 먹는 거만 밝혀. 이건 신발이야. 엄마 아빠랑 산책 갈 때 신을 거야. 한번 신어볼까. 예쁘겠다. 우리 모카 신발 신고 동영상 찍자, 하고 모카에게서 신발을 빼앗았다. 내가 잘 걸을 수 있을까? 하고 걱정을 하자 우리 모카는 똑똑한 아이라서. 잘 걸을 거야. 그렇지 모카, 하며 그녀 혼자서 모든 것을 결정해버렸다.

신발을 물고 빼앗기지 않으려는 모카에게 혜주는 개껌과 신발을 바꾸자고 했다. 개껌을 받기 위해 모카가 신발을 내려놓았다. 모카가 개껌을 씹는 동안 나와 혜주가 녀석의 발에 신발을 신겼다. 녀석이 일어서려다 균형을 잃고 비틀거렸다. 용케 다시 일어서긴 했는데 그 자리에서 얼음땡이다.

혜주가 육포를 들고 거실 끝에 서서 모카를 불렀다. 나는 처음 줄 위에 서 보는 새끼광대의 눈빛 같은 녀석의 표정을 가만히 지켜봤다. 녀석이 혜주가 들고 있는 육포를 쳐다보다가 나를 쳐다보다가 했다. 혜주가 들고 흔드는 육포 쪽으로 한 발을 떼더니 꼬리에 불이 붙은 망아지처럼 껑충거렸다. 그녀가 얘, 망아지 같아, 하며 낄낄대다가 카메라를 들이대고 찍으려는 순간 모카가 꽈당하고 넘어졌다.

그녀가 먼저 비명을 질렀다. 나는 팔짱을 끼고 느긋한 자세로 모카를 지켜보다가 혜주의 비명소리에 잽싸게 버둥거리는 모카를 안아 일으켰다. 녀석의 사지근육이 딴딴하게 뭉쳤다. 혜주가 녀석의 털을 쓰다듬으며 혀 짧은 소리로 간난 아기처럼 달랬다. 모카는 혜주의 눈치를 보며 신고 있던 신발을 이빨로 물어 당겨서 벗어버렸다. 그리고 부리나케 제 집으로 달려가서 철망으로 된 문까지 닫아걸었다.

나는 모카가 꽁무니를 빼는 것이 우스워 웃으려다 웃음을 삼켰다. 모카의 신발을 들고 엉거주춤 서 있던 혜주가 눈물을 글썽였기 때문이다. 그녀는 자기 뜻대로 되지 않을 때 그것을 울음으로 표현했다. 나는 표정 관리에 들어갔다. 모카에게 부리는 짜증이 언제 나에게로 튈지, 아주 위험한 순간이었다. 나는 혜주를 웃겨보려고 좀 전에 껑충거리던 모카의 걸음걸이로 냉장고로 가서 그녀가 좋아하는 망고주스를 컵에 부어 두 손으로 받쳐 들고 와 건넸다.

모카가 신발을 신고 걷는 것에 실패한 후, 혜주는 오후 내내 짜증을 냈다. 나는 근무 시간이 끝나고 저녁 식사를 하기 전에 모카를 산책시키자고 그녀를 달랬다. 어쨌든 그녀를 달래야 하는 것이 나의 몫이었다. 그렇지 않으면 밤새 침대 귀퉁이에 웅크리고 누워 훌쩍거리면서 나를 달달 볶을 것이다. 자기는 최선을 다해 케어를 하는데 나와 모카가 알아주지 않는다는 말을 몇 번이고 반복할 것이 뻔했다. 나와 모카가 혜주를 천사라고 부른 때도 있었다. 천사의 친절한 케어도 하루에 한 두 시간이지. 재택근무가 길어지면서 악마의 장난에 걸려던 기분이었다. 밤에 잠을 편하게 자려면 미리 내가 그녀를 위해 얼마나 많은 노력을 하는지 알려줄 필요가 있었다.

산책을 가자는 나의 말에 모카의 꼬리가 팔랑개비같이 돌아갔다. 내가 리드줄과 배변처리용 비닐봉지를 준비하는 동안 혜주가 또 신발을 꺼냈다. 그녀하고 오랜 시간 같이 살아온 모카의 눈치가 사람 이상으로 빨랐다. 벌써 알아채고 제 집으로 들어가 버렸다. 그녀가 아무리 불러도 꿈쩍도 하지 않았다. 내가 뼈다귀를 들고 가서 유인을 했지만 쳐다도 안 봤다. 나는 혜주에게 오늘은 신발 신기는 것을 포기하자고 말했다. 내 말에 그녀가 들고 있던 신발을 모카의 장난감 바구니에 던져버렸다. 나는 모카의 집에 손을 넣어 녀석을 밖으로 빼냈다. 녀석도 혜주의 손에 신발이 없다는 것을 확인하고서야 순순히 밖으로 끌려나왔다.

내가 모카의 배를 긁자 녀석도 기분이 좋은지 나의 얼굴을 핥았다. 그리곤 슬금슬금 혜주에게 다가가서 안겼다. 혜주의 표정을 살핀 후, 그녀의 얼굴도 조심스럽게 핥았다. 모카가 얼굴을 핥아도 계속 뚱해있는 혜주의 관심을 끌기 위해, 녀석이 간식 벨을 눌렸다. 나는 혜주를 곁눈질하며 벨을 누를 때마다 녀석의 입에 간식을 넣어줬다. 내가 손을 들어 하이파이브를 시키자 모카는 신발에 대해 그새 잊어버렸는지 혜주에게도 다가가서 앞발을 내밀며 하이파이브를 하자고 했다.

나는 산책을 다녀오겠다며 모카를 데리고 현관문을 열었다. 그때 혜주가 잠깐만, 하고 새로 산 반려견 전용 마스크의 비닐 포장지를 뜯었다. 입과 코 전체를 한꺼번에 막도록 디자인된 스판덱스 마스크였다. 모카의 튀어나온 입에 고무튜브처럼 끼워야 했다. 내가 녀석에게 마스크를 씌우고 고정시키는 호크를 채우는데 녀석이 목을 획 돌려 나의 손아귀에서 빠져나갔다. 얼굴에 착 달라붙는 마스크가 녀석에겐 낯선 모양이었다. 녀석이 앞발로 마스크를 벗겨내 이빨로 물어뜯었다. 모카가 좋아하는 닭고기 육포를 눈앞에 대고 흔들어도 마스크를 놓지 않았다. 녀석이 기어코 마스크의 밴드부분을 망가뜨렸다.

혜주가 또 다른 마스크의 비닐 포장지를 뜯었다. 화가 잔뜩 난 손길이다. 그녀가 녀석에게 다가가서 마스크를 다시 씌웠다. 나는 도와주려다 그만뒀다. 혜주와 모카의 서로를 노려보는 눈빛이 확연히 달랐다. 마침내 모카가 송곳니까지 들어내고 왕왕 짖으며 으르렁거렸다. 놀란 혜주가 몸을 뒤로 젖히다가 넘어지며 주저앉았다. 파랗게 질린 혜주를 녀석이 세모꼴로 바뀐 눈으로 힐끗 흘겨봤다. 그리곤 어슬렁거리며 자기 집 속으로 들어가 아예 매듭으로 만들어진 문고리를 입으로 잡아당겨 문을 닫아버렸다. 혜주가 큰 소리로 모카에게 윽박질렀다.

“걸리면 죽어! 너, 내 말 안들을 거야?”

“얘가 익숙하지 않아서 그런 것 같아. 그냥 KF94 씌우자.”

나는 말과 달리 속으로 너라면 숨통이 온통 막히는 그런 걸 쓰고 싶겠니, 하고 혀를 찼다.

공기청정기를 켜고 베란다 창문을 조금 열었다. 집 안 공기가 모카에겐 텁텁한 모양이다. 그동안 반려견 유치원도 휴원이라 보내지 못했다. 게다가 먹는 사료와 간식의 칼로리에 비해 운동량도 현저히 부족했다. 몸의 부피가 눈에 띄게 늘어나 숨을 헐떡이는 모카에게 스판덱스 마스크 착용은 콧구멍에 널따란 고무 밴드를 붙이는 것과 같을 것이다. 지금 모카가 원하는 것은 밝은 햇살 아래서 자유롭게 바깥공기를 마시며 맘껏 달리고 짖는 것이지 신발도 마스크도 아니라는 것을 그녀는 아예 알려고도 하지 않았다.

화요일 아침에 식사를 하며 혜주가 모카를 데리고 병원에 함께 가자고 했다. 나는 식탁 옆에 앉아 사료를 먹고 있는 모카를 내려다봤다. 녀석을 병원에 보내지 않을 핑계거리를 찾아봤지만 얼른 생각이 나지 않았다. 그녀는 모카의 병원 예약 시간을 알려주면서 병원에 가기 전에 모카에게 산책을 시키자고 했다. 야외 배변을 할 시간을 주자는 의도였다. 나는 혜주에게 혼자서 모카를 산책시키고 오겠다고 했다. 아침 식사가 끝난 후 모카를 데리고 집을 나섰다. 아무것도 모르는 녀석은 엘리베이터를 기다리는 동안 자기 꼬리물기를 해보였다.

엘리베이터에서 내리자마자 모카가 달렸다. 나도 달렸지만 리드줄에 내가 끌려가는 모양새로 뒤따라갔다. 녀석이 곧바로 야산 자락의 숲속으로 들어갔다. 나도 토요일 밤에 봤던 강아지들이 걱정돼 벤치에서 쉬지 않고 같이 따라갔다. 텐트가 있던 바위 아래로 뛰어내렸다. 강아지들이 그대로 있었다. 누가 강아지들의 변을 치웠는지 텐트 안이 깨끗했다. 강아지들이 텐트 밖으로 달려 나왔다. 모카가 강아지들을 핥아줬다. 강아지들의 유치가 돋아나는지 나의 손가락을 빠는 힘이 피부가 찌릿할 정도로 강했다. 어느덧 병원에 갈 시간이 가까웠다. 강아지들을 다시 텐트 안에 넣었다. 지퍼를 원래대로 해놓고 모카를 데리고 산에서 내려왔다.

혜주가 병원에 갈 준비를 해놓고 기다리고 있었다. 모카를 차에 태우면서 나는 그녀에게 꼭 시켜야 돼? 하고 물었다. 그녀가 당연한 것을 왜 묻느냐는 표정으로 대답했다.

“모카가 우리하고 계속 함께 살려면 어쩔 수 없어”

수술을 해야만 한다는 것이다. 자기가 모카의 견주이기 때문에, 모카가 이웃에 민폐를 끼치면 자기책임이라서 해야 된단다. 자기도 정말 하기 싫은 일이라고 울먹이는 소리로 덧붙였다. 경비실에서 오는 인터폰 때문에 스트레스를 받지 않으려면 애초에 그 원인을 제거하는 것이 가장 합리적이라고 거듭 강조를 했다. 모카는 창틀에 앞발을 걸치고 차창 밖으로 지나가는 풍경들을 구경하느라 정신이 없었다. 혜주가 모카의 입에 간식을 넣어줬다. 간식을 받은 녀석이 꼬리로 헤드 레스트를 치며 기분좋게 짖어댔다. 나와 혜주는 병원에 도착할 때까지 아무도 말을 하지 않았다.

모카가 수술 받을 병원에 도착했다. 수술에 들어가기 전에 사전 검사를 했다. 그런데 모카의 체온이 정상보다 높게 나왔다. 개들은 사람보다 원래 체온이 높기 때문에 사람의 손으로 만져봐서는 열 체크가 힘들다고 했다. 게다가 장염증세까지 있다며 컨디션이 정상으로 회복될 때까지 기다려야 한다고 했다. 혜주가 수의사와 수술날짜를 다시 잡는 동안 나는 얼른 모카를 끌어안았다. 얼마나 다행인지, 한 번도 기도해 보지 않은 신에게 감사를 했다. 병원에서 장염약을 먹이는 동안 산책을 시키지 말라고 주의를 줬다. 혜주의 지나친 염려와 통제로 실외배변을 하지 못한 녀석이 밤에 계속 끙끙댔다. 그녀가 위층 현관문에 모카가 성대수술을 할 때까지만 양해를 구한다는 말과 함께 수술날짜를 적은 포스트잇을 붙였다. 나는 모카가 빨리 회복되기를 기다리면서 한편으로 장염이 계속 되길 바랐다.

사흘째 되는 날 모카를 데리고 산책을 나갔다. 미리 변비약을 먹이고 관장약을 준비했다. 야산자락에 데리고 가서 관장을 시킬

참이었다. 그런데 집에선 만사가 귀찮은 표정으로 제집 안에서 꼼짝도 하지 않고 누워있던 녀석이 아파트 밖으로 나오자 언제 그랬느냐는 듯 질주본능이 되살아났다. 리드줄을 팽팽히 당기며 앞서 달려갔다. 변비약 먹인 것 때문에 배변이 급한가 싶어 리드줄을 최대한 풀어주고 나도 같이 달렸다. 그런데 그것이 아니었다. 곧바로 야산 쪽으로 방향을 트는 것을 보고 목줄을 풀어줬다.

순식간에 모카의 모습이 눈앞에서 사라졌다. 나는 뒤에서 천천히 따라 걸었다. 녀석이 어디로 갔는지 대충 짐작이 갔다. 곧 비라도 내릴 듯 하늘이 회색 일색이었다. 모카가 들어간 야산자락의 숲에서 까마귀 떼가 새카맣게 하늘로 날아올랐다. 까마귀 떼의 울음소리가 음산하게 허공으로 퍼져나갔다.

나는 바위 아래로 뛰어내렸다. 모카가 불안해하며 펄쩍펄쩍 뛰었다. 그러다가 고개를 쳐들고 하늘을 향해 울부짖었다. 찢어진 텐트는 더 아래쪽 낭떠러지의 나무둥치에 걸려있고, 케이지는 엎어져 있었다. 강아지들의 사체가 여기저기 흩어져 있고, 해체된 사체에서 쏟아져 나온 내장에 파리 떼가 새까맣게 앉아있었다. 파릇파릇해지는 잔디 위에 검붉은 핏덩어리들이 흥건했다.

눈앞의 광경을 보고 나는 구역질을 하며 돌아섰다. 모카가 여기저기 냄새를 맡으며 짖어댔다. 나는 현장에서 빨리 벗어나고 싶었지만, 발이 땅에 붙어버렸는지 움직이질 않았다. 모카를 불렀다. 녀석이 나의 목소리를 듣고 고개를 돌려 쳐다봤다. 그리고 미간을 잔뜩 찌푸리더니 그 자리에서 배변을 했다. 며칠 동안 쌓인 것을 한꺼번에 다 쏟아내는지 시간이 한참 동안 걸렸다.

모카가 볼일을 보는 동안 강아지들을 해친 동물들이 혹시 또 나타날까봐 나는 주변을 경계했다. 비린내를 품은 회색빛 대기에 갇힌 숲은 침묵을 지킬 뿐, 바람이 불고 있는데도 이상할 정도로 나뭇가지 하나 뒤척이는 소리가 들리지 않았다.

모카의 볼일이 끝나자 나는 녀석을 불러 도망치듯 그 자리를 벗어났다. 현장을 다 빠져나와 산책로가 보이는 지점까지 정신없이 달리듯 걸었다. 산책로에 들어와서야 모카에게 리드줄을 채웠다. 모카는 좀 전에 본 참혹한 광경을 그새 잊어버렸는지 앞장 서서 걸었다. 벤치에 앉았다. 모카도 나의 발 옆에 자리를 잡고 앉았다. 모카 입에 간식을 넣어 주고 머리를 쓰다듬는 나의 손이 그때까지 진정되지 않고 계속 떨렸다. 모카와 나는 오랜 시간동안 멍하게 앉아있었다.

모카의 수술날짜가 다시 다가왔다. 나는 혜주에게 모카를 교정훈련원에 보내자고 했다. 하지만 그녀는 그것은 일시적 효과만 있을 뿐이라며 완강하게 자기결정을 고집했다. 우리 셋 모두 스트레스를 받지 않고 함께 살기 위해서는, 아니 모카를 버리거나 안락사를 시키지 않고 끝까지 책임을 지기 위해서는 어쩔 수 없는 최선의 선택이라고 단언을 했다. 나는 화가 났다.

"어떻게 자기 생각만 옳다는 거니. 그 사람들 전문가야."

"자격증 있으니까 전문가들 맞겠지. 하지만 모카의 견주는 나야. 나라구. 내가 하겠다는 데 왜 그래? 온정적인 것보다 합리적인 선택이 더 옳은 거야."

문득 나도 혜주의 얼굴을 핥다가 모카 꼴이 될지도 모른다는, 혜주가 나를 자신의 틀에 끼워 맞추기 위해 언젠가 수술대 위에 눕힐지 모른다는 생각이 들었다. 수술대에 누워 혜주를 쳐다보는 나의 눈빛을 상상했다. 모카의 눈빛과 많이 닮았다. 그날이 언제 닥쳐올지, 내가 어떻게 행동할지 예측할 수 없다는 것이 나를 더욱 불안하게 했다. 해석되지 않는 불안한 느낌이 불쾌감과 함께 사람을 무기력한 상태로 다운시켰다.

모카의 수술 날, 갑자기 혜주네 팀이 회사에 출근할 일이 생겼다. 그녀가 출근준비를 하면서 나에게 혼자서 모카를 병원에 데려가라고 했다. 나는 그녀가 탄 엘리베이터의 문이 닫히자 며칠 전에 검색을 해둔, 모카를 맡길 교육원 홈페이지에 들어가서 곧바로 예약을 했다. 모카가 다니던 유치원이 다시 오픈을 할 동안만이라도 합숙훈련원에 맡겨야겠다는 생각에서였다. 그곳에서 모카의 실내배변 훈련과 훈련을 통해 짖는 것을 교정까지 해준다고 했다. 모카의 짐을 대충 챙겼다. 그리고 혜주의 집으로 이사 오던 날 끌고 온 캐리어에 나의 짐도 챙겼다. 나는 우리가 살던 아파트를 한 번 올려다본 후, 모카를 옆에 태우고 차에 시동을 걸었다.

그런데 얼마가지 못해 교육원으로부터 모카를 받아줄 수 없다는 연락이 왔다. 견주가 취소를 했다는 것이다. 내가 의아해하자 견주의 이름이 혜주로 등록이 돼있어 어쩔 수 없다고 했다. 견주에게 준비물 체크 차 연락을 했다가 취소한다는 답을 받았다고 했다. 혜주를 견주로 등록한 것이 실수였다. 교육원 관계자와 통화를 막 끝내자 혜주의 카톡 메시지가 떴다.

―지금 바로 모카를 병원으로 데려와. 딴 생각하면 넌 범죄자가 돼. 병원에서 기다린다.

교차로의 적색신호등 앞에 멈춰 섰다. 모카가 옆에서 꾸벅꾸벅 졸다가 눈을 뜨고 나를 올려다봤다. 내가 모카의 입에 간식을 넣어주고 눈을 한 번 깜빡이자 녀석도 꼬리를 한 번만 흔들었다. 옆 차선에 경찰차가 나란히 멈춰 섰다. 신호등이 녹색으로 바뀌었다. 나는 액셀러레이터를 밟았다.

봄

때로는 그 집에서 말의 울음소리와 피아노 연주소리가 새어나왔다. 타이밍을 잘 맞추면 파란색 포르쉐가 차고로 들어가는 것도 볼 수 있었다. 개 짖는 소리가 으르렁거렸기 때문에 가까이 다가가기가 꺼려졌다. 게다가 담장이 높았다. 건호가 서 있는 지점에서 올려다봐야하는 위치여서 담장과 지붕이 한 덩어리로 보였다. 전등갓처럼 지붕이 마당을 덮고 있는 모양새였다. 건호는 그 집에 누가 살까 궁금했다. 그런데 사람의 움직임은 한 번도 목격되지 않았다.

건호는 일반 행정직 9급 기출문제를 풀었다. 올해 7급에서 9급으로 갈아탔다. 언제까지 이 싯서리를 해야 할지. 답이 없다. 새학기 시작 전이라 도서관 열람실에 빈자리가 많았다. 자칭 B열람실 부족장도 보이지 않았다. 건호는 백팩을 메고 도서관을 나왔다. 따분하게 걷는 자기 그림자를 밟으며 계곡에 도착했다. 건호가 그 집을 향해 고개를 쳐드는 순간 낮게 으르렁거리는 소리가 들렸다.

저절로 몸이 움츠러들었다. 주변을 둘러봤다. 건너가야 할 계곡의 맞은 편, 약간 상류 쪽에 머리칼이 어깨까지 내려오는 한 여자가(건호의 착각이고 그는 남자였다) 바위 위에 앉아있었다. 남자의 옆에서 햇빛을 받아 붉게 타오르듯 윤기가 흐르는 적갈색의 도베르만이 곧 달려들 기세로 일어섰다. 남자가 목줄을 당겼다. 건호는 네 개의 눈빛에 놀라서 얼른 뒷걸음질 쳤다. 개의 눈빛만 아니라 남자의 눈빛이 예사롭지 않았다. 흰 피부에 얼굴 윤곽선이 섬세하지만 눈동자에 살얼음이 낀듯했다. 남자의 목소리가 들렸다. 아아아안자! 디디디나. 말을 더듬었다. 개가 다시 제자리에 앉았다. 포대자루가 주저앉듯 건호의 다리에서 힘이 빠져나갔다. 남자를 바라봤다. 남자도 건호를 쳐다봤다. 잘못 본 것인가. 좀 전에 본 눈빛은 햇빛이 튕겨나갈 것 같았는데. 미간에 가로 주름이 잡혀있고, 무심한 눈동자가 건호를 관통하고 있었다. 우울한 눈빛 때문인지 아주 온순해 보이기까지 했다. 나이가 비슷할 것 같았다. 건호는 얼떨결에 먼저 목례를 했다. 남자는 아무런 표정도 짓지 않았다. 남자는 바위에서 일어나 디나를 데리고 계곡을 떠났다. 왼쪽 다리의 움직임이 부자연스러웠다. 휘청거리는 남자의 뒷모습을 끝까지 지켜봤다. 건호가 지켜보고 있다는 것을 의식했는지는 모르겠다. 남자의 머리통은 앞쪽으로만 향했고, 숲을 빠져 나가더니 바로 그 집, 목련나무가 대문 앞에 서 있는 집의 쪽문을 열고 들어갔다. 목련나무에 은회색 꽃눈이 새떼처럼 달렸다. 건호는 고개를 갸웃거렸다. 말을 더듬었던 아이. 그 아이. 생각 날듯하면서 나지 않았다.

계곡에서 남자를 다시 만났다. 남자가 디나에게 주의를 줬다. 건호는 계곡을 건너 남자가 앉아있는 바위 쪽으로 올라갔다. 이번에는 남자가 먼저 목례를 했다. 남자가 미소를 지으며 저 집에서 살아요, 하고 웅얼거렸다. 저는 본동(산 아래 동네를 마을 사람들은 본동이라 불렀다)에 살아요. 다른 가족은 없어요? 건호의 물음에 남자는 혼잡니다, 하고 웃었다. 남자의 발음에 신경이 쓰였다. 건호는 남자의 입술 움직임을 주시했다. 남자가 건호의 눈길을 피했다. 어색한 미소가 간극을 메우고, 둘 사이에 대화가 주춤거리다가 멈췄다. 건호는 초등학교 때 흉내 내며 놀렸던 어떤 아이의 얼굴을 기억해내려고 머릿속을 뒤졌다. 남자는 먹이를 향해 모여드는 물고기들을 구경했다. 그 아이가 생각 날듯하다가 타들어가는 담뱃재처럼 회색빛으로 변해버렸다. 속이 메슥거릴 정도로 답답했다.

"폭약을 까서 던지면 허옇게 배를 드러내고 떠오르겠죠. 먹이를 입에 가득 문 채."

건호 혼자서 떠들었고, 남자는 입술을 비틀고 웃기만 했다.

임업계열 시험을 준비하던 공시생도 좌석 칸막이에 꽂아뒀던 아기 사진을 뺐다. 하나 둘 도서관을 떠났다. 건호는 혼자만 변방의 낭인 같은 기분이 들었다. 도서관에서 조금 일찍 나왔다. 계곡에 도착했는데 그날은 남자가 보이지 않았다. 남자가 늘 앉아서 물속을 들여다보던 바위로 올라갔다. 30분 넘게 기다렸지만 나타나지 않았다. 왠지 허전한 기분이 들었다.

남자를 만나지 못하고 마을로 내려왔다. 슈퍼마켓에서 담배를 샀다. 여주인과 세탁소집 부인이 이야기를 나누었다. 그 집 있잖아. 왜? 대학교 정문까지 바로 가는 마을버스 노선을 연장하려고 하는데, 도로가 그 집이 앉아있는 산을 지나가야 한대. 주인 여자가 반대를 하나봐. 도로만 연결되면 부동산이 좀 오를 텐데. 마을 남자들이 불이라도 확 질러버리고 싶대. 마귀 같은 여자야. 우리도 월세를 올려야 돼. 다른 곳에 비해 너무 싸. 두 여자의 욕망이 똑 같았다. 두 사람의 대화가 한 사람의 말처럼 들렸다.

이곳은 번화가를 형성하고 있는 대학교 정문 쪽보다 월세가 절반정도 쌌다. K대학교 제2 캠퍼스 정문까지 가려면 마을버스를 타고 나가서 다시 시내버스를 갈아타야 했다. 도로 연결은 마을의 숙원 사업이었다. 분식집을 하는 어머니도 입버릇처럼 지자체 정책을 욕했다. 건호는 어머니 체크카드를 내밀면서 그녀들에게 인사를 했다. 세탁소집 부인이 카드를 힐긋 봤다. 슈퍼마켓 여주인이 영수증을 건네며 길 뚫리면 건호 씨도 좋지, 하였다.

안으로 들어서는 건호를 기다렸다는 듯, 어머니가 손님도 없는데 막힌 하수구나 뚫어야겠다고 했다. 건호는 백팩을 멘 채 팔짱을 끼고 어머니가 직접 하수구 뚫는 것을 구경했다. 어머니는 건호가 고등학생 때부터 혼자였다. 그녀에게 건호는 남편과 같은 존재이다. 혼자 살면서 생기는 스트레스를 건호에게 욕설을 퍼붓는 것으로 풀었다. 건호는 그녀가 남편과 아들에게 얼마나 헌신적이었는지를 잘 알았다. 그래서 그녀의 욕설을 항상 웃어넘겼다.

서울에서 대학을 다닐 때까지 건호는 어머니의 훈장이었다. 어쩌면 노후보장보험이었는지도. 어머니는 건호가 부도날 일 없는 공무원이 되기를 바랐다. 요즘은 어머니 쪽에서 아예 포기한 눈빛이다. 지금도 보란 듯 당신이 혼자서 하수구를 헤집고 있었다. 건호는 코를 막고 멀찍이 서서 말로만 거들었다.

건호가 우겨서 불러온 수리공이 하수구 배관을 쑤셨다. 공구가 배관 깊숙이 들어갔다. 찌꺼기를 흡입해내는 튜브에 온갖 것들이 딸려 나왔다. 미처 소멸되지 못한 가족사가 드러나는 순간이었다. 피카츄 피규어 다리 하나도 섞여 있었다. 피카츄 다리가 없어졌다고 한바탕 난리를 피우다가 어머니에게 머리통을 쥐어 박혔었는데. 어머니가 우리도 예전에는 시내에서 50평대 아파트에서 좋은 차 굴리며 살았는데, 하고 중얼거렸다. 피카츄 피규어는 아버지에게 마지막으로 받은 생일 선물이었다.

어머니와 수리공이 도로 뚫는 문제를 놓고 이야기를 주고받았다. 어머니가 외제차 끌고 다니면 눈에 뵈는 것이 없는지, 했다. 수리공이 말을 받았다. 그 집 아무도 못 건들어요. 국회의원 4선 했던 사람 집이요. 여기 대학교 캠퍼스가 그 집 산이었고, 그 집이 앉아있는 곳도 그 사람 산이요. 국회의원하면서 많이 해 먹었지. 누가 그 집을 불 태워버리면 모를까, 하고 건호를 쳐다봤다. 바퀴벌레들이 튀어 올랐다. 몇 놈은 줄눈을 따라 달아났다. 한 놈이 튜브 속에서 뱅뱅 돌았다. 최선을 다해 출구를 찾지만 방향감이 없었다. 건호는 컵라면용 나무젓가락으로 바퀴벌레를 바닥에 꺼내 놓았다. 하는 짓이 한심하다는 듯 어머니가 혀를 찼다. 바퀴벌레를 힐긋 바라보던 수리공이, 더듬이 하나가 뜯겼네(건호는 속으로만 아저씨 공구가 뜯었잖아요, 했다). 별거 아니란 듯 말을 하며 아드님이 한 몫을 하겠네요, 하고 덧붙였다.

봄눈이 한겨울 눈같이 내렸다. 건호는 학교 앞에서 시내버스를 타려다가 그냥 걷기로 했다. 눈을 몰고 오는 바람이 비탈에 선 나무들을 후려갈겼다. 아주 폭력적이다. 그러나 흰 눈송이가 내려앉아 쌓이는 잔가지에 물이 올라 빨갛다. 진달래 꽃눈이 팥알 크기로 부풀었다. 나무들은 이미 봄이 오고 있는 것을 아는 듯 했다. 오히려 눈바람을 즐기는 것 같았다. 바람을 탄 눈송이가 뺨을 거

세게 쳤다. 이런 날 갈 곳이 어머니의 분식점 뒷방 밖에 없었다. 고깃기름이 지글지글 타고 사람 냄새가 자옥한 곱창집에서 술 마시기 딱 좋은 날인데. 곱창을 좋아했던 그녀가 생각났다.

그녀가 떠난 날도 눈이 내렸다. 그날, 그녀는 침대에 누워 이렇게 말했다. 너하고 이대로 쭉 가면 여기에서 더 이상 나아질 것 같지 않아. TV 화면의 눈구덩이에 빠진 자동차를 바라보며, 저 차 같겠지, 했다. 그때는 그들을 업그레이드시킬 새로운 전략을 짜기에 골몰하던 때였다. 그녀는 그쯤에서 관계를 정리하고 싶었던 거다. 건호는 왜냐고 묻지 못했다. 베개에 얼굴을 묻었다. 그녀가 옷을 챙겨 입고 나가는 동안 두 손이 움직이지 못하도록 배 밑에 깔고 꽉 눌렀다. 술을 마시면 그녀의 원룸으로 가는 버스를 탔다. 대부분 중간에서 내렸지만. 그녀의 집 앞까지 찾아갔을 때였다. 그녀가 다른 남자의 자동차에서 내리면서 활짝 웃었다. 건호는 어둠 속에 몸을 숨기고 그녀를 지켜봤다. 결과적으로 그녀의 결정은 나쁘지 않은 것 같았다.

발이 눈 속으로 푹푹 빠졌다. 건호는 친구들에게 연락을 해보려다 말았다. 캔맥주나 사들고 가서 비트코인을 지켜보며 게임이나 해야겠다고 발길을 서둘렀다.

내리는 눈발 속에서 남자를 또 만났다. 남자가 건호를 기다린 듯했다. 계곡을 건너오자 목련나무 아래 서 있던 남자가 씨익 웃으며 인사를 했다. 건호는 디나를 경계하면서 남자의 곁으로 다가

갔다. 디나가 건호의 다리에 머리를 문질렀다. 건호는 개의 등을 쓰다듬으며, 남자의 왼쪽 다리로 눈길을 보냈다. 남자도 자신의 왼쪽 다리를 내려다봤다. 건호가 고개를 들자 남자가 웃으며 손가락으로 진입로를 가리켰다. 길에 눈이 하나도 없었다. 도로에 전기발열선이 깔려 있었다. 혹시나 하고 기다렸어요. 남자가 말했다. 부자들은 다르구나하는 생각이 들었다. 저도 기대감을 가지고 오솔길을 선택했어요. 건호는 인사치레로 남자의 말을 받았다. 대학교 우체국에서 좀 부쳐줄 수 있어요? 급하게 보내야 하는데. 남자가 손에 들고 있던 봉투를 흔들어 보였다. 비닐포장재로 덧씌운 봉투가 꽤 두툼했다. 발신인이 원지승이었다.

머릿속에 저장되어 있는 이름들을 검색했다. 건호는 시내 중심가에서 살다가 고등학교 때 어머니를 따라 여기로 이사를 왔다. '원지승'은 고등학교 동기들 중에는 없는 이름이었다. 그 아이의 이름이 원지승이었나? 하지만 다리가 저렇지는 않았어. 어쨌든 초등학교 다닐 때 발음 때문에 학급 전체에서 왕따를 당하던 아이가 있었다. 건호는 지승에게 자기 이름을 알려주고, 물었다.

"혹시, 제일초등학교 4학년 7반 아니었어요?"

궁금해서 좀이 쑤셨던 것이다.

"맞아. 5학년에 올라가면서 서울로 전학갔어. 난 이미 알고 있었는데."

마른침을 삼켰다.

"그럼 왜 말하지 않았어?"

"내 꼴이 좀 그렇잖아. 네가 이 길을 지나다니는 거 벌써부터 알고 있었어. 계곡을 건너오기 전에 멈춰 서서 저 집을 관찰하는 것도."

건호는 뚱침 맞은 기분이었다. 자기 행동을 자신만 알고 있다고 생각했는데. 관찰하는 자가 관찰을 당한 꼴이었다. 일부러 큰 소리로 웃었다. 이건, 택배기사를 부르고 싶지 않아서, 하고 지승이 따라 웃으며 말했다. 택배를 받을 때는? 저 집에서 한 번도 택배를 받은 적이 없어. 지승이 자기 집을 항상 저 집이라고 지칭했다.

건호는 눈이 녹는 동안 지승과 만나지 못했다. 캠퍼스의 뒷산이 가파르고 북향이라서 눈이 얼었다 녹았다하는 통에 등산로 같은 흙길이 질척거려 버스를 타고 다녀야했다.

아침 식사를 하면서 어머니가 그 집을 쫓아내야 일이 되지. 길이 막혀 밥 굶기 딱 좋겠다, 하며 고시랑거렸다. 마을 사람들 사이에 그 집에 대한 비난이 증폭되어갔다. 건호는 도서관에서 돌아오는 길에 그 집 앞의 목련나무 아래 섰다. 흰 꽃눈이 터지기 시작했다. 막 날아오르려는 새의 날개 같았다.

검은색 철판 대문이 위압적이다. 들어가 보고 싶었다. 집 뒤로 돌아가서 담장이 낮은 곳을 찾았다. CCTV가 설치되어 있었다. 말의 울음소리가 들렸다. 담장 밖의 나뭇가지를 타고 안으로 들어갔다. 다행히 디나가 짖지 않았다. 집은 밖에서 볼 때와 완전히 달랐다. 커다란 지붕과 높은 담장에 둘러싸여 숨어있던 그 집의 실물을 보는 순간 실소를 금치 못했다. 상상하고 부러워했던 고급주택이 아닌 원목외장재를 덧댄 창고 같은 건물이었다.

바깥은 투명창이지만 안쪽 창은 불투명유리라서 내부를 들여다볼 수 없었다. 유리창 너머에서 심상치 않은 파동이 느껴졌다. 건호의 몸이 긴장했다. 창문 밑에 귀를 갖다 댔다. 휙, 하는 미세한 소리에 이어 척하는 소리가 들리고, 말의 울음소리가 다시 들렸다. 울음이 잦아들 때쯤 다시 채찍이 허공을 가르는 소리가 들리고, 말의 비명이 터지고, 뒤이어 지승의 울음소리가 들렸다.

지승을 만날 때마다 그날 일이 생각났지만 말을 꺼내진 못했다. 하루는 눈치를 살피다가, 지승의 다리에 대해 물었다. 물고기들에게 먹이를 던지던 지승의 표정이 시무룩해졌다. 시니컬한 어조로 대학교 때 승마선수였다고. 말에서 떨어져 현재의 모습이 됐다고 말했다. 그때 파란색 포르쉐가 지나갔다. 지승이 손가락으로 차를 가리키며 올라가봐야겠어, 하고 미간을 찡그렸다.

“차 멋있네.”

“원래 내 차였어.”

지승이 잠시 다리를 내려다보다가 이렇게 몰락했어, 하고 말끝을 흐렸다. 그리고 내 말, 이름이 루시퍼인데 나중에 소개시켜줄게, 했다. 이름이 루시퍼라고? 말의 이름을 알게 되자 비명소리가 더 생생하게 들리는 것 같았다. 지승이 대답을 하지 않고 디나의 목줄을 당겼다.

폭락하는 비트코인을 지켜보느라 밤새 잠을 못 잤다. 저녁 무렵이 되자 온몸이 뒤틀렸다. 건호는 도서관을 나와 오솔길을 터덜터덜 걸었다. 디나가 나타났다. 오늘은 지승을 만날 기분이 아니었다. 집에 가서 푹 자고 싶었다.

하지만 디나를 따라 지승에게 다가갔다. 건호는 아 피곤해, 하며 일부러 소리 내어 하품을 했다. 춘곤증인가 봐, 지승이 덩달아 하품을 하며 건너다봤다. 물고기들에게 먹이를 던지던 지승이 루시퍼를 보러가자, 하고 바위에서 일어났다. 주말에 누나가 다녀갔다고, 먹을 것이 풍부하다며 앞장섰다. 건호를 초대하는 것에 기분이 들뜬 표정이다. 건호는 뇌리에 박혀있던 말의 울음소리를 떠올리며 지승을 따라갔다.

출입문을 열자 말의 냄새가 훅 끼쳤다. 허공에 뿌연 흙먼지가 떠다녔다. 집의 내부가 연극무대처럼 오픈되어 있었다. 사람과 말과 개가 함께 살았다. 입구에 개가 눕는 방석이 놓였다. 모래흙 바닥에 세 세드의 허들이 설치되었고, 말의 운동 공간이 중심을 차지하였다. 칸막이벽에 여러 가지 마구들이 걸렸고, 그 안에 흑마 한 마리가 누워있었다.

지승이 루시퍼의 혈통에 대해 설명을 늘어놓았다. 말의 생소한 족보가 건호의 귓바퀴 밖에서 맴돌았다. 건호는 흥미롭게 듣고 있다는 표정을 짓고, 벽에 걸린 마구들을 살폈다. 말채찍을 만졌다. 공기를 찢던 날카로운 소리가 공간을 꽉 채웠다. 건호가 지승을 슬쩍 바라보고 허공에다 채찍을 휘둘렀다. 휙 하는 소리에 루시퍼가 반사적으로 일어나며 울음소리를 냈다. 지승을 겨누었다. 지승이 한 발짝 물러났다. 순간 지승의 얼굴 근육이 굳어지고 입술이 뒤틀리며 미세하게 떨렸다. 눈빛이 계곡에서 처음 봤을 때처럼 차가워졌다. 디나가 기다란 나무토막이 날아오듯 건호에게로 내달았다. 건호는 채찍을 놓아버리고 두 손으로 얼굴을 감쌌다. 머리카락이 쭈뼛하고 온몸에 소름이 돋았다. 지승이 개에게 소리쳤다. 건호의 목을 향해 뛰어오르던 디나가 그대로 멈춰 섰다. 지승이 채찍을 주워 원래 자리에 걸었다. 건호를 보고 짓궂게 웃었다.

루시퍼의 엉덩이 부근에 무쇠 팬에 담긴 빈대떡 넓이만큼 털이 빠졌다. 마치 원형 탈모증에 걸린 것처럼. 또한 눈에 생기가 없었다. 말과 지승의 분위기가 많이 닮았다. 둘 다 대형 컨테이너에 갇힌 것 같았다. 루시퍼는 옆에서 대화를 나누는 두 사람에 대해 전혀 관심을 보이지 않았다. 좀 전의 반응과 달리 꼬리 한 번 흔들지 않고 맞은편 벽면만 응시했다. 건호는 말이 아프냐고 물었다. 지승의 얼굴에 분노인지 슬픔인지 모를 감정이 나타났다가 사라졌다.

말의 공간을 지나 좀 더 안쪽으로 들어갔다. 전기온돌마루가 깔렸다. 한쪽에 피아노가 놓였고, 피아노 앞 벽면에 프란시스 베이컨의 그림 〈교황 이노센트 10세의 초상 연구〉라는 작품의 복제작이 걸렸다. 벨라스케스의 그림〈교황 이노센트 10세〉에 그려진 교황이 정육점의 고깃덩어리 사이에 앉아 있었다. 그림 속 교황의 눈과 특히 입에 섬뜩한 공포와 절규가 담겼다.

"그림이 매우 특이하네."

건호의 말에 지승이 동의를 구하듯 물었다.

"죽이지? 인간의 가장 순수한 모습 같지 않아?"

"순수?"

저런 끔찍한 표정을 어떻게 가장 순수하다고 할까. 건호는 그림에서 눈을 뗄 수 없었다.

"누나가 걸어줬어. 미술 갤러리를 운영해."

"그림에서 그로테스크한 공포가 느껴져."

건호의 말에 지승이 진지한 어조로 말했다.

"그림을 보고 있으면 느껴져. 커다란 바퀴 밑에서 내 다리가 뭉개지는 공포의 순간을. 사실은 그 순간이 실제로 떠오르지는 않아. 그림 속 교황을 보면 바로 저 순간이 그 순간일 거라는 생각이 들어."

건호는 디나의 공격에 섬뜩했던 공포의 순간을 떠올렸다.

"왜 지나간 사고를 떠올리려고 해? 고통스럽게."

"그 순간이 너무 비현실적이었기 때문에 현실 속에서 감각적으로 느껴보고 싶어. 그 순간을 떠올리면 온몸에 전율이 느껴져. 그리고 분노가 터져 나와. 이것이 내 운명이라면 나는 내 운명에 분노 해. 내 운명에 대해 복수하고 싶어. 분노가, 복수심이 현재 나를 살아있게 하는 거야. 그림을 볼 때마다 느껴지는 공포감이 내가 살아있다는 것을 자각하게 만들어."

지승의 뒤틀리는 입술 사이로 빠져나오는 더듬는 발음이 그림과 묘하게 조화를 이루었다. 건호는 지승의 입과 교황의 입을 번갈아 바라봤다.

피아노와 그림을 빼고는 기본적인 가구 외에 인테리어를 전혀 하지 않았다.

지승의 곁에서 잠시도 떨어지지 않던 디나가 방석으로 가서 누웠다. 하지만 개의 두 눈은 여전히 지승의 움직임을 좇고 있었다.

지승이 육개장을 데웠다. 저녁 식사를 겸해 육개장 국물을 안주 삼아 소주를 마셨다.

"너네 부자였잖아? 그런데 좋아 보이지 않아. 왜 이런 곳에서 살아? 말 새끼같이."

건호는 의도적으로 자극적인 질문을 던졌다. 지승이 눈을 내리떴다. 자신의 내면을 점검하듯 잠시 그러고 있더니 입을 열었다.

"마을 사람들이 뭐라고 하는지 다 알고 있어."

다 안다고? 건호는 지승에게 마을 사람들이 이 집을 불태워버리고 싶어 한다는 말은 하지 않았다. 술기운을 빌려 빈정댔다. 포르쉐를 타는 마녀가 산다고 하던데. 나를? 아니, 젊은 여자가. 지승이 눈가에 눈물이 번질 정도로 큰 소리로 웃어젖혔다. 건호는 지승을 말끄러미 바라봤다. 마을 사람들의 불만을 어떻게 생각할까 싶었다. 지승이 식탁을 두드리던 손을 멈추고 말을 이어갔다.

지승은 중학교 때부터 장애물부문 승마선수로 활동했다. 어릴 때 할아버지를 따라다니며 승마를 배웠다. 루시퍼는 할아버지가 대학교 입학선물로 사줬다.

지승의 생일파티였다. 여자 친구에게 누군가 지승의 집이 부자라서 좋아하는 것 아니야, 하고 대놓고 비아냥거렸다. 평소에도 지승을 못마땅해 하던 친구였다. 지승이 화장실에 다녀오다가 춤추는 사람들 사이에 숨어서 여자 친구의 반응을 지켜봤다. 그녀가 당연히 지승이를 사랑해, 라고 말할 줄 알았다. 그녀는 대답을 못하고 얼굴만 붉혔다. 지승은 도망치듯 파티장을 나와 버렸다. 다음날부터 강의실에 들어가지 않았다. 아니 들어갈 수 없었다. 승마 연습에만 전념했다. 여자 친구와 친구들에 대한 분노가, 좋아 어디 한번 해보자는 오기로 바뀌었다.

시간이 갈수록 누군가가 스위치를 누르면 곧바로 폭발할 것 같았다. 하루는 루시퍼와 함께 시골길을 걸었다. 루시퍼를 타고 있으면 눈을 감고 있어도 불안하지 않았다. 지승은 루시퍼에게 모든 것을 맡기고 생각에 잠겼다. 그때 뒤에서 클랙슨 소리가 나고, 루시퍼가 소리를 지르며 뛰어올랐다. 뒤에서 달려오던 승용차가 루시퍼를 추월하려던 순간에 마주 오는 덤프트럭을 보고 클랙슨을 눌렀던 거다. 지승은 반대편 차선에 떨어졌고, 트럭이 지승을 밟고 지나갔다. 모든 것이 비현실적으로 느껴졌지만, 현실이었다.

지승이 왼쪽 다리의 바지를 걷어 올렸다. 의족이 나왔다. 무릎 아래쪽이 없었다.

"환지통 알아? 뻣뻣한 다리가 계속 붙어 있는 환각과 통증에 오랫동안 시달렸어. 지금은 환각이 사라져 의족을 차기 위해 애써 다시 불러일으키고 있지만. 여러 번 자살을 시도했어. 시간이 다시 음식물을 삼키게 했고, 병원에서 퇴원을 했어. 그런데 루시퍼가 보이지 않았어. 아버지가 승마장에 팔아버렸던 거야."

지승은 루시퍼를 자기 앞에 데려다 놓지 않으면 죽어버리겠다고 아버지를 졸랐다. 그래서 그때부터 할아버지의 마방인 이곳에서 루시퍼와 함께 살고 있다고 했다.

마을 사람들의 이야기가 반은 맞고 반은 틀렸다.

지승이 루시퍼가 최근 들어 본체만체 한다고 덧붙였다. 이야기를 들으면서 수시로 가상화폐 사이트에 들락거리던 건호가 불쑥 물었다. 예전 말투가 그대로 튀어나왔다.

"여자 친구에게 직접 물어봤냐?"

전혀 예상치 못한 질문인 듯, 지승이 눈을 치켜뜨고 입술을 씹었다. 건호가 심술궂게 쏘아붙였다.

"네가 잘못했네. 정말 사랑했다면 본인한테 직접 확인을 했어야지. 비겁하게."

"비겁하다고?"

아주 비겁하지. 건호는 자신에게 말하고 있었다. 술주정하듯 고개까지 주억거리며 혼잣말을 했다. 지승이 당황한 눈길을 허공으로 보냈다. 침묵이 길어졌다. 건호는 지승의 빈 잔에 술을 채웠다.

지승이 피아노 앞에 앉았다. 림스키 코르사코프의 「왕벌의 비행」을 연주했다. 건호가 계곡에 서서 성채에 갇힌 여자가 연주할 것이라고 상상하면서 들었던 곡이다. 지승이 피아노를 덮듯 상체를 앞으로 기울여 혼신을 다해 건반을 두드렸다. 피아노에서 아우성이 들렸다. 속도가 점점 느려지더니 건반을 꽝 내려치고 허탈하게 웃었다. 어머니는 말을 더듬는 지승에게 피아노가 구원자라도 되는 것처럼 혹독하게 레슨을 시켰다. 어머니가 떠나지 않았다면 예술고등학교에 진학을 했을 것이다. 결과적으로 부모의 이혼으로 승마를 선택하게 되었다.

지승이 재혼을 해버린 자기 아버지에 대해 욕을 했다. 건호는 술에 취하면 네 아비가 우리를 버렸어, 하고 욕설을 쏟아내는 어머니가 싫었다. 지승의 말을 거칠게 잘랐다.

"다른 사람 욕할 것 없고. 네가 하고 싶은 것은 뭐였어? 할아버지나 부모님이 시키는 거 말고. 네가 정말 하고 싶었던 거 말이야."

"굳이 말하지 않아도 알아서들 해주는데 내 생각이 왜 필요해. 그분들이 원하는 대로만 하기도 벅찬데."

"그럼, 넌 뭔데! 떼쓰는 거네. 자기 다리가 떨어져 나가는데, 난 아무 짓 하지 않았어요, 하고."

힐난하듯 지승을 몰아세웠다. 사실, 건호는 속으로 자신에게 시비를 걸었다.

"넌 내가 아니잖아."

어색하게 웃던 지승이 식탁 위에 떨어진 술 방울을 검지로 찢다가 화제를 돌렸다.

눈이 온 날 우편물을 부쳐달라고 부탁한 봉투를 기억해? 건호가 고개를 끄덕이자, 루시퍼를 다른 선수에게 인계하기로 했었어. 그것은 루시퍼에 대한 자료였고. 계약이 깨졌어. 루시퍼를 내 손으로 죽이고 싶었어. 다시는 경주마로 뛰지 못하게 여기 가둬 뒀던 거야. 루시퍼도 나와 똑 같아야 된다고. 완벽한 복수라고 생각했지. 언제부턴가 매일 매일 내 기분을 루시퍼에게 모두 말하고 있었어. 원래 기수와 말의 정서적 교감은 인간 연인들 사이보다 더 강해. 루시퍼의 근육이 나날이 퇴화되어 가. 나보다 더 심각해. 이대로 두면 머지않아 주저앉아버릴 거야. 재활치료를 하면서 몇 번이나 시도했지만, 트라우마 때문에 말의 등에 오르지를 못했어.

다른 사람이 루시퍼와 한 몸이 되어 달릴 것을 생각하면 피가 거꾸로 솟는 기분이지만, 루시퍼를 보내지 않을 수 없어. 루시퍼나 나나 지금 한계를 느껴. 지승이 거기까지 말해놓고 입술을 씰룩거리며 눈시울을 붉혔다.

공터를 돌아나가는 마을버스 소리에 디나가 짖었다. 루시퍼 한번 타봐. 멋있을 것 같은데. 건호가 말했다. 지승의 눈빛이 바뀌었다. 풀려있던 눈빛이 단단해졌다. 지승이 루시퍼에게 굴레를 씌우고 고삐를 채웠다. 선반에서 안장을 내렸다. 루시퍼를 허들이 설치된 곳으로 데리고 나갔다. 그런데 루시퍼가 등을 내주지 않았다. 지승과 루시퍼가 한 덩어리가 되어 돌았다. 디나가 방석에 엎드린 채 고개만 들고 지켜봤다.

루시퍼가 앞으로 내달았다. 지승이 허공으로 솟구쳤다가 모래흙 바닥에 나가떨어졌다. 건호가 내민 손을 지승이 뿌리쳤다. 지승이 탈착된 의족을 다시 끼운 후, 비틀거리며 일어났다. 지승과 루시퍼가 안장을 가지고 치열한 신경전을 벌였다. 결국 지승이 안장을 얹지 못했다. 루시퍼의 태도는 거칠다기보다 냉엄했다.

차라리 죽고 싶어, 이 기분 넌 이해 못할 거야. 지승의 말에, 말타기 체험장으로 보내면 되잖아. 건호의 입에서 튀어나간 말이다. 지승이 말안장을 건호에게 던지며, 말 함부로 하지 마. 어디서 노새 새끼하고 비교를 해. 루시퍼는 족보가 달라. 급이 다르다고. 미친 듯이 소리를 질렀다.

"루시퍼를 왜 때렸어?"

건호가 내뱉었다.

"어?"

지승이 움찔했다. 지승의 얼굴이 새빨개졌다. 그들은 서로를 노려봤다.

건호와 지승이 엉겨 붙어 모래흙 바닥에서 뒹굴었다. 디나가 다가오다가 지승이 손짓하자 자기 방석으로 되돌아갔다. 지승이 미간을 잔뜩 찌푸리고 뭔가 말을 하려고 입술을 씰룩거리다 고개를 돌렸다. 눈을 감고 있던 지승이 건호의 손을 잡고 사정했다.

"이곳에서 벗어날 수 있게 해줘. 날 죽일 수 있겠니? 얼마면 돼?"

"미친 새끼, 스스로 죽지도 못하는 놈이. 내가 네가 던져주는 먹이에 대가리 처박는 물고기 떼인 줄 알아?"

건호는 벌떡 일어나 말안장을 걷어차 버렸다. 말안장이 벽에 가서 부딪히기 전에 자기가 방금 뱉어낸 말에 깜짝 놀랐다.

초등학교 때도 그랬다. 지승이 학교에 올 때 천 원짜리 지폐를 가져와서 친구들에게 빌려줬다. 먹이를 던질 때만 몰려드는 물고기 떼처럼 반 아이들은 지승을 둘러싸고 돈을 빌렸다. 하지만 아무도 돈을 갚지 않았다. 건호도 지승에게 수시로 돈을 빌렸다. 하루는 문방구점 앞에서 인형 뽑기를 했다. 번번이 실패했다. 머쓱했다. 건호는 자신을 둘러싼 아이들을 슬쩍 돌아봤다. 그러고 보란 듯이 거칠게 거들먹거렸다.

"씨발, 재수 없어. 야! 어버버 새끼, 천원만 더 줘봐."

인형 뽑기의 실패를 지승에게 화풀이했다.

입술이 심하게 뒤틀리고 가로 선이 푹 파였던 미간과 우울한 눈빛. 지승의 모습이 그때 그대로였다.

폭약을 까서 던지면 허옇게 배를 드러내고 떠오르는 물고기 떼. 건호는 수치심을 느꼈다. 지승이 처음부터 모두 알고 있었다는 것에 온몸이 부들거렸다. 지승의 입술을 짓뭉개고 싶었다. 지승의 목을 누르고 있는 벌겋게 달아오른 갈고리 같은 손아귀에 힘이 들어갔다. 루시퍼가 발로 모래흙 바닥을 찼다. 건호는 지승을 밀쳐버렸다. 밖으로 뛰쳐나오다가 출입문의 손잡이를 잡고 지승을 돌아봤다. 디나가 일어섰다.

기괴한 지승의 웃음소리가 허공에 흩어졌다. 쳐다보는 눈동자가 용수철처럼 튀어나오고 입은 피아노 앞에 걸린 그림 속 교황의 입과 똑 같이 벌어졌다. 내버려두면 무슨 일을 저지를 것만 같았다. 정신 차려, 하면서 건호가 지승의 복부를 한방 갈겼다. 디나가 건호의 어깨를 덮쳤다. 지승이 개를 떼어냈다. 지승이 디나의 목을 껴안았다. 디나가 지승의 얼굴을 핥았다. 개와 사람이 서로를 꼭 끌어안았다.

건호는 지승을 침대에 눕히고, 피아노 스툴을 당겨와 앉았다.

"솔직히, 참 노답이네. 이해보다 배알이 먼저 꼴린다. 마을 사람들은 길을 뚫고 싶어 해. 넌, 진짜 죽고 싶은 거니? 죽고 싶은 것이 사실이냐고. 이곳에서 벗어나고 싶다며."

"나 죽일 수 있어? 사실이야. 죽고 싶을 만큼 벗어나고 싶어."

건호는 마을 사람들이 움직이기 전에 마방을 불태워버리라고 부추겼다. 지승이 무슨 말이냐? 하는 표정으로 건호를 올려다봤다.

"네가 숨을 곳을 없애버려야 돼."

"숨을 곳을 없애야 된다고? 루시퍼는?"

지승의 귀에 대고 건호는 재빨리 말해버렸다.

"루시퍼도 같이."

지승이 침대에서 굴러 루시퍼에게로 기어갔다. 두 팔로 루시퍼를 막아서는 지승의 두 눈에 공포와 절규가 번뜩였다.

건호는 비틀거리며 밖으로 나왔다. 대문을 밀던 손을 멈췄다. 지승의 눈에 어린 공포와 절규가 건호를 붙잡았다.

지승이 루시퍼의 고삐와 굴레를 풀고 있었다. 건호는 출입문 밖에서 그것을 지켜봤다. 지승이 루시퍼의 목을 껴안았다. 루시퍼도 지승의 가슴팍에 머리를 묻고 가만히 있었다. 지승이 루시퍼를 데리고 문 밖으로 나왔다. 디나가 그들을 뒤따랐다. 지승이 마방 뒤쪽에 있는 담장의 쪽문을 열었다. 말똥을 모으는 헛간이 있었다. 바로 뒷산과 연결되는 길이 보였다. 지승이 루시퍼를 쪽문 밖으로 내보냈다. 그리고 문을 닫아걸었다. 루시퍼가 문밖에서 서성거리는 소리가 담장 너머로 들려왔다. 지승이 마방 한가운데 섰다. 건호는 디나의 등을 쓰다듬으며 지승을 바라봤다. 지승이 가라앉은 목소리로 말했다.

"내 손으로 하고 싶어."

'맞아, 네가 해. 도와줄게. 초등학교 때 못 도와줘서 미안해.' 건호는 속으로만 중얼거렸다.

"함께 있어줘서 고마워."

지승이 라이터를 켜서 양초에 불을 붙였다. 양초를 든 손을 다른 손으로 감쌌다. 의식을 치르듯 눈을 감았다. 지난 시간을 반추하는지, 감은 눈꺼풀이 움직였다. 손이 떨림에 따라 촛불이 일렁였다. 지승이 불 붙은 양초를 들고 프란시스 베이컨의 그림 앞으로 갔다. 그림에 불을 붙였다. 그림이 타들어가자 촛불을 루시퍼의 잠자리에 던졌다. 톱밥 위에 떨어진 촛불이 건초더미로 옮겨 붙었다. 불길이 서서히 일어났다. 널름거리는 불꽃이 벽에 걸린 마구들로 옮아갔다. 불이 붙은 채찍이 떨어졌다. 불을 응시하는 지승의 눈빛이 분노로 이글댔다. 뺨이 눈물로 번들거렸다. 지승이 의족을 벗어 불속으로 던졌다. 건호는 몸부림치는 지승을 루시퍼의 방 밖으로 끌어냈다.

"내버려둬! 막지 마. 말더듬이도, 다리도 내가 선택한 것이 아니었어! 이제 내가 해!"

건호는 지승을 들쳐 업고 출입문을 뛰쳐나왔다. 루시퍼를 목욕시키는 수돗가를 지나 정원을 사이에 두고 멀리 떨어진 차고로 피했다.

헬기 소리가 들렸다. 건호는 바깥을 내다봤다. 소방헬기에 물통이 매달렸다. 떨어지는 물방울이 바람을 탄 새떼처럼 헬기 뒤쪽으로 쫙 밀려났다. 디나가 지승의 바짓가랑이를 발로 긁으며 낑낑댔다. 의족을 채웠던 부위에서 피가 흘러나왔다. 지승이 누운 채 디나의 머리를 쓰다듬었다. 건호는 지승을 차고에 남겨두고 대문 밖으로 달려 나왔다.

지승의 집이 있는 골짜기가 연기로 뒤덮였다. 헬기가 물을 퍼부었지만 바람이 불길을 되살려놓았다. 집을 향해 헬기가 몇 번 더 물을 뿌리는가 싶더니, 이제는 집이 아니라 주변의 산에 뿌렸다. 유리창이 깨지는 소리가 들리고, 이어서 거센 불길이 집 전체를 휩쌌다. 디나가 짖어댔다. 루시퍼의 소리는 들리지 않았다.

지승의 집 아래, 마을버스 종점인 공터에 사람들이 모여들었다. 끼리끼리 모여 서서 불구경을 하던 사람들이 큰불로 번지지 않으면 오히려 잘됐다고 떠들었다. 배관 수리공이 앓던 이가 쑥 빠졌네, 하고 웃었다. 건호는 슬그머니 그들 틈에 껴들었다. 어머니가 자신을 알아볼까봐서다. 춥다고 먼저 내려가는 한 무리의 여자들 속에서 어머니를 발견한 건호는 짧은 한숨을 내쉬었다.

헬기가 한 대 더 떴다. 두 대가 번갈아 가며 물을 뿌렸다. 사이렌소리가 들리고, 구급차와 소방차가 동시에 모습을 드러냈다. 건호는 소방관들에게 지승이 차고에 있다고 알렸다.

디나가 연기를 뚫고 나타났다. 건호 쪽으로 달려왔다. 건호와 디나가 차고를 향해 달렸다. 소방관이 이동식 마이크로 현장에 접근하지 말라고 외쳤다. 뒤따라온 그들이 지승을 들것에 실었다.

소방관들이 잔불을 껐다. 타다가 만 지붕이 내려앉아 있었다. 얼마나 컸기에 지붕이 저렇게 웅장하냐? 하고 마을 사람들이 떠들어댔다. 마방의 지붕으로 보이지 않은 모양이다. 건호의 눈에만 마방의 지붕으로 보인다는 것에 마음이 편하지 않았다.

지승을 실은 구급차가 떠난 후, 이 집에 다른 가족들은 없어요? 하고 소방관이 건호에게 물었다. 포르쉐를 타고 다니는 여자가 있었어요, 하고 마을 사람이 먼저 대답했다. 마방에서 지승이 혼자 살았다고 말하면? 아무도 믿어줄 것 같지 않아보였다. 마을 사람들 아니, 어머니조차도 자기가 믿고 싶은 것을 쉽사리 뒤집지 않을 것이다. 자기들이 원하는 것만 얻으면 그뿐. 구급차에 실려 간 남자하고 그 여자가 부부인가? 하는 말도 들렸다. 건호는 눈을 내리깔고 딴전을 피웠다. 마을 사람들 사이에 그 집에 젊은 남자도 살았더라는 소문이 추가될 것이다. 다행히 구급차에 누워있던 지승의 다리에 담요가 덮여있었다. 어떻게 각색이 될지.

소방관들이 케이지에 고깃덩이를 걸어놓고 디나를 유인했다. 개가 담장 위에서 사납게 짖어댔다. 그들이 건호에게 개를 어떻게 해보라고 했다. 남겨두고 가겠다는 것이다. 건호는 엉거주춤 고개를 끄덕였다. 소방차가 철수하고, 마을 사람들이 술 이야기를 했다. 그들은 슈퍼마켓으로 몰려갈 것이다. 우리가 이겼어. 건배! 그 집 철거민원을 넣자, 하는 말이 들리는 듯했다.

텅 빈 골짜기에 건호와 디나만 남았다. 불러도 개가 담장 위에서 꿈적하지 않았다. 봄바람에 목련나무 가지들이 한들거렸다. 건호는 목련나무에 기대어 앉았다. 자신에 대해 낙오자라고 수군대는 마을 사람들을, 부도난 노후보장보험 취급을 하는 어머니를 떠올렸다. 어머니는 화가 나면 어정쩡한 놈, 지 에비를 닮아 믿을 구석이라고는 눈곱만큼도 없다, 라고 말했다. 건호는 그때마다 인생이 허섭스레기 같은 기분이 들었다. 어머니는 살아가기 위해, 불행의 모든 원인을 사업에 실패하고 자살을 해버린 아버지 탓으로 돌렸다. 지승이 의족을 채우기 위해 환지통을 일부러 불러일으킨다고 했던 말이 생각났다. 이제 아버지로부터 벗어날 때가 됐어. 건호는 본동 마을을 응시하며 중얼거렸다.

생각에 잠겨 있는데, 따뜻한 온기가 다리에 와 닿았다. 고개를 돌렸다. 디나가 건호 곁에 와서 앉았다. 송곳니를 드러내고 으르렁거리던 모습은 어디로 가버렸는지, 슬픈 눈으로 가만히 길을 바라봤다. 루시퍼는 어떻게 됐을까? 건호는 디나의 머리를 쓰다듬으며 물었다. 건호의 무릎에 머리를 기대었던 디나가 일어나 앞장을 섰다. 건호는 핸드폰 플래시를 켜들고 개를 따라갔다. 어차피 개를 분식점으로 데리고 가려면 목줄을 찾아야 했다. 디나가 담장을 빙 돌아 쪽문이 있던 곳으로 갔다. 산을 향해 큰 소리로 짖었다. 말의 울음소리가 길게 들렸다. 핸드폰 플래시로 숲을 비췄다. 작은 빛이 검은 숲을 뚫고 들어갔다. 건호도 반가워서 루시퍼, 루시퍼하고 불렀다. 옆에서 서성이던 디나가 갑자기 집 앞으로 달려나갔다. 자동차 헤드라이트가 집 쪽으로 다가오더니 포르쉐가 멈춰 섰다.

지승의 누나로 짐작되는 여자가 차에서 내렸다. 그녀는 품으로 뛰어드는 디나를 안고 울음을 터뜨렸다. 한참 동안 울던 여자가 마방이 있던 곳을 올려다봤다.

"어때요? 지승이."

그제야 건호를 발견한 모양이다. 놀라며 뒤로 두어 걸음 물러났다.

루시퍼의 울음소리가 다시 들렸다. 순간 여자의 창백한 얼굴에 밝은 빛이 지나갔다. 지승의 상태를 묻고 싶었는데, 여자가 어디론가 전화를 걸었다. 통화를 끝낸 여자가 디나를 데리고 서둘러 포르쉐에 올라탔다. 건호는 조수석 문을 열고 마을까지 좀 태워주세요, 했다. 여자가 힐긋 쏘아봤지만 방어적이진 않았다. 그녀의 대답을 듣기 전에 조수석에 엉덩이를 걸쳤다. 말없이 앞만 주시하며 운전을 하는 여자의 옆모습을 곁눈질로 살폈다. 건호는 들뜬 목소리로 조심성 없이 말했다.

"지승이 해냈어요."

"건호 씨죠? 두 사람, 저녁에 함께 있었다는 거 알아요."

여자는 건호의 말에 직접 반응을 하지 않고, 그림에 대해 이야기했다.

"프란시스 베이컨은 작가노트에서, 자신의 그림보다 현실이 훨씬 폭력적이라고 했죠. 그의 그림에서 공포를 벗겨내면 성스러움이 드러난다고 했어요.…… 지승이 자살을 할까봐 그림 속에 감시카메라를 숨겨 놓았어요."

"자살할까봐?"

건호는 고개를 돌려 여자를 바라봤다.

그는 중간에 차에서 내렸다. 자신의 숨소리를 헤아리며 걸었다. 마방이 있던 곳을 올려다봤다. 때로는 그 집에서 말의 울음소리와 피아노 연주소리가 새어나왔고, 개 짖는 소리가 들렸었다.

정거장

1.

병오는 올해도 버스 승강장 긴 의자에 앉아 있었다. 남자 아이가 어린이집 셔틀버스에서 내렸다. 동남아 출신의 젊은 여자가 스쿠터를 타고 와서 아이를 태웠다. 아이가 병오를 향해 손을 흔들었다. 병오도 아이에게 손을 마주 흔들어줬다. 여자가 아이에게 무어라고 했다. 병오가 알아들을 수는 없지만, 귓가에 맴도는 말소리였다. 아이와 여자가 동시에 함박웃음을 터트렸다. 아이가 여자의 등에 얼굴을 묻었다. 여자의 온기가 아이에게 전달될 것이다. 아이는 여자의 따뜻한 냄새를 맡으며 낮 동안 있었던 온갖 일들을 잊어버릴 것이고. 어미 등에 달라붙은 새끼 개구리처럼 아이가 여자의 옷자락을 꽉 잡았다. 병오는 아이의 뒷모습이 사라질 때까지 바라봤다.

병오는 새로 산 스마트 폰을 소중하게 만지작거렸다.

아버지가 죽기 전에 병오와 기현을 불러 앉혔다.

“이 땅을 너희 둘 앞으로 상속했다.”

“병오는 왜요? 친동생도 아닌데.”

기현의 대꾸에 아버지는 이놈이! 다시 말해봐라, 하고 한참 동안 숨을 골랐다.

“우리 집 개들 대부분 떠돌이 개였다.”

탄식 같은 깊은 한숨을 내쉬었다. 내 죽고 나면 너희 둘이 서로 의지하며 살아야지, 하고는 또 입술을 움직거렸을 뿐, 초점 없는 눈으로 허공을 응시하다가 고개를 옆으로 돌렸다. 그 뒤로 며칠을 더 살았지만 끝내 뒷말을 잇지 않았다.

친척들과 왕래 없이 살아온 아버지의 장례식은 썰렁했다. 거래처 사람들과 혜인의 아버지만 다녀갔을 뿐이다. 유골함은 병오와 기현이 집 주위에 묻었다. 장례식이 끝나고 아버지의 유품을 정리했다. 이불을 걷어냈다. 온갖 냄새가 났다. 개 비린내가 가장 심했다. 기현은 코를 감싸 쥐고 방 밖으로 나가버렸다.

병오는 서랍 속에서 낡은 황색 봉투 하나를 찾아냈다. 봉투 속에 남자아이들의 사진이 들어있었다. 어린 시절의 사진이 신기했다. 병오의 얼굴은 검은색 톤이 강한 갈색 피부에 눈은 쌍꺼풀이 깊게 파이고, 코의 길이가 짧고 콧등은 넙적하게 퍼졌으며, 입술은 두툼하게 튀어나왔다. 사진 속에서도 얼굴 오른쪽 전체를 덮고 있는 우툴두툴한 화상 흉터가 달 표면처럼 도드라졌다. 또 다른 아이의 사진은 기현이었다. 커다란 벚나무 아래 어린이집 가방을 메고 서 있었다. 울고 난 직후였는지 눈두덩과 빰이 붉었다. 사진 속 기현은 피부색이 희고, 머리칼 색깔이 황갈색을 띠었다. 대도시 아이의 분위기를 풍겼다.

병오의 사진 뒷면에 '2008년 9월 24일. 매촌 마을'이라는 글자가 적혔다. 기현의 사진 뒷면에도 '1995년 4월 9일. 지경 버스 정거장'이라고 적혀 있었다. 기현이 사진 속 배경이 버스 정거장이 아닌데, 했다. 두 장의 사진 모두 촬영된 날짜와 메모 속 날짜가 서로 달랐다. 기현이 가방에 분명히 어린이집 이름이 박혀있었을 텐데, 하며 사진을 자세히 살폈다.

병오의 생일이 9월 24일이고, 기현의 생일은 4월 9일이었다. 사진 속의 날짜가 생일 날짜였다. 병오는 사진에 코를 박고 냄새를 맡았다. 사진으로는 아무것도 알 수 없었다. 기현이 1995년 4월 9일자 뉴스를 검색했다. 특별히 눈에 띄는 뉴스가 없었다.

기현이 네이버 지도 검색란에 지경 버스 정거장를 입력하였다. '지경'이라는 지명이 수십 개가 떴다. 집에서 가장 가까운 곳부터 상세 지도를 검색했다. 지경이라는 지명의 특성상 모두 행정구역의 시군 경계에 위치했다. 기현이 방법을 바꾸었다. 병오의 사진에 적혀있던 매촌 마을을 먼저 검색하고, 거기서 지리적으로 가장 가까운 지경 버스 정거장을 다시 검색했다. 아버지가 개를 사러 다녔던 마을이 매촌과 멀리 떨어져 있지 않았을 것이란 추측에서였다. 매촌에 가면 어떤 정보를 얻을 수 있지 않을까 싶었다.

병오와 기현이 직접 매촌 마을을 찾아갔다. 사람이 살고 있는 집보다 폐가가 더 많았다. 마을 노인회관에서 만난 노인들에게 병오네 가족에 대해 물었다. 병오는 할머니의 냄새라도 맡을 수 있을까 코를 킁킁댔다. 노인들은 훌쩍 커버린 병오를 몰라봤다. 그 중에 한 할머니가 병오 얼굴의 흉터를 말끄러미 보더니 물었다.

“불 지르고 도망간 베트남 여자 아들이가? 할미 혼자 젖먹이 키우느라……”

“쓸데없는 소리. 낯선 사람들에게 아무 말이나 하지 마시오. 젊은 사람들이 왜 남의 마을에 돌아 댕기나?”

남자 노인이 이야기를 꺼낸 할머니에게 핀잔을 줬다. 할머니가 다른 노인들의 눈치를 보더니 입을 다물었다. 노인들은 병오네 가족 이야기보다 낯선 젊은이들이 마을길을 어슬렁거리는 것에 더 경계심을 드러냈다.

매촌 마을에서 가장 가까운 지경 버스 정거장이 모두 현재 개 사육장과는 멀리 떨어진 곳이었다. 그들은 사진 속 배경과 비슷한 곳이라도 찾고 싶었다. 주말마다 지경 버스 정거장을 중심에 두고 주변 마을을 찾아다녔다.

2.

기현은 때를 미는 타월로 특히 손을 더 세심하게 문질렀다. 혜인과의 약속이 있었다. 그녀를 만나서 함께 오토바이를 타고, 밥을 먹고, 술을 마시고, 모텔로 들어갔다. 한 손으로 모텔의 출입문을 닫으며, 동시에 다른 손으로 혜인을 끌어안고 입술을 덮쳤다. 입술에서 목덜미로 빨아들이듯이 키스를 퍼부었다. 섹스 중에 혜인이 날 사랑해, 하고 물었다. 그녀의 말이 낯설 뿐만 아니라, 매우 거슬렸다. 확인해서 뭘 어떡하겠다고. 미쳤냐. 병오라는 혹까지 달렸는데. 그녀와 섹스를 하면 항상 쫓기는 기분이었다. 아니, 알 수 없는 분노에 휘감겼다. 기현은 대답 대신에 페니스로 그녀를 공략하면서, 두 손으로 유방을 움켜쥐고 입으로 젖꼭지에 몰두했다. 혜인에게서 닭 비린내가 났다. 그녀를 밀쳐냈다.

한 차례 섹스가 끝난 후, 담배를 피웠다. 너도 피울래? 혜인의 입에 담배를 물려줬다. 그녀가 담뱃불을 끄며, 안 피워요. 건강에 좋지 않대, 했다. 기현은 그녀의 유두를 조몰락거리며 어머니께나 만난다고 하지 않았지? 하고 물었다. 나, 바보 아냐. 잘리지 않았으면 대학생이에요, 하고 그녀가 입을 삐죽였다. 왜 잘렸어? 아주머니가 공부도 잘 했다고 하시던데. 대학생 친구들이 부럽지 않아? 하는 기현의 말에 혜인의 얼굴이 순식간에 벌겋게 달아올랐다. 기현은 거북해서 떨어져 누우며 시선을 천장으로 비켰다. 내가 말을 잘못한 거니? 담배 연기를 뿜어내며 물었다. 아니. 혜인의 목소리가 기어들어갔다. 그녀의 감고 있는 눈에서 물기가 번져 나왔다. 한숨을 내쉬더니 입을 열었다.

엄마에게 껍질 다 벗겨지겠다고 아침마다 잔소릴 들었어요. 등교하기 전에 꼭 샤워를 했거든요. 하지만 내가 교실에 들어서면 반 아이들이 코를 감싸 쥐었어요. 처음에는 몰랐죠. 하루는 짝지가 쪽지를 내밀었어요. 자리를 바꾸라는 거예요. 맨 뒷자리에 혼자 앉던 아이가 전학을 갔는데, 그 빈자리로 가라는 거였어요. 나는 네가 가라고 버텼어요. 그랬더니 걔네 엄마가 담임을 찾아왔어요. 담임이 나에게 미안하다고 하더라고요. 난 엄마에게 담임을 만나달라고 조를 수 없었어요. 엄마의 한국말이 서툴렀거든요. 그래서 학교에 가지 않았어요. 아니, 갈 수 없었어요. 너네 아빠는? 안 돼요! 우리 아빤.

개 비린내를 지우기 위해 기현은 중학교 때부터 담배를 피웠다. 후회하지 않니? 괜찮아요. 취업해서 시내로 나올 거예요. 오빠도 시내에서 일하잖아요. 오빠랑 이렇게 만나니까 너무 좋아요. 혜인이 살짝 웃으며 기현의 가슴에 얼굴을 묻었다. 기현은 그녀의 머리칼을 쓰다듬으며 냄새를 맡았다. 샴푸 향을 뚫고 닭 비린내가 올라왔다. 샴푸로도 완전히 지워지지 않은 모양이다. 닭비린내를 없애는데 담배 냄새가 효과 있을 거야. 너도 피워봐. 혜인이 기현의 입에서 담배를 가져가 연기를 뿜어냈다. 몇 번 콜록거리더니 잠긴 목소리로, 오빠한테서 오늘은 피 냄새가 나요, 숨소리에서는 분노가 느껴져.

기현과 병오는 아버지가 죽은 후, 여전히 아버지가 수집해 둔 개들에게 의존해서 살았다. 아버지가 했듯이 발정난 개를 교미시켰고, 유명 품종의 새끼는 펫숍에 팔았으며, 상품가치가 없는 새끼는 성견으로 키워 보신탕집이나 건강원에 넘겼다.

혜인을 만나러 오기 전에 늙어서 종견으로 활용할 수 없는 리트리버를 잡았다. 건강원에서 주문이 들어왔다. 병오가 개 목에 올가미를 걸어 나무에 매달았다. 연달아 실수를 했다. 미끄러져 내리는 줄을 통해 손이 떨리고 있음을 알 수 있었다. 병오 얼굴이 사색이 되었다. 놓치면 큰일 나. 아버지가 걸던 가지에 단단히 묶어. 곧 익숙해질 거야. 기현은 아버지가 했던 말을 똑같이 하면서 양손을 허리에 얹고 지켜봤다.

기현이 처음 나무 위에 올라갔을 때였다. 아버지는 계곡물 쪽을 향해 비스듬히 서 있는 어른 몸통만한 졸참나무 아래 서 있었다. 가장자리가 큰 톱니바퀴 모양이고, 뾰쪽뾰쪽한 타원형으로 생긴 잎들이 햇살을 찢어놓았다. 아버지의 얼굴이 얼룩덜룩했다. 뿔 달린 도깨비로 보였다. 오늘은 첫날이라서 올라간 거다. 줄 거는 가지를 잘 봐둬라. 밑에서 지켜보고 있으니까, 겁먹을 필요 없어. 몇 번만 해보면 곧 익숙해질 거다. 이런 일도 해봐야지. 나중에 다 쓸 데가 있다, 하고 응원하듯 소리쳤다. 아버지가 매번 올가미를 걸던 나뭇가지에 줄이 만든 죽음의 흔적이 깊이 파여 있었다. 기현은 입술을 앙다물었다. 결코 배우고 싶지 않은 일이었다. 내 아버지가 아니었으면 좋겠어! 입 밖으로 뛰쳐나가지 못하는 볼멘소리가 심장 속으로 파고들었다.

아버지가 도사견을 잡으려고 했을 때였다. 기현이 어린 시절을 함께 보낸 개였다. 줄을 바짝 당겨라. 아버지는 올가미 줄을 바싹 당겨서 매라고 다그쳤다. 개가 발톱을 나무둥치에 박고 버둥거렸다. 거품을 내뿜는 개를 바라봤다. 발톱에서 피가 흘렀다. 눈물도 핏물이다. 다시는 함께 꿩 사냥을 할 수 없다는 생각에 울음을 삼켰다. 분노가 치밀었다. 줄을 놓쳤다. 아니 놓았다. 개가 목에 올가미를 건채 달아났다. 숲속으로 사라지는 개의 뒷모습을 바라봤다. 다시는 이곳으로 돌아오지 말라고 중얼거리면서.

그런데 산속으로 달아났던 개가 며칠 후에 돌아왔고, 올가미를 풀어주려던 아버지의 허벅지를 물었다. 기현은 아버지의 상처를 방치했다. 아버지는 물린 자리가 썩어서 결국 폐혈증으로 죽었다. 기현은 개를 잡을 때마다 병오에게 줄을 단단히 묶으라고 소릴 질렀다. 전기 충격기가 있었지만 사용하지 않았다. 아버지는 늘 개를 때려서 잡아야 고기가 부드럽다고 말했다. 거래처를 잃지 않으려고 아버지가 하던 방법을 충실히 따랐다.

기현이 몽둥이로 개의 대갈통을 쳤다. 아버지가 사용하던 졸참나무로 깎은 것이다. 몽둥이를 잡았던 손에 경련이 일어났다. 개를 나무에 매달아 놓은 채 토치램프로 털을 그슬렸다. 기현이 개털을 그슬리기 전에 하늘을 올려다봤다. 하늘이 거울같이 맑다. 그리고 바들거리는 손으로 이마의 땀을 닦았다. 병오는 납작한 칼로 피부에 남은 털을 밀었다. 병오가 기현에게 말했다.

"형, 다음에는 살았을 때 털을 벗기자."

"산 놈의 털을 벗긴다고? 어떻게?"

"몰라. 누나한테 물어볼게."

사후 강직이 일어나서 우묵하게 들어간 부분까지 작업을 하는데 시간이 꽤 걸렸다. 병오가 개의 고관절 안쪽을 벌리고 칼끝으로 살살 밀며 다리가 뻣뻣해서 손이 아파, 하고 안간힘을 썼다.

기현은 능숙하게 개 배를 가르고 내장을 분리해냈다. 아침에 먹은 사료가 위에 그대로 남았다. 포크에 둘둘 감긴 스파게티 면처럼 기다란 회충들이 뒤엉켜 창자 속에서 꿈틀거렸다. 아버지가 처음 내장을 분리하는 요령을 가르쳤을 때, 기현은 구토를 했었다. 마주 앉은 병오가 인상을 찌푸리며 고개를 돌렸다. 기현은 그것이 재미있어 병오의 얼굴 가까이 회충을 들이대며 놀렸다. 네 뱃속에도 이런 것이 득시글거려. 병오가 아침에 먹었던 것을 모두 토해냈다. 기현은 곁눈질로 병오를 살피며 떠봤다.

"이것 치우고 시내로 나가서 살까?"

"돈 많아야 되잖아?"

기현의 말에 병오가 돈 걱정을 했다. 골똘히 생각에 잠긴 병오의 이마에 세로 주름이 세 개나 잡혔다. 기현은 손도끼로 내리쳐 개 허리의 중간부분만 잘랐다. 주문한 사람이 눈으로 실물을 확인하게 하기 위해서였다.

3.

병오는 기현이 아침 식탁에서 포메라니안 새끼들을 펫숍에 넘겨야겠다고 말하던 것이 생각났다. 젖을 뗄 때가 다된 새끼들이 식탁 위로 기어오르려고 앞발을 바동거렸다. 한창 살이 올라 토실토실 귀여웠다. 기현이 종아리에 감기는 검둥이와 엄지발가락을 빨려고 달라붙는 흰둥이를 다른 발로 걷어차 떼어냈다. 병오는 숟가락을 놓고 기현에게 차여 낑낑대는 강아지들을 얼른 점퍼 속에 넣었다. 기현이 병오를 흘겨보며 새로운 새끼들이 태어나기 전에 포메라니안 새끼들을 펫숍에 넘겨야 해, 했다. 곧 새끼를 낳을 개가 두 마리나 있었다.

기현이 출근길에 포메라니안 새끼들을 케이지에 담았다. 병오는 기현에게 형, 하지 마, 하고 막아섰다. 돈 벌어야지. 그래야 치킨도 사지. 너 치킨 안 먹고 싶어. 왜? 기현이 눈을 치켜뜨고 윽박

질렀다. 병오는 형…… 말을 잇지 못하고 주먹으로 눈물을 훔쳤다. 이것들 팔 때가 됐어. 분유 값이 장난이 아냐. 두면 둘수록 손해라고. 특히 수놈은 쓸모가 없어. 기현이 병오의 말을 뭉갰다. 형, 1주일만. 병오는 손가락 7개를 펼쳐보였다. 기현이 마당에 침을 뱉고 케이지를 도로 내려놓았다. 병오는 기현의 출근 차가 보이지 않자 얼른 케이지를 열고 강아지들을 품속에 품었다.

포메라니안 새끼들이 태어나던 날이었다. 병오 혼자서 새끼를 받는 것은 처음이었다. 신기하고 흥분이 되었다. 어미개의 양수가 터지고도 오랫동안 진통이 왔다. 드디어 태반을 뒤집어 쓴 새끼들이 나오기 시작했다. 병오는 숨을 죽이고 지켜봤다. 마지막 놈이 머리만 내밀고 걸려버렸다. 안절부절 못하던 병오는 기현에게 전화를 걸었다.

"형, 큰일 났어."

"무슨? …… 손으로 꺼내봐. 바보야! 뭘 그렇게 겁 내냐?"

기현이 아무렇지 않게 말했다. 병오가 전화 통화를 하는 동안 어미개가 안간힘을 썼다. 몸부림을 치던 어미개가 널브러졌다. 그 바람에 새끼들이 어미에게 깔려버렸다. 깔린 새끼들을 빼냈다. 살아남은 새끼는 두 마리 뿐이었다. 병오는 망연자실했다. 기현의 기대에 찬 목소리가 전화기에서 들렸다.

"몇 마리야?"

"형, 죽었어. 작은 뱃속에 여섯 마리가 들어있었어. 네 마리가 죽었어."

병오는 전화기에 대고 울먹였다.

어미개까지 죽었다는 말에 아, 씨발 손해가 이만 저만이 아냐. 저런 멍청이를! 하고 기현이 소리쳤다. 병오는 맥없이 서 있었다. 땀에 젖은 머리칼이 들러붙은 얼굴은 눈물범벅이었다. 양손에 묻은 피가 형광등 불빛을 받아 검푸르죽죽했다. 어미 다리 사이에 머리만 내밀고 죽은 새끼를 보고 고개를 돌렸다. 병오는 머리를 푹 숙이고 견사 밖으로 저벅저벅 걸어 나왔다.

젖병을 들고 개가 출산한 견사로 다시 돌아왔다. 파리 떼가 새카맣게 날아올랐다. 살아남은 새끼 두 마리를 닦아서 품에 안고 분유를 먹였다. 습기를 머금은 밤공기에서 비릿한 냄새가 진동했다.

병오는 헤드랜턴을 끼고 들통에 개들의 사체를 담아 계곡으로 내려갔다. 잡은 개의 부산물을 소각하는 드럼통에 등유를 함께 붓고 불을 붙였다. 연기와 냄새가 검은 망사가 바람에 흩날리는 것처럼 하늘로 날아올랐다. 밤하늘의 별들이 내려다봤다. 기현의 지시대로 견사 안을 물청소하고 소독을 하였다. 손끝에 닿는 물이 얼음장같이 찼다. 하지만 마음이 더 춥고 아렸다.

방으로 들어온 병오는 혜인에게서 선물 받은 색칠하기 도안을 펼쳤다. 살구색 색연필로 사람의 얼굴을 칠했다. 그리고 그 위에 까만색으로 머리칼을 칠하고, 눈썹과 눈을 칠했다. 빨간색으로 입술도 칠하지만 얼굴이 갈수록 온통 까맣게 바뀌었다. 점점 까만색 속으로 사라졌다.

병오는 개장수의 트럭를 타고 이곳에 왔다. 개장수가 병오를 기현의 옆에 나란히 세우고, 형이다. 잘 지내라, 하고 말했다. 동생? 나는 엄마가 없는데, 하고 기현이 퉁명스럽게 내뱉었다. 병오도 엄마가 없다. 형에게 인사 해야지. 개장수가 콧물을 빨고 있는 병오의 손을 끌어당겨 기현의 손에 쥐어 줬다. 그날부터 병오는 기현을 형이라고 불렀다. 기현이 병오를 아주 싫어했다. 개들이 병든 놈을 코너로 몰아넣는 듯한 눈빛이었다. 병오는 기현이 무서웠다.

잠에서 깬 포메라니안 새끼들이 고개를 내저으며 울었다. 병오는 색칠하기를 멈추고 재빨리 쮸쮸쮸 소리를 내며 분유를 먹였다. 밤이 깊어갔다. 기현이 아직 오지 않았다. 병오는 기현이 걱정되어 밖으로 나왔다. 평상에 누웠다.

병오와 기현이 아버지를 기다리며 평상에 나란히 누워서 별을 헤던 적이 있었다. 병오에게 기현이 물었다. 니네 엄마 예뻤냐? 몰라. 엄마 얼굴 생각 안 나. 니네 아빠는? 아빠 없어. 할머니하고 살았어. 형이는 예쁜 엄마야? 기현이 대답하지 않았다. 형, 별이 밤에 화장실 갈 때 날 쳐다보는 개 눈 같아. 별이 개 눈 같다고? 어떻게? 웃겨. 바보 새끼가, 하고 기현이 비웃었다. 병오는 함께 별을 보고 난 후부터 기현이 덜 무서웠다.

'별이 죽은 어미개의 눈 같아.'

병오는 별을 보며 중얼거렸다.

1주일 후에는 포메라니안 새끼들을 펫숍에 보내야 한다고 생각하니 마음이 안 좋았다. 병오는 색칠하기 도안을 펼쳐놓고 혜인의 얼굴을 예쁘게 칠했다.

4.

기현이 배달 일을 끝내고 집에 밤늦게 도착했다. 병오가 보이지 않았다. 전화도 받지 않았다. 집 안과 견사를 샅샅이 뒤졌다. 개들의 밥그릇에 넘칠 정도로 사료를 가득 채워놓았다. 건넌방을 열었다. 포메라니안 새끼들이 보이지 않았다. 케이지는 그대로였다. 기현이 병오를 찾고 있는데 혜인의 아버지에게서 전화가 왔다. 병오를 데리러 오라고 했다.

개 사육장으로 올라오는 길목에 혜인네 농장이 있었다. 기현은 토종닭을 키우는 신선농장으로 내려갔다. 혜인이 그녀의 어머니 뒤에서 배시시 웃었다. 70세가 다된 그녀의 아버지가 대문의 잠금장치를 손보고 있었다. 그들에게서 닭 비린내가 훅 끼쳤다. 기현은 숨을 잠시 참았다. 병오가 포메라니안 새끼들을 안고 숲속으로 달아났다. 혜인이 병오를 부르며 뒤쫓아 갔다. 혜인의 아버지가 혀를 찼다. 무슨 일 있었어? 어두운데 내려왔어. 집에 가지 않겠다고 뻗대네, 했다. 기현은 죄송합니다. 특별한 일은 없어요, 하고 대답했다.

할 말이 없어 우두커니 서 있는 기현에게, 막무가내야. 우리 혜인이 잘해 주니까 자꾸 내려오는데, 앞으로 내려오지 못하게 해. 우리 아기한테도 주의를 줄 테니까. 혜인이는 절대 안 돼, 하고 베트남 출신인 혜인의 어머니가 덧붙였다. 기현은 숲으로 눈길을 피했다.

혜인이 병오의 팔을 잡아끌며 돌아왔다. 오빠가 포메라니안 새끼들 판다고 해서 얘가 화가 났대요. 혜인이 할딱이며 말했다. 형이 안 팔게 집에 가자. 병오가 의심스럽다는 듯 노려봤다. 기현의 손이 올라가려다 멈췄다. 머리통을 한 대 갈기고 싶었다.

"형, 이것 누나 주고 싶어."

병오가 눈치를 보며 흰 놈을 슬그머니 혜인에게 내밀었다. 엉겁결에 혜인이 흰 놈을 받아 안고 기현을 건너다보며 얼굴을 붉혔다. 기현은 그러는 그녀를 못 본척했다.

기현이 검은색 포메라니안 새끼를 안고 조수석에 앉아 꾸벅거리는 병오를 불렀다. 왜 그랬느냐고 다그치려다가 관뒀다. 대신 다른 이야기를 했다.

"혜인이 좋아?"

혜인이라는 말에 병오의 눈이 반짝 떠졌다.

"응, 누나가 맛있는 거 많이 줘. 그래서 강아지 한 마리 누나 주고 싶었어."

걱정스레 바라보는 병오의 눈길을 피했다.

"잘했어. 좋은 것은 나누어야지."

기현은 속으로 자식 벌써 여자 냄새는 알아서, 하고 피식 웃었다. 병오야, 혜인이 집에 자주 가지마. 너무 자주 가면 싫어해, 하는 기현의 말에, 누나가 보고 싶은데도 하며 병오가 왜 안 되느냐는 듯 눈을 치켜떴다.

"누나가 나보고 매일 오라고 했어. 형 이야기 해주면 누나가 좋아해. 형 이야기 더 많이 해달라고 맛있는 것도 주고."

기현이 병오의 색칠하기 도안을 펼쳐본 적이 있었다. 병오가 아끼는 보물 1호쯤 된다. 혜인이 준 것이다. 병오는 개들을 돌보는 이외의 시간은 아버지 무덤 앞 상석에 엎드려 온종일 색칠하기에 몰두했다. 알록달록하게 색칠 해놓은 얼굴 아래 '혜인이누나'라고 적혀있었다. 기현은 괴발개발 써놓은 '혜인이누나'를 한참 동안 들여다봤다. 그런데 다른 도안의 사람 얼굴은 모두 새까맣게 칠해놓았다. 기현은 병오도 자신만큼이나 답답할 것이라 생각했다. 낳아준 사람의 얼굴이 어떻게 생겼는지. 왜 이곳에 있는지, 그 궁금함을 검은색으로 표현하였을지도. 기현은 개 가죽을 벗기며 분노를 상쇄시켰다. 어쩌면 색칠밖에 할 수 없는 병오가 더 견디기 힘들지 몰랐다.

기현은 화제를 바꿨다. 병오에게 이번에는 죽이지 말고 새끼를 잘 받으라고 타일렀다. 기현의 말에, 진돗개는 배가 커서 괜찮아. 걱정 마, 형. 대답하는 병오의 입주위에 거뭇하게 수염이 자리 잡았다. 목소리도 묵직한 것이 제법 어른스러웠다. 학교에 계속 다녔다면 고등학교를 졸업했을 나이다. 병오는 초등학교 고학년 때까지 읽고 쓰기가 전혀 되지 않았다. 덧셈 뺄셈은 손가락을 이용할 수 있는 데까지가 전부였다. 반 아이들이 얼굴 흉터를 무서워한다는 이유로 학부모들이 민원을 넣었다. 결국 장애인 학교로 옮겨야 했고, 아버지가 죽은 후, 학교를 그만뒀다. 병오가 다리와 어깨를 쭉 폈다. 조수석이 꽉 찼다.

기현이 치킨 배달을 가는데, 전화벨소리가 울렸다. 오토바이의 속력을 줄이고 통화를 했다.

"형, 8마리야! 이번에는 하나도 안 죽었어. 다 살았어. 탯줄에 걸린 놈도 내 손으로 빼냈다고."

"잘했어. 형, 지금 바빠. 그만 끊어. 이따가 치킨 사갖고 갈게."

병오의 목소리가 한껏 들떠 있었다.

기현은 병오에게 줄 치킨을 사서 조금 일찍 퇴근했다. 집에 도착해서 방 안으로 들어가려는데 개들이 우르르 몰려들었다. 치킨 냄새를 맡고 미친 듯이 날뛰었다. 소름이 끼쳤다. 개들이 기현에게 들러붙을 뿐만 아니라, 떼를 지어 집 주위를 뛰어다녔다.

서로 귀를 물어뜯고, 목덜미를 물고 질겅질겅 흔들고, 남의 꽁무니 냄새를 맡고, 마당을 파헤치고, 구석에 박혀 졸고, 하늘을 향해 고개를 쳐들고 슬피 우는 등, 야단법석이었다. 아버지가 개들을 수집하여 가두어놓던 견사의 쇠창살이 모두 해체되었다. 이 난장판에 병오의 모습은 보이지 않았다.

병오를 찾았다. 불러도 아무 대답이 없었다. 엉겨 붙는 개들을 떼어내고 방안으로 들어왔다. 건넌방에 갓 태어난 진돗개 새끼들이 오글거렸다. 병오의 전화번호를 눌렀다. 손가락에 힘이 들어갔다.

5.

병오는 마트 카트를 끌고 혜인이 뒤를 졸졸 따라다녔다.

혜인에게 진돗개 새끼 여덟 마리가 하나도 죽지 않았다는 것을 자랑하고 싶었다. 그녀에게 전화를 걸었다. 어미개의 젖이 모자랄 것 같다고, 새끼들에게 먹일 분유가 필요하다고 말했다. 혜인이 마트에 갈 일이 있다며 함께 가자고 했다. 병오는 혜인의 차를 타자마자 변명부터 늘어놓았다. 형아에게 사오라고 하면 되는데, 늦게 올까 봐, 하고 핑계를 댔다. 마트에서 혜인과 함께 장 보는 것이 좋았다. 누나가 고르는 물건들이 모두 신기했다.

전화기가 울렸다. 병오는 곰돌이 푸의 노래를 따라 흥얼거렸다. 혜인이 핸드폰 컬러링으로 다운 받아준 것이다. 전화 빨리 안 받는다고 기현에게 혼이 나면서도 노래를 끝까지 따라 불렀다. 노래가 끝나고 다시 시작할 때쯤에야 통화 버튼을 눌렀다. 화가 잔뜩 난 기현의 목소리가 들렸다.

"야! 어디니?"

"하나로 마트야. 혜인이 누나 차 타고 강아지 분유 사려고 왔어."

"개들은 왜 풀어놓았어?"

"개들이 불쌍해서 그랬어. 형이 출근하고 난 다음 사모예드끼리 붙었어. 좁은 우리 속에서 서로 물어뜯는 것을 보고 두 놈 다 풀어줬거든. 넓은 데서 싸우라고. 그런데 쇠창살 안에서는 피 터지게 싸우더니, 풀어 놓으니까 안 싸우고 되레 두 놈이 풀밭을 뛰어다니며 사이좋게 노는 거야. 짖는 소리도 사납지 않고. 그래서 개들을 모두 풀어 줬어. 형, 이제부터 개 풀어놓을 거야."

병오는 기현이 왜 화를 내는지 몰라서 아침에 있었던 일을 말했다. 혜인이 쌀국수를 고르다가 돌아봤다.

"밖으로 뛰쳐나가면 어떻게 붙잡으려고 그런 짓을 했냐? 바보 같은 짓이란 걸 모른 거야."

"형, 아빠가 개들은 밥만 잘 주면 도망 안 간다고 했어. 내가 밥 많이 주고 왔어. 밖으로 도망치지 않을 거야. 나도 죽을 때까지 개들하고 우리 집에서 살 거야. 걱정 마."

기현의 웃음소리가 들렸다.

"죽을 때까지 이곳에서 살 거라고. 재수 없는 새끼가. 꺼져! 제발 나에게서 좀 떨어져 나가."

기현의 고함소리가 귀청을 때렸다. 병오는 전화기를 든 채 울상이 되었다. 혜인이 왜 그러느냐고 물었다. 형에 대해 나쁘게 말하고 싶지 않았다. 입을 다물고 카트를 밀었다. 혜인이 시무룩해져 있는 병오의 손을 잡아끌었다. 아이스크림 냉장고로 데리고 갔다.

"병오야, 골라봐. 네가 먹고 싶은 것을 골라서 여기 비닐봉지에 담으면 돼."

"사람들이 혼 안 내? 몇 개 담을까?"

"괜찮아. 너무 많이는 고르지 말고. 마트에 올 때는 미리 사야 될 물건을 생각하고 와서 고르면 돼. 다 담았으면 계산대로 가자. 우와! 맛있는 거만 골랐네. 계산하는 방법 가르쳐 줄게. 누나가 먼저 할게. 따라해 봐."

6.

기현은 다 식어버린 치킨을 안주삼아 소주를 마셨다. 하나로 마트에 다녀온 병오를 한 대 때리고 싶었지만 참았다. 기현의 눈치를 보던 병오가 한쪽 구석에 쪼그리고 잠이 들었다. 술에 취한 기현이 화장실에 다녀와서 병오가 펴놓은 매트 위에 누웠다. 잠이 오지 않았다. 병오가 돌아누우면서 쩝쩝 소리를 냈다. 기현은 병오에게 이불을 덮어주고 밖으로 나왔다. 바람이 불었다. 평상에 누워 별들을 올려다봤다. 바람에 구름이 흩어지는 사이로 별이 언뜻언뜻 빛났다.

병오가 별이 개 눈 같다고 했다. 처음에는 멍청한 새끼가 웃긴다 싶었다. 그런데 때때로 기현의 눈에도 그렇게 보였다. 특히 마음이 울적할 때 밤하늘을 올려다보면 그랬다. 예전에는 밤하늘을 오랫동안 쳐다본 적이 없었다. 병오의 말을 듣고부터 평상에 누워 별을 헤는 날이 자주 있었다. 그때마다 올가미에 걸린 개들의 눈이 하늘에서 내려다보는 것 같았다.

기현은 별을 보고 있으면 구슬픈 노래가 자신을 감싸는 것 같았다. 마치 환청처럼. 아기 때 모습이 어떠했을까? 유년기가 남아 있는 곳. 익숙하게 느껴지는 곳이 어딘가에 있을 것 같았다. 그곳은 개 비린내가 없을 것이다. 아직 가보지 못한 또 다른 지경을 찾고 싶었다. 떠나자는 내면의 소리가 머뭇거리는 기현에게 따라오라고 했다. 인기척에 개들이 울었다.

울음소리의 무늬가 제각각이다. 소리가 소리를 불렀다. 견사에는 아버지가 주워 온 온갖 종류의 유기견들이 있었다. 시베리안 허스키가 울면 시바견이, 사모예드가, 시고르자브가, 리트리버가,⋯⋯ 진돗개가 울었다. 기현의 눈에서 눈물이 흐르기 시작했다. 급기야는 통곡으로 이어졌다.

병오가 밖으로 나왔다. 기현에게 다가와 등에 손을 댔다. 병오로부터 따뜻한 온기가 옮아왔다. 병오의 떠듬거리는 말소리가 들렸다.

"형, 울지 마. 왜 울어? 형, 울지 마."

병오의 말에 기현의 울음이 더 크게 터져 나왔다. 망설이던 병오가 들썩이는 기현의 어깨를 감싸 안았다.

"형, 사랑해. 형도 병오 사랑하잖아, 울지 마."

기현은 병오를 힘껏 끌어안았다. 개 비린내가 물씬 났다. 혐오스런 물체라도 되는 듯 병오를 세차게 밀쳤다.

7.

기현은 배달 콜을 기다리며 오토바이 폭주족들과 당구장에서 주로 시간을 보냈다. 당구장 다른 손님과 시비가 붙었다. 그 일로 배달 일을 관두고 경찰을 피해 다녔다.

초조한 마음으로 혜인이 기다리는 커피숍으로 들어갔다. 창가 자리에서 밖을 내다보고 있던 그녀가 출구 쪽을 향해 고개를 돌리며 손을 흔들었다. 커피숍으로 다가오는 기현을 창을 통해 지켜보고 있었던 듯하다. 기현은 마른침을 삼켰다. 혜인이 비에 젖은 초여름 나뭇잎 같은 진녹색 원피스를 입었다. 발그레하게 상기된 얼굴에서 장미향이 풍기는 듯했다. 기현의 마음속에서 말하지 말라고 말렸다. 그 소리를 듣지 않으려고 성큼성큼 걸어가서 그녀 옆에 앉았다. 원피스 잘 어울려, 다른 사람 같아. 기현의 인사말에, 혜인이 손가락으로 티테이블을 문지르며 활짝 웃었다. 멋있어요. 오빠도 야상점퍼 잘 어울려요, 하고 장난기 가득한 목소리로 앵무새처럼 말을 받았다.

기현은 호출 벨이 울리기를 기다리는 동안 입 안이 바짝 타들어 갔다. 혜인의 수다가 귀에 하나도 들어오지 않았다. 며칠 동안 생각했던 말들을 되짚어봤다. 별로 설득력이 없어보였다. 기현이 생각에 잠겨있는 사이 혜인이 망고 주스와 아이스 아메리카노를 받아왔다. 기현은 아이스 아메리카노가 담긴 컵을 들고 바닥이 드러날 정도로 한꺼번에 쭉 들이켰다. 그래도 갈증이 가시지 않았다. 컵을 기울여 얼음을 입 안에 털어 넣고 부쉈다.

기현은 언제 말을 꺼낼까 눈치를 봤다. 주스 컵을 내려놓고 손톱 거스러미를 뜯고 있는 혜인의 손을 가만히 잡았다. 두 손으로 그녀의 작은 손을 감싸 쥐고 한동안 그대로 있었다. 무슨 일이냐는 듯 혜인이 어깨를 으쓱했다. 기현은 그녀의 얼굴을 돌려 눈을 똑바로 바라보며 목소리를 가다듬었다. 막상 말을 하려고 하자 시선이 흔들렸다. 눈길을 출입구로 두고 입을 뗐다.

"부탁이 있어, 혜인아."

"무슨? 말씀하세요. 오빠 부탁이라면."

“아주 어려운 거야. 평생 나를 욕하고, 원망할지도. 혜인아, 있잖아. 병오를 좀 부탁해. 너희 둘 그동안 친하게 지냈잖아. 안될까? 내가 한동안 어딜 좀 가야 되거든.”

거짓말을 했다. 하지만 사실이다. 기현의 마음은 이미 이곳을 떠나버렸다.

“병오의 상태는 너도 잘 알잖아. 너 많이 좋아해.”

혜인의 얼굴이 빨개졌다가 창백해졌다. 그녀의 목소리가 떨려서 나왔다.

“오빠가 어떻게 그런 말을, 누구보다도 제 마음을 잘 알면서. 병오는 천사 같은 아이에요. 오빠랑 나, 우리 셋이서 함께 살면 되잖아요. 병오도 좋아할 거고요. 근데 무슨 일 있어요?”

“다른 일 없어. 미안해.”

울고 있는 혜인을 커피숍에 두고 먼저 나왔다. 바깥은 어둡고, 비가 내렸다. 하늘과 도로가 까맣게 맞붙었다. 기현은 도망치듯 오토바이를 타고 내달렸다.

저녁 늦게 집으로 올라갔다. 기현은 아스팔트 도로를 벗어나 시멘트로 포장이 된 숲속 길로 들어섰다. 가로등이 전혀 없는 길이었다. 가파른 고갯마루가 눈앞에 보였다. 커브가 심한 오르막길을 올랐다. 헤드라이트에 도로가 간헐적으로 나타났다가 사라졌다. 집까지는 아직 많이 남았다. 고개를 다 오른 다음, 계곡을 따라 내리꽂히듯 급경사인 내리막길을 다시 내려가야 한다. 반려견을 키우는 사람들이 개식용을 식인 취급했다. 하지만 수요가 있기 때문에 공급이 있다. 복날이 가까워지면 손에서 개 피가 마를 날이 없었다. 개 사육장은 삼각뿔의 꼭짓점에서 내려다보면 가장 낮은 바닥에 위치했다.

길쭉한 유리잔에 검은 액체를 가득 채워놓은 것 같은 깔때기 모양의 절벽이 발아래로 보였다. 굴러떨어지면 곧바로 콜타르 같은 검은 바닥에 꽂힐 것 같았다. 어릴 때부터 아버지의 트럭을 타고 이 길을 오르내렸다. 그때마다 기현은 조수석에 앉아 다리에 쥐가 나도록 브레이크를 밟았다. 낡은 차가 고장을 일으켜 곤두박질을 칠까 봐. 아니, 개들이 몸에 붙은 진드기를 털어내려고 몸통을 긁듯, 산이 길을 흔들어 트럭을 털어버릴 것 같았다. 아찔함과 멀미 때문에 눈을 감고 빨리 어른이 되게 해달라고 아버지 몰래 기도를 했다. 하루빨리 이곳을 벗어나고 싶었다. 기현은 내리막길을 내려가면서 생각에 잠겼다.

아버지가 미리 알려줬더라면. 내가 누구고 어디에서 왔는지 만이라도. 제 기억을 지배하는 것은 개 비린내뿐이에요. 개 비린내는 굉장히 낯설었고, 개 비린내 때문에 익숙한 그 어떤 냄새를 떠올릴 수가 없었어요. 그래서 항상 고통스러웠고, 내 아버지가 아니었으면 좋겠어, 하고 생각할 때가 많았어요. 아버지를 원망하기도 지쳤어요. 그 누구도 사랑하지 못하고 시간을 낭비해버렸어요. 아니, 나 자신조차도 사랑하지 못했어요. 내가 누구라는 확신이 있어야 하는데 팽배해진 불신이라는 목줄에, 마치 올가미에 걸린 개처럼 매여 허우적거리는데, 사랑을 할 수 있겠어요. 병오는 나와 달랐어요. 혜인에게 사랑하는 법을 배웠어요. 그는 아버지를 미워하지 않아요. 집을 지킬 거예요. 수없이 많은 지경을 찾아다녔어요. 그 시간이 얼마나 슬펐는지요. 아버지의 죽음 앞에서 죄책감이나 슬픔보다 이곳을 떠날 수 있다는 생각에 오히려 마음이 들떴어요. 아버지는 돌아온 도사견의 올가미를 풀어줬어요. 아버지와 병오를 버리려고요. 이 골짜기를 떠날 겁니다.

전화기가 울렸다. 병오의 웃음소리가 들렸다. 형, 혜인이 누나 집이야. 누나가 저녁 먹고 간다고 전화하래. 알았어, 얌전하게 굴어. 너무 오래 있지 말고 곧 올라와. 알았어, 형.

8.

병오는 혜인이 만든 파스타를 그렸다.

"대단해. 병오야, 너무 잘 그렸어. 완전 진짜야."

"누나가 만든 파스타가 제일 맛있어."

서툴지만 누가 봐도 접시에 담긴 닭고기 펜네 파스타였다. 만화 컷 같았다. 면발이 플라스틱 스트로를 잘라놓은 것 같이 생생하게 표현되어 있었다. 병오는 혜인의 감탄에 신바람이 났다. 칭찬하는 혜인의 입술을 흘금흘금 훔쳐봤다. 병오는 요즘 들어 나무나 꽃, 강아지들을 직접 그렸다. 밑그림 색칠하기보다 재미가 있었다. 기현이 유치하다고 조롱해도 괜찮았다. 혜인을 앞에 앉혀놓고 예쁜 얼굴을 직접 그려보고 싶었다. 혜인의 말이 생각에 빠져있는 병오를 일깨웠다.

"누나는 오빠하고 병오하고 셋이 함께 살고 싶어. 병오 생각은 어때?"

"진짜야! 나도 누나랑 같이 살고 싶어. 형아도 좋아할 거야. 형아한테 빨리 말할래."

혜인의 집에서 돌아온 병오는 기현에게 자랑했다. 누나가 만들어준 파스타야. 병오는 스케치북에 색연필로 그린 그림을 기현에게 보여줬다. 이 세상에서 제일 맛있는 파스타였어, 형. 그랬어, 얼마나 맛있어? 나도 먹고 싶다야. 형, 나중에 누나한테 말해볼게. 형도 파스타 먹고 싶다 하더라고. 아참, 누나가 병오랑 형이랑 셋이서 함께 살고 싶다고 했어. 기현에게 혜인의 말을 빨리 전해주고 싶어 숨이 찼다. 기현의 얼굴이 굳어졌다. 아니, 괜찮아. 시내에 가서 사먹으면 돼. 시내 것은 누나가 만든 것 보다 맛없어. 기현이 개 이야기를 했다.

"풀어놓은 개들 어떡할 거야?"

"형, 풀어놓고 키우면 안 돼? 개 키우는 것은 내가 책임지라며. 형은 신경 쓰지 마. 내가 알아서 할게. 형, 개 번식장도 열어놓을 거야. 개들도 강제로 그것 하게 하는 것보다 서로 사랑하는 개끼리 할 수 있도록 하고 싶어. 개들도 서로 좋아하는 개와 싫어하는 개가 있거든. 싫어하는 개들끼리는 아닌 것 같아."

기현이 멈칫했다.

"너, 말 많이 늘었다."

"누나가 가르쳐줬어. 누나가 만화책도 함께 봐주고, 재밌는 책도 읽어줘."

기현이 씁쓰름한 웃음을 감췄다. 병오는 잇몸까지 드러내고 싱글벙글 웃었다. 혜인이 누나만 생각하면 기분이 좋았다. 기현 앞에서 이렇게 말해보기는 처음이었다. 병오는 기현이 하나도 무섭지 않았다. 오히려 마음이 뿌듯해졌다.

9.

해가 지고 있었다. 시내버스가 병오 앞에서 주춤거리더니 느릿느릿 지나갔다. 병오는 서울에서 택배기사를 하고 있다는 기현에게 매일 전화를 했다. 강아지가 태어났다고, 혼자서 하나로 마트에서 장을 봤다고, 혜인이 누나가 그림을 칭찬했다고, 미용사 자격증을 딴 누나가 기념으로 머리를 깎아줬다고. 매일 자랑을 해도 자랑할 거리가 많았다.

'올해도 많이 바쁜가봐. 형도 우리가 보고 싶지. 누나가 형도 이

골짜기의 냄새가 그리울 거라고 했어. 난 잊어버릴까봐 형 얼굴 매일 그리고 있어.'

병오는 전화기에 대고 혼잣말을 했다. 그는 양손으로 마른세수를 하고 승강장 의자에서 일어났다. 집으로 돌아가기 위해 사륜 전기 스쿠터에 시동을 걸었다. 스쿠터 트렁크에 실린 북어포가 몸을 뒤척였다.

본래 그 자리

준석은 또 김을 피해 차를 몰고 나왔다. 커피숍을 검색했다. 다른 때는 차 안에서 음악을 들으며 잠을 잤는데, 아이스커피라도 마셔야 했다. 숙소에서 멀지 않은, 메인도로에서 100여 미터쯤 떨어진 지점에 북 카페가 떴다. 눕힌 깔때기같이 생긴 지형의 끝자락에 위치했다.

준석이 카페 주차장에 들어섰을 때, 정원에 심어진 홍송 한 그루가 눈길을 끌었다. 단층짜리 건물인 카페지붕을 내리누르듯 서 있는 모습이 마당 한가운데 붉은 솟대를 세워놓은 것 같았다. 정원면적이 20평도 안 돼 보였다. 카페의 정원수로 쓰기엔 아까운 나무였다. 지붕높이를 훌쩍 벗어난 곳에서부터 가지들이 뻗어나갔는데, 용트림하듯 휘어진 것이 전문가의 손길로 키워진 것이 분명했다.

얼마짜리일까?

그는 소나무 밑으로 가까이 다가갔다. 통유리 너머로 실내가 바로 보였다. 어항 속 같았다. 수초 사이로 사람들이 관상어처럼 입을 벙긋거렸다. 그도 수초 속에 숨어 휴식을 취하고 싶었다. 준석은 하루 일과가 끝날 때마다 숙소에서 일찍 잠을 자거나, 아무에게도 방해 받지 않은 곳에서 푹 쉬고 싶다는 생각을 하곤 했다.

준석이 일하고 있는 공사 현장은 종합건설사가 G시에서 신도시를 건설하는 곳이었다. 고등학교 동창이 현장소장이어서 얻은 일자리다. 현장 숙소에서 준석의 룸메이트는 김이었다. 숙소 사람들 중에 준석과 김은 유일하게 비노조원이었다. 준석은 흰 피부에 체형이 왜소한데 비해 김은 근육질로 다져진 몸에 키가 180센티미터를 넘었다. 같은 숙소동 사람들이 그들을 톰과 제리로 불렀다. 자존심이 상했지만 그것까진 괜찮았다. 김이 주말엔 집에 다녀오지만, 주중에 혼자 시내로 나가 술을 마시고 들어오는 경우가 많았다. 게다가 만취상태가 되면 아무에게나 시비를 걸었다.

그날도 김이 술에 취해 준석에게 치근덕댔다. 김 자신도 다른 사람들과 잘 어울리지 못하면서, 혼자 겉돌고 있는 준석이 만만해 보인 모양이다(사실은 노조원과 비노조원 사이에 보이지 않은 벽이 있었다). 준석은 화가 나서 소장에게 김하고 한 공간을 사용하고 싶지 않다며 다른 숙소로 바꿔달라고 전화를 했다. 그러자 고자질했다고 김이 준석에게 주먹까지 휘둘렀다. 다른 사람들은 말리면서도 싸움 구경을 재밌어했다. 준석은 미친 불도그같이 날뛰는 김에게 대응하지 못하고, 늦은 저녁에 차를 몰고 숙소 밖으로 나온 것이다.

준석은 낡은 트레이닝복을 입은 자신의 차림새부터 점검했다. 카페 분위기에 어울리지 않을까봐서다. 그가 밖에서 기웃거리자 카페 사장이 출입문을 열고 내다봤다. 무슨 볼일이라도 있느냐며 쑥 내미는 얼굴이 피라냐를 떠올리게 했는데, 눈빛이 날카로웠다. 준석은 목례를 하고 카페 안으로 들어갔다. 대화에 열중하는 중년 남녀 한 쌍이 보였다. 구석자리에 앉아 포커를 치고 있던 남자 넷이 그를 쳐다봤다. 준석은 재빨리 시선을 돌렸다. 그들의 열 오른 눈길을 의식하며 앉을 자리를 찾았다. 남자들의 시선이 떨어져 나가자 이번엔 준석이 그들의 자리를 건너다봤다. 네 남자는 잠시 멈췄던 포커에 다시 몰두하며 수군수군 댔다.

준석은 아이스 아메리카노를 시키고, 칸막이 대용으로 세워둔 서가의 책들을 눈으로 훑었다. 동서양의 사상서들이 지루한 표정으로 앉아있었다. 준석의 눈길이 신간이 꽂힌 책장으로 옮아갔다. 카페 안을 떠도는 음악과 달리 부동산, 주식, 자기계발서들이 많았다. 눈에 가장 잘 띠는 곳에 표지가 누렇게 변색이 된 무협지들이 꽂혀있었다.

그는 손에 잡히는 대로 무협지 한 권을 빼 들고 소나무가 잘 보이는 창가에 앉았다. 책에 집중한다기보다 통유리 밖의 소나무 가격에 더 관심이 갔다. 준석이 현재 일하고 있는 지역이 소나무 군락지다. 잘 생긴 나무들은 정원수로 밀반출됐지만, 대부분은 폐목재 처리장으로 실려 나갔다. 정원에 서 있는 소나무를 내다보며 커피잔에 얼음덩어리만 남기고 단숨에 들이켰다.

카페용으로 편곡된 색소폰 연주 모음곡이 어항 속 기포같이 실내를 유영했다. 아무도 음악에 귀 기울이는 것 같지 않았다. 음악을 가림막으로 이용하는 느낌이랄까. 구석자리 남자들의 목소리가 음악소리 속에서 떠올랐다 잠겼다했다. 시간이 느리게 흐르는 기분이다. 그는 지루함을 느끼며 실내를 둘러봤다. 준석 쪽으로 등을 보이고 앉은 카페 사장과 네 명의 남자가 한 덩어리로 보였다. 대화의 내용은 알 수 없지만, 카페 사장을 바라보는 네 남자의 눈빛이 피라냐 앞의 청소물고기 구피 같았다. 피라냐와 구피. 남자들의 눈빛이 보는 사람이 불안할 정도로 조심스러웠다.

실내를 스캔하던 준석의 시선에 잡힌 또 하나의 장면. 소나무 둥치가 바로 보이는 창가, 바 테이블 앞에 한 남자가 서서 창밖의 소나무를 바라봤다. 좀 전에 카페 정원에서 소나무를 구경할 때 누군가가 지켜보는 듯한 시선을 느꼈는데, 바로 그 사람 같았다. 머리칼은 말총머리로 묶고, 짙은 회색계열의 개량한복을 입고 있었다. 흰색이 희끗희끗 섞여 있는 머리칼과 약간 붉은 기운을 띠는 얼굴색이 잘 어울렸다. 남자는 책을 읽기보다 창밖의 소나무를 보는 것에 더 많은 시간을 보냈다.

비가 내렸다. 오전에 낮잠을 자고 나서, 시끌시끌한 숙소의 분위기가 싫어 준석은 북 카페를 찾았다. 카페에 들어서는데, 첫날 봤던 남자들이 카페 사장과 함께 낡은 탱화를 펼쳐놓고 들여다보고 있었다. 심우도尋牛圖였다. 준석은 크게 관심을 두지 않았다. 그는 어두워질 때까지 무협지를 봤다. 오랜 시간 앉아 있었더니 예전에 다친 허리가 시큰거렸다.

준석은 일어나며 바 테이블 쪽을 봤다. 전에 봤던 말총머리 남자가 여전히 바 테이블을 차지하고 서서 창밖을 내다보고 있었다. 남자가 가끔 팔을 들어 머리 위에서 커다랗게 원을 그리는 동작을 했다. 금붕어의 지느러미같이 팔의 움직임이 유연했다. 주변 상황에 대해 무심함이 그대로 묻어나는 몸짓이다. 준석은 바 테이블 앞에 서 보고 싶었다. 속으로 자리를 양보해달라고 하고 싶었지만 말로 직접 하진 못하고 혹시나 싶어 시위하듯 창턱에 책을 올려놓았다.

특별한 일이 없을 땐 거의 매일 저녁 북 카페에 갔다. 카페에 가지 못한 날은 하루의 마무리가 덜된 것 같은 기분이 들 정도였다. 카페 사장도 준석을 단골로 인정하는지 가끔씩 커피 리필을 해줬다.

하루는 좀 늦은 시각에 카페에 들렀다. 포커 치는 남자들도 보였다. 그런데 낯선 얼굴들이 섞여있었다. 준석은 이곳이 구피들이 꼬이는 곳인가 하며 늘 앉던 자리에 가서 앉았다. 포커를 치던 남자들 사이에서 욕설이 튀어 올랐다. 준석이 고개를 드는데 한 남자가 주머니칼로 포커 판을 내려쳤다. 커피를 뽑던 카페 사장이 달려가 단숨에 그 남자를 제압했다. 말총머리 남자도 물끄러미 그들을 바라봤다.

카페 사장이 다투던 남자들을 데리고 밖으로 나갔다. 그 사이에 나머지 손님들도 다 나가고 말총머리 남자와 준석만 남았다. 주차장에서 서로 삿대질을 하던 남자들이 떠나고 사장이 커피를 뽑아 들고 왔다. 물론 말총머리 남자의 잔에도 리필을 해줬다. 사장이 준석에게 얘기 좀 해도 되느냐고 물었다. 준석은 좀 전의 상황이 궁금했지만, 시선을 책에 고정시킨 채 애매하게 웃었다.

"소란스러웠죠?"

"아, 네."

"우리 한 잔하려고 하는데 합석할래요?"

사장이 체인톱같이 생긴 이빨을 드러내 보이며 술잔을 입에 털어 넣는 시늉을 해 보였다. 남자들이 포커를 치던 자리에 말총머리 남자도 와 있었다. 준석은 읽던 책을 서가에 꽂아놓고, 바 테이블 곁을 지나가면서 테이블 위를 스쳐봤다. 말총머리 남자가 읽고 있는 책이 궁금했다. 테이블 위에 동식물 생태 시리즈 그림동화책이 놓였다. 준석은 예상 밖이라 고개를 갸웃거렸다. 옛날 안반을 테이블 대용으로 사용하는 그 위에 시바스 리갈 1병과 육포 등 안줏거리가 차려져 있었다.

준석은 칼에 찍힌 자국을 찾느라고 안반 위를 살폈다. 말총머리 남자가 엷은 미소를 지으며 준석을 응시했다. 순간이지만 다가왔다가 되돌아가는 눈빛이 맑았다. 준석은 자신도 모르게 움찔했다. 잠시 감전이 된 듯했다. 준석이 인사말을 입안에서만 우물거리고 있는데, 카페사장이 자신을 홍이라고 소개했다. 키에 비해 과체중의 몸매를 지닌 홍의 목소리가 목구멍에 돼지기름이 잔뜩 낀 듯 미끈거렸다. 준석도 자신을 소개하며 말총머리 남자를 건너다봤다. 홍이 웃음기가 가득한 눈길로 남자를 쳐다보며 조심스레 말했다.

"이분은 민 사장님이에요. 제겐 좋은 형님이시죠."

준석은 민을 보고 아까보다 친밀하게 웃었다.

"보아하니 내가 위일 것 같은데, 말 편하게 해도 되겠죠? 정 사장 우리 집에 처음 올 때부터 눈여겨봤소. 소나무 쳐다보는 눈길이 보통 아니었거든요."

"억대 가겠네요?"

"내 눈이 틀리지 않았군. 하지만 저 소나무는 가격이 없어요. 내가 부르는 것이 값이거든."

순간 민의 눈에서 날카로운 빛이 나와 홍에게 꽂혔다. 좀 전, 준석을 쳐다볼 때와 사뭇 달랐다. 준석은 민의 반응에 흥미를 느끼며, 북 카페에 처음 오던 날 소나무를 보면서 귀족 몸값이겠다고 생각했던 것이 기억났다.

민은 잠자코 앉아 술잔에 얼음을 넣었다. 준석은 말을 붙여볼 기회를 포착하려고 곁눈으로 민을 지켜봤다. 그런데 민은 홍이 묻는 말에 대답만 할 뿐 자기 얘기를 거의 하지 않았다. 잔에 담긴 술을 응시하다가 생각난 듯 입속으로 털어 넣었다. 흡사 졸다가 한 번씩 앞발을 들어 입을 닦는 고양이 같았다.

홍의 말에 번쩍하고 튀어나왔던 민의 눈빛이 그 후론 잔잔한 호수같이 가라앉았다. 그 눈빛 때문인지 준석은 괜히 초조함을 느꼈다. 생선을 앞에 두고 관망하는 고양이처럼, 무슨 생각을 하고 있는지 알 수 없는 민의 눈빛이 묘하게 사람을 끌어당겼다. 홍의 수다스러움도 민의 눈빛 때문이 아닌가 싶다. 민의 눈빛에 끌려들어가지 않으려고 쉴 새 없이 지껄이는 것 같았다. 민이 거의 말을 하지 않아도 술자리의 주도권은 민에게 가 있었다.

요즘 들어 김이 준석에게 급속도로 친한 척했다. 공사기간이 끝날 때까지 어차피 한 공간에서 잠을 자야 했기 때문에 불편함을 참지 못한 준석이 먼저 사과를 한 후다. 그날은 주말인데 김이 집에 가지 않고 숙소에 남았다. 아침 식사를 대충 마치고 북 카페에 가려고 나서는 준석에게 김이 좋은데 가느냐고 물었다. 준석이 쇼핑하러 간다고 둘러대자 김이 따라나섰다.

E마트에 들러 생필품을 사고, 늦은 점심으로 불고기와 냉면을 먹었다. 숙소로 돌아오는 길에 김을 데리고 북 카페에 들렀다. 홍이 반가워했다. 준석이 홍에게 김을 소개했다. 김의 눈도 예외가 아니었다. 소나무가 잘 보이는 창가로 다가서더니 씨익 웃었다. 그리곤 홍이 어디에 있는지 살피며 나직이 속삭였다.

"이런 시골 카페에 저런 물건이. 훔쳐다 놓은 것 아닐까? 어울리지 않잖아. 냄새가 나는데. 자식, 정말 잘 생겼네. 억대 넘겠군. 보쌈해 버릴까. 저녁마다 가는 곳이 여기였어요?"

김의 말에 준석도 고개를 끄덕이며 실내를 훑었다. 포커 치는 남자들이 보이지 않았다. 민도 없었다. 준석은 북 카페에 오면 제일 먼저 민의 자리를 건너다보는 것이 어느새 습관처럼 돼 버렸다. 저녁 7시가 넘자 참을 수 없을 정도로 궁금증이 더해졌다. 홍에게 물어보고 싶었지만 참고 있는데, 마침 민이 카페 출입문을 열고 들어왔다. 준석은 살짝 홍분을 느끼며 눈인사를 보냈다. 민도 가벼운 목례로 답했다. 민은 곧바로 바 테이블이 있는 곳으로 걸어갔다. 그 자리는 민의 지정석처럼 묵인돼 있었다. 민의 움직임이 고양이같이 유연하다. 걸음을 옮겨도 바짓가랑이가 서로 스치는 소리조차 나지 않을 정도로 그림자처럼 움직였다.

손님이 거의 없는 실내를 둘러보며 김이 하품을 했다. 그 소리가 유난히 크게 들렸다. 준석이 김을 흘겨봤다. 눈길을 느꼈는지 김이 재빨리 입을 막았다.

“씨바, 좆나 조용하네. 패돌리기 좋네. 하우스로 딱인데.”

“아직 손 못 끊었어요?”

준석은 포커 팀이 없는 것을 다행으로 여기며, 김에게 퉁명스럽게 핀잔을 줬다.

민의 눈길이 어김없이 소나무에 가 꽂혀있었다. 지루해 하던 김이 민을 눈짓으로 가리키며 나직이 속삭였다.

“무술고단자로 보여요. 그렇지 않아요?”

“잘 모르겠네요. 겉모습만 보면 그렇게 보이기도 하고.”

준석은 김이 민에게 관심을 보이는 것에 자신도 모르게 불쾌감이 들었다. 민에 대해 관심을 가지는 사람은 자기 혼자여야만 했다. 처음 경험하는 감정이다. 민에 대한 얘기를 김과 공유하고 싶지 않았다. 그렇게 하면 자기 속에서 자라고 있는 비밀스런 기대감이 사라져버릴 것 같았다.

두 사람이 숙소로 돌아가려고 읽던 책을 서가에 꽂는데 홍이 다가와 맥주를 마시러 가자고 했다. 민도 함께 갔다. 생맥에 치킨을 뜯으며 치킨용 닭과 삼계탕용 닭의 사이즈에 대해 얘기를 하고, 삼계탕엔 잘 익은 깍두기가 반드시 있어야 그 맛이 완성된다는 얘기로까지 이어졌다. 깍두기 맛을 논하다가 홍이 직접 김치를 담근다고 했다. 김과 준석이 의아해하자 홍이 이혼했다고 덧붙였다.

김도 도박 빚 때문에 이혼 당했다는 것을 무슨 자랑처럼 홍에게 털어놓았다.

준석은 이혼했다는 것을 밝히지 않았다. 민은 별다른 말을 하지 않아 그 속을 알 수 없었다. 홍과 김이 동병상련을 느끼는지 두 사람사이에 대화가 활발하게 오갔다. 대화 내용은 대부분 홍의 추임새에 김이 하소연을 쏟아내는 형식이다. 누군가에게 얘기하고 싶었는데, 그동안 털어놓을 말상대가 없었던 모양이다. 아주 심각한 내용은 아니지만, 그렇다고 타인에게 쉽사리 얘기할 수도 없는 소소한 가정사였다. 이혼을 한 후, 고등학교에 다니는 아들을 어머니가 키우고 있는데 자주 말썽을 피운다고 했다. 그러면서 이혼을 하지 않았어야 했다며 끝내 눈시울을 붉혔다.

준석은 중학교에 다니는 아들이 보고 싶었다. 화장실 가는 길에 아들에게 전화를 걸었다. 아들이 학원에 있다고 했다. 그런데 전화기 안에서

"누구니?"

묻는 낯설지 않은 목소리가 끼어들었다. 그렇다고 어머니 목소리도 아니다. 아들에게 정말 학원에 있느냐고 확인하려다 그만 두고 전화를 끊었다. 어머니에게 전화를 걸었다. 준석이 아들에 대해 물어보려는데 어머니의 말이 먼저 들려왔다. 화가 많이 나 있는 목소리였다.

"애비야, 은행에서 또 통지서 날아왔다. 잘못 하다간 이 집도 날

리는 거 아니니? 어떻게 해서라도 집은 꼭 지켜야 한다. 이 집이 어떤 집인데."

"어머니, 무슨 통지서요? 지금 갚고 있는 것 외엔 대출 없어요. 연체도 없고요."

준석의 목소리가 자기도 모르게 떨렸다. 그는 어머니부터 안심시켜야겠다는 생각에 '연체도 없고요'라고 할 땐 목소리에 힘을 줘서 말했다.

"어머니, 윤서 학원에서 돌아오면 폰으로 찍어서 보내라고 하세요. 확인해보게요. 너무 걱정 마세요."

"걔도 요즘……. 됐다. 알았다. 오면 사진 찍어 보내라 할게. 밥 잘 챙겨 먹니? 걱정이다. 언제 빚더미에서 벗어날지."

그는 무슨 통지서가 왔는지 궁금했지만 더는 어머니에게 물어볼 수 없었다.

준석이 자리로 돌아왔을 때, 홍이 북 카페 마감하러 들어가야 한다고 했다. 민은 자기 차를 타고 왔기 때문에 혼자서 떠나고, 준석과 김은 홍의 차를 타고 북 카페로 향했다. 홍이 자동차 안인데도 경계심이 담긴 목소리로 조수석에 앉은 준석에게 속삭였다.

"정 사장, 좋은 일 한번 하시오. 암자 신축하는데 시주해야한다고 갑자기 재촉이야. 열 놈은 있어야 하는데."

"얼마에요?"

"5천에 열 놈이요."

준석은 침을 삼켰다. 소나무 열 그루에 5천만 원이라는 것이다. 그에겐 큰 금액이다. 게다가 사찰에 시주할 정도면 나름대로 돈이 있는 물주이고. 돈 못 받을 일은 없다는 것이다.

"며칠 만에요?"

"일주일 정도면 충분하지 않아? 이런 일 길게 끌면 재미없잖아. 나도 중개만 하는 입장이라. 두 사람 하겠다고 하면 자세한 것 나중에 알려 주지."

준석은 마음속으로 계산을 했다. G시에서 다른 지역으로 소나무를 반출하는 것은 불법이다. 소나무재선충병 때문에 발각되면 최소 벌금 아니면 구속이었다. 게다가 반출허가증도 없이 한다는 것은 도둑질이나 다름없었다. 준석이 확실한 대답을 하지 않고 애매한 태도를 보이자, 뒷좌석에 꼬꾸라져있던 김이 다 듣고 있었다는 듯 대뜸 하겠다고 말했다.

"씨팔, 생각이고 뭐고 할 것 없어요. 내일이라도 당장 가능해요. 다른 새끼들 다 해먹는데 우리라고 못하란 법 있나. 안 걸리면 임자야."

준석은 속으로 홍이 한 말이 거짓말이 아니길 바랐다. 그가 작업하는 현장에 그 정도 가격의 소나무는 얼마든지 구할 수 있었다. 그는 공사현장 지형도를 머릿속에 떠올렸다. 다행히 현장과 숙소가 1킬로미터 넘게 떨어져 있어 밤이면 인적이 끊겼다. 문제는 출입구 쪽에 설치된 CCTV였다. 그런데 아직 공사를 시작하지 않은 뒤쪽 숲엔 CCTV가 없었다.

다음날, 일을 하면서 나름대로 계획을 짰다. 저녁식사가 끝난 뒤 자신의 계획을 김에게 얘기했다. 김도 같은 생각이었다. 그들은 승용차를 타고 공사현장 뒤쪽을 돌아봤다. 큰 도로와 이어지는 비포장 등산로가 나 있었다. 굴삭기로 조금만 보완하면 트럭이 다닐 수 있을 정도는 됐다. 차를 사람들 눈에 띄지 않는 곳에 세웠다. 둘은 형광스프레이를 챙겨들고 등산로를 따라 산속으로 들어갔다. 이장한 묏자리 주변에 제법 쓸 만한 것들이 보였다. 김의 입에서 탄성이 튀어나왔다.

"오씨, 횡재했네."

그들은 가져간 스프레이로 뽑을 소나무에 미리 표시를 해두고 숙소로 돌아왔다.

홍에게 일을 시작하겠다고 연락을 해놓고, 다음날 밤에 굴삭기를 끌고 가서 소나무 열 그루를 뽑았다. 소나무를 쓰러뜨리는 순간 몸에 서늘한 기운이 훑고 지나갔다. 어차피 폐목재가 될 건데 싶어도 심장 뛰는 소리가 티셔츠 밖까지 들렸다. 그들은 뽑은 소나무의 뿌리를 가마니로 포장하고, 가지는 그물망으로 감싼 뒤 굴삭기로 끌고 내려와 산중턱쯤에 숨겼다.

3일째 되는 날, 홍이 트럭과 인부들을 보낼 시간을 알려왔다. 준석과 김은 공사현장 뒤쪽으로 굴삭기를 끌고 갔다. 도로변의 잡목을 제거해 트럭이 들어올 길을 넓혔다. 소나무 열 그루를 한꺼번에 옮기면 표시가 날 것 같아 하룻밤에 두 그루씩 옮기기로 했다. 그들은 각각 한 그루씩 운반해 와 트럭에 쉽게 실을 수 있는 위치에 내려놓았다.

작업을 끝내고 나니 밤이 깊었다. 가까운 곳에서 소쩍새 우는 소리가 들렸다. 소나무를 싣고 갈 트럭이 아직 나타나지 않았다. 그들은 각자의 굴삭기에 앉아서 기다렸다.

"빌어먹을, 저 놈 새는 왜 자지도 않고 울고 지랄이야. 사위스럽게."

김이 담배 연기를 내뿜으며 투덜거렸다.

잠시 멈췄던 소쩍새 울음소리가 다시 들렸다. 준석은 제 어미를 만나고 있다는 아들을 생각했다. 아들이 아내와 비밀리에 만나왔다는 사실을 어머니로부터 들었을 때, 아들에게 깊은 배신감을 느꼈다. 준석은 소쩍새 소리에 귀를 기울이다 갑자기 굴삭기 핸들을 목덜미를 비틀듯 움켜잡았다. 온몸에 휘발유를 끼얹고 불을 댕긴 듯 열이 확 솟구쳤다. 아들이 핸드폰으로 찍어서 보낸 통지서엔 2년간 거치 기간이 끝나고 다음 달부터 원금을 갚아야 하는, 아내가 대출한 또 다른 돈 6천만 원이 들어있었다.

매일 밤 두 그루씩 옮겼다. 마지막 밤이다. 남은 두 그루만 넘겨주면 2천5백만 원이 손에 들어온다는 생각에 피곤한 줄 몰랐다. 김이 미리 준비해온 소주를 나눠 마셨다. 나무를 굴삭기에 매달아 트럭이 기다릴 곳으로 내려가는데 산 아래쪽의 분위기가 심상

찮았다. 트럭이 있어야 할 곳에 경찰차의 경광등 불빛이 번쩍거렸다.

준석은 굴삭기의 엔진을 끄고 소나무 숲에 숨었다. 김도 눈치를 챘는지 좀 전까지 쉐쉐거리던 굴삭기 엔진소리가 들리지 않았다. 비포장도로로 트럭이 들어오고 있었다. 준석은 와들와들 떨리는 손에 전화기를 들고 트럭기사에게 돌아가라고 소리쳤다. 하지만, 이미 늦었다. 전화기에서 씨발 좆됐다는 말이 흘러나옴과 동시에 트럭이 뒤로 물러났다. 그런데 도로 폭이 워낙 좁기 때문에 트럭을 돌릴 데가 없었다.

산 밑에 있던 경찰차가 사이렌을 울리며 트럭의 불빛을 향해 달려갔다. 준석과 김은 숲에서 뛰어나와 길 위를 내려다봤다. 트럭에서 두 사람이 뛰어내려 달아났다. 경찰관 두 사람이 뒤쫓았다. 좁은 길에선 추격전이 벌어지고, 골짜기엔 소쩍새 울음소리가 퍼져나갔다.

준석과 김은 그들이 임시로 만들어 놓은 길을 포기했다. 소나무를 옮기기 위해 굴삭기를 몰고 다니던 그 길에도 경광등이 번쩍였다. 허겁지겁 다른 방향으로 새 길을 만들었다. 다행히 공사판 트럭이 다니는 임시도로와 이어졌다. 새벽녘이 다 돼서야 공사현장으로 내려와 굴삭기를 세웠다.

이제 도둑질까지 해야 하는가. 준석은 죽은 아버지가 어설픈 놈이라 할까봐 두려웠다. 그는 아침이 될 때까지 뒤척거렸다. 소규

모 하도급 회사였지만, 아버지가 맨손으로 일군 토목회사를 물려 받았었다. 사실 말이 사장이지, 회사는 삼촌한테 맡겨두고 도박에 빠져 지냈다. 회사가 부도 위기에 처했을 때, 삼촌도 남이라는 것을 알았다.

지금까지 굴삭기 기사들이 막장이라 말하는 하루짜리 공사도 닥치는 대로 직접 뛰었다. 그래봐야 돈은 그의 통장에서 한 달도 채 머무르지 못했다. 어머니와 아들의 생활비를 보내고 나면, 나머지는 대출금을 갚는데 다 들어갔다.

그가 대출금에서 헤어나지 못하는 또 다른 이유가 있었다. 토목공사의 성격상 현장이 지방이면 몇 달씩 집을 비워야 할 때가 많았다. 걱정이 됐지만, 아내가 사고를 칠 줄 몰랐다. 어느 날 은행에서 그가 모르는 대출금 5억을 갚으라는 통지서가 날아왔다. 회사가 부도나기 직전, 아내와 서류상 이혼을 하면서 아파트 소유권을 아내 앞으로 이전해 놓았었다. 아내가 아파트를 담보로 대출을 해 비트코인으로 다 날려버렸다. 아내의 말을 빌리자면, 불면증 때문이었다. 처음에 몇 퍼센트 수익이 났다. 꿈이 뭉게구름처럼 부풀었다. 그런데 얼마 못 가서 수익률이 미끄럼을 탔다. 잃은 돈의 단위가 너무 커서 막을 수 없었다고. 아내가 먼저 결혼생활을 끝내자고했다. 아내의 요구에 직감적으로 의심 가는 부분이 있었지만, 준석 또한 공사판 생활에 지쳐서 모른 척했다. 그가 대출금을 갚는 대신 아파트 소유권과 아들 양육권을 가지기로 했다.

그는 주말에도 아들을 보러 자주 가지 못했다. 어머니를 뵐 면목이 없었다. 경찰차의 사이렌소리가 귓속에서 웽웽거리는 것 같아 머리가 아팠다. 준석은 알람소리에 일어나 출입문 옆에 던져둔 생수병을 들고 입속으로 들이붓듯 마셨다.

봄장마가 시작되었다. 새벽부터 비가 내렸다. 아침 겸 점심을 먹고, 김과 함께 빨래방에 갔다. 빨래를 끝내고 돌아오는 길에 북카페에 들렀다. 준석은 카페 정원에서 담배에 불을 붙였다. 빗속에 개미가 대열을 이뤄 소나무를 오르내렸다. 준석은 자신이 개미들의 대열에도 끼지 못한다는 생각이 들었다. 거미가 줄에 걸린 개미를 잡았다. 굴뚝새가 거미를 날름 삼켰다.

홍이 반갑게 맞았다. 소나무 밀반출 사건 후, 준석과 김에게 더욱 친밀하게 굴었다. 민이 아직 오지 않았는지 바 테이블이 비어 있었다. 준석은 곧바로 바 테이블 앞에 가서 섰다.

민은 여기 서서 무슨 생각을 그렇게 골똘히 했을까.

경찰차 한 대가 북 카페 주차장으로 들어왔다. 순간 준석의 심장이 멎는 것 같았다. 홍이 밖으로 나갔다. 경찰차에서 내린 두 명의 경찰들과 얘기를 나누며 목젖이 드러나도록 웃었다. 김도 경찰차를 봤는지 얼굴 표정이 굳어지더니 후다닥 뛰어나갔다. 준석도 뒤따라 출입문을 향해 달렸다. 카페 출입문이 하나밖에 없었다. 홍과 함께 들어오던 경찰들이 준석과 김을 덮쳤다. 그들은 그 자리에서 체포돼 경찰차에 태워졌다. 홍이 경찰서로 면회를 오겠다고 했다. 그의 말이 귀에 들어오지 않았다. 홍은 빼고 그들만 왜 연행되는지 준석은 의아했다.

소나무 밀반출 사건이 잊혀 진 것이 아니었다. 홍이 소나무를 사 간 사람이 벌금을 내고 다 끝냈다고 했었는데, 그렇지 않았다. 그들을 연행한 경찰관이 짓궂게 웃으며 말했다. 트럭에 타고 있던 사람들은 벌금형을 받았는데, 소나무를 판 사람들이 밝혀지지 않아 탐문수사 중이었다. 범행 현장이 공사판 뒤쪽이라 처음엔 소나무만 전문적으로 훔쳐 파는 절도꾼들의 소행이라 생각했다. 그러다가 트럭들이 공사현장으로 드나드는 임시도로에 설치돼 있던 CCTV들을 분석했고, 밤중에 준석과 김이 굴삭기를 끌고 들어오는 것을 발견했다는 거다. 준석과 김은 CCTV에 찍히지 않으려고 사각지대를 골라 드나들었다고 생각했는데, 피해갈 수 없었던 모양이다.

조서를 작성하던 경찰이 소나무재선충 방재특별법 제10조에 의거 소나무 무단이동시 1년 이하의 징역 또는 1천만 원 이하의 벌금이 부과된다고 으름장을 놓았다. 준석은 난감했다. 발각이 되는 바람에 홍으로부터 소나무 값을 제대로 받지도 못했다. 소나무를 사 간 사람이 준석과 김을 불지 않는 조건으로 잡힌 사람들의 벌금을 제하고 줬기 때문이다. 당장 먹고 죽으려고 해도 그렇게 큰돈이 나올 데가 없었다. 그렇다고 교도소에 들어가 버리면 아들과 어머니의 생계가 막막했다.

준석과 김이 유치장에 갇힌 다음날, 민이 면회를 왔다. 홍은 카페를 비울 수 없다며 사식만 한 번 넣어주고 그만이었다. 김이 벌금 낼 돈이 없다며 민 앞에서 훌쩍거렸다. 생각지도 않았는데 민이 돈을 빌려 줬다. 벌금을 내고 유치장에서 풀려난 그들은 소장의 도움으로 다시 공사현장에 복귀할 수 있었다.

한 달쯤 지난 후, 민이 김과 준석에게 만나자고 했다. 준석은 걱정이 됐다. 민에게 빌린 돈을 아직 갚을 처지가 못 됐다. 김의 사정도 마찬가지였다. 민을 만난 자리에서 조금만 더 시간을 달라고 했다. 그런데 민이 돈을 갚지 않아도 될 기회를 주겠다고 했다.

"사전준비는 내가 하겠소. 물론 뒤처리도 깔끔할 것이오. 두 분은 그날 굴삭기 작업만 해주면 돼요."

북 카페 정원에 있는 소나무를 다른 곳으로 옮기겠다는 얘기다. 김이 민을 의심하며 말했다.

"씨바, 이건, 훔치겠다는 거잖아요. 홍 사장 신고하면 우린 공사판에서 쫓겨나요. CCTV, 세콤은 어떡하고? 지난번에도 그것 때문에 걸렸는데."

"걱정 마시오. 내 다 알아서 처리해놓을 테니까. 홍 사장 다음

주 유럽 크루즈여행 떠난다 하니까, 카페도 휴업에 들어갈 거요. 그때 하도록 합시다. 이번 일 끝내면 우리 사이 돈 문제 깨끗이 해결되는 것이오."

준석도 거들었다.

"돈도 돈이지만, 소나무 혹시 민 사장님 소유예요? 그렇다면 다른 방법도 있지 않을까요?"

"물론, 법으로 해결하는 방법도 생각해보지 않은 것 아니요. 하지만 이건 차원이 다른 문제요. 어쨌든 협조해 주면 고맙겠소."

준석과 김은 민의 말을 거부할 수 없었다. 민은 일이 끝날 때까지 입단속을 거듭 강조하고 특유의 고양이 발걸음으로 사라졌다.

준석이 민의 지시를 거부할까 말까 결정을 못하고 있는 동안 작업날짜가 다가왔다. 북 카페 정원의 소나무를 뽑아야 하는 날, 아침식사 후 공사현장으로 출발하는데 민으로부터 연락이 왔다. 김에게 민의 카톡 메시지를 보여줬다. 김이 손가락으로 O자를 만들어 보이며 구시렁거렸다.

"두 놈 다 사기꾼 같은데. 언 놈 편에 붙어야 할지……."

"빌린 돈 안 갚아도 된다는 데야. 당연히 그쪽이죠."

준석도 혼란스럽긴 마찬가지였다.

준석은 칡덩굴에 칭칭 감긴 채 디퍼버킷에 밀려 쓰러지는 나무가 자신 같았다. 그는 한숨을 내쉬며 어금니를 악물었다. 흙먼지 때문에 목안이 깔깔해 이를 꽉 물었다가 벌렸다가를 반복했다.

졸참나무를 쓰러뜨렸을 때다. 굴삭기의 폐쇄된 조종실까지 새들의 울음소리가 들렸다. 나무가 관목덤불 위로 기다랗게 걸쳐져 쓰러졌던 거다. 그 바람에 뱁새둥지가 풀밭에 나뒹굴었다. 푸른색을 띤 알 세 개가 여기저기 흩어졌다. 어미새가 자지러지듯 울어댔다. 준석은 미간을 찌푸렸다. 그는 굴삭기를 멈추고 새둥지를 집어들었다. 다행히 둥지가 완전히 부서지지 않았다. 그는 새알을 둥지에 담았다. 그리고 공사현장에서 조금 떨어진 곳에 있는 계곡 건너 다른 관목 가지 사이에 단단히 고정시켰다. 그곳은 내년에 공사가 잡혀있는 구역이었다. 그새 따라왔는지 어미새가 둥지를 점검하는 것을 보고 그는 돌아서서 일하던 곳으로 왔다. 준석은 손에 묻은 지푸라기를 털고 하던 일을 계속했다. 잠시 부드럽게 풀렸던 관자놀이에 다시 힘이 들어갔다.

김의 굴삭기를 가져가기로 했다. 굴삭기를 트럭에 싣고 북 카페로 출발하기 전, 김이 홍하고 거래를 하겠다고 전화를 걸었다. 스피커폰을 통해 흘러나오는 홍의 미끈거리는 목소리가 한껏 들떠있었다. 어젯밤, 선상파티에서 혼자 여행 온 여자를 만났다고 자랑을 했다. 김이 홍에게 얘기하려고 했지만, 홍이 말할 기회를 주지 않았다. 그리고 어젯밤에 알게 된 여자와 지금 쇼핑을 해야 된다며 끊자고 했다. 김이 전화를 끊으며

"씨발, 자알 놀고 있네."

라고 욕을 했다. 준석의 입에서도 동시에

"또 하나 물렸군."

하는 말이 튀어나왔다. 거래가 불발됐지만 기분은 오히려 흘가분했다. 두 사람은 담배 한 개비씩을 다 피운 후, 트럭을 몰고 출발했다.

민이 미리 대기시켜 둔 덤프트럭에 김과 준석이 굴삭기로 뽑은 소나무를 실었다. 그리고 소나무를 파낸 카페 정원에 민이 준비해 둔 어린 홍송을 대신 심었다. 뒷정리를 끝낸 뒤, 민의 지프차가 선두에 섰다. 밤 10시가 넘었다. 상현달이 서쪽 하늘에 걸렸다.

한 시간 정도 달려간 곳에 넓은 잔디밭을 앞에 두고 작은 암자가 앉아있었다. 깊은 산속에 이런 곳이 있었는가 싶을 정도로 잔디밭 손질이 잘 되었다. 그들이 다가가도 아무도 내다보지 않았다. 민이 잔디밭 옆 주차장에 차를 세웠다. 민과 트럭기사는 그 곳에 익숙한 것처럼 움직였다.

암자 오른편에 나무를 파낸 듯한 구덩이가 방치돼 있었다. 구덩이 안에 무성하게 자란 잡목을 캐내고 소나무를 심었다. 원래 소나무가 있었던 자리인 듯했다. 김이 감탄을 했다.

"씨바, 육십 평대 거실에 걸려야 할 벽걸이TV가 여섯 평짜리 원룸에 걸린 것 같더니만."

그 말을 듣고 민이 준석에게 농담을 건넸다.

"도둑놈으로 몰릴까봐 두렵지 않소? 돈 몇 푼에 올가미 걸렸다는 생각 안 들어요? 경찰서 신고하면 홍에게 더 많은 돈 받을 수 있는데."

"처음엔 그렇게 생각했는데, 지금은 모르겠어요. 카페 정원에 어색하게 서 있던 나무가 이제야 제자리 찾은 것 같아요."

준석은 민의 의도를 몰라 적당히 대답했다.

나무심기가 끝나자 민이 열쇠로 암자 문을 열었다. 사람이 사는 흔적은 보이지 않고, 정면에 부처님만 모셔져 있었다. 민이 촛불을 켜고, 향을 피우는 동안 트럭기사가 마당 양쪽에 서 있는 시멘트화로에 장작더미를 포개 얹고 휘발유를 묻힌 불쏘시개나무로 불을 붙였다. 덤프트럭과 지프차의 헤드라이트를 껐다. 차 엔진 소리가 멈추자 사방이 고요해졌다. 이따금 장작이 타들어가는 소리와 나뭇잎 뒤척이는 소리만 들렸다. 정밀한 기운이 옷 속으로 스며들었다. 심장박동이 느려지는 느낌이다. 준석은 숨을 천천히 들이쉬고 내쉬었다.

민이 가지고 온 바구니에서 과일과 보온병을 꺼냈다. 과일을 접시에 담아 제단에 놓고, 찻잔에 차를 따르고 트럭기사와 함께 차례로 절을 했다. 제를 다 지낸 민이, 어리둥절한 표정으로 잔디밭 한 귀퉁이에 앉아있는 준석과 김에게 차를 따라줬다. 차를 마시며 민이 입을 열었다.

"이곳은 나의 사부님이자 스님이었던 분이 살았던 암자요. 지금은 내가 시간이 날 때마다 와서 마음수련 하고 가요. 카페 정원에서 실어온 소나무, 원래 사부님이 키우시던 것인데, 사부님 돌아가시고 도둑맞은 걸 내가 수소문해서 오늘에야 제자리에 돌려놓은 거요. 눈치 챘겠지만 홍 사장 본업은 장물아비요. 홍 사장이 이 나무를 손에 넣은 것도 오래 쌓인 인연에 의해 어쩔 수 없이 지은 업이라고 봐요. 내가 법으로 해결하지 않은 것은 이쯤에서 소나무로 인해 일어나는 연의 고리를 끊어야겠다는 생각 때문이었소. 처음엔 홍 사장도 억울한 생각에 여기저기 들쑤시고 다닐 거요. 내 희망사항이지만, 시간 지나면 소나무 옮긴 사람 의도를 알아채지 않을까 싶소. 당신들 공력으로 거사 치렀으니까, 이제 내가 대접할 차례요. 아 참, 이 사람 내 제자요."

민이 술과 안주거리가 든 박스를 들고 왔다. 그들은 잔디밭에 앉아 술을 마셨다.

"민 사장님, 우리는 지금 어떤 인연으로 이런 업을 짓고 있죠?"

김이 입에 달고 살던 '씨발'이라는 욕설을 떼고 제법 진지한 어조로 물었다. 준석도 민의 대답이 기대됐다.

"나도 공부가 얕아 잘 몰라요. 김 사장님, 지금 기분 어떻소? 아직도 홍 사장이 신고할까봐 두려워요?"

"아니요. 스릴 넘치는 게임 한판 한 것 같아요. 특명, 소나무를 본래 그 자리로 옮겨라. 뭐 그런 게임 말이요."

"맞아요. 우리가 한 것이 일종의 뒤집기 게임이죠. 신도들 중에 불성과는 전혀 관계가 없는 물건들을 신물로 생각하는 이들도 있거든요. 저 소나무도 마찬가지요. 나무는 나무일뿐인데 그걸 신목으로 만들어 도박을 하려 했소. 내가 카페 마당에 어린 소나무 심은 이유가 달리 무엇이겠소?"

준석은 카페에 두 번째 갔을 때 봤던 탱화 '심우도'를 떠올렸다. 얼핏 봤지만 동자승이 소의 꼬리를 잡고 있었던 것 같다. 그는 심호흡을 하며 눈을 감았다. 어항 속에서 구피 한 마리가 이끼를 빨고, 수초 속으로 들어가 잠을 자고, 체인톱 같은 피라냐의 이빨 앞을 유유히 헤엄쳐 다니는 것을 본다.

트럭기사가 화톳불에 장작개비를 더 가져다얹자 움츠렸던 불꽃이 다시 타올랐다. 준석에게는 본래 그 자리가 너무 멀게 느껴졌다.

키 큰 나무들

키 큰 나무들이 멀찍이 서서 지켜본다.

새벽 3시. 밤새 광장을 돌아다니던 쥐들이 잠잠해졌다. 절정에 이른 어둠이 모든 소리를 흡수해버렸다.

곡괭이질 소리만 빠지직거린다. 재희와 상명은 검은색 부르카를 입고 있다. 그들은 엑스포미술관 아래쪽 구역에 있는 광장의 보도블록을 파헤친다. 최대한 여러 곳을 훼손시키려고 잠시도 쉬지 않고 곡괭이질을 한다.

재희가 핸드폰 플래시를 켜서 자신들이 파헤쳐놓은 것들을 비춰본다. 10월 말인데 복면에 땀이 번져 물을 뿌린 것 같다. 불빛에 얼핏 드러나는 재희의 눈빛, 거친 숨소리에 초조함이 담겼다. 밤 1시부터 파괴한 면적이 생각보다 많진 않다. 여유 시간이 1시간 정도 남았다. 재희가 복면을 조금 걷어 올린다. 생수통을 입으로 가져가 벌컥벌컥 들이킨다. 상명이 재희를 바라보더니 생수통을 향해 손을 뻗으며 내뱉는다.

"느낌이 싸해. 노형수에게 잘못 걸린 것 아냐?"

"빨리 움직여. 시간 얼마 안 남았어."

다 마신 생수통을 받아 재희가 배낭에 집어넣으며 서두른다. 둘은 다시 곡괭이질을 계속한다.

앗, 소리와 함께 상명이 곡괭이를 놓친다. 두 손으로 오른쪽 발등을 누른다. 재희가 재빨리 상명의 운동화 끈을 푼다. 핸드폰 플래시로 발등을 비춘다. 살갗이 벗겨지고 피부가 빨갛게 부풀어 올랐다. 재희는 상명의 등에 배낭을 메게 하고, 그를 들쳐 업는다. 그들이 드나들던 개구멍을 통해 포터트럭을 숨겨놓은 곳으로 달린다. 곡괭이가 든 배낭을 적재함에 던진 재희가 조수석에 웅크린 상명을 관찰하며 병원을 검색한다.

"응급실 가자."

"안 돼."

"왜?"

"몰라서 물어?"

"아, 아참."

"항생제 진통제 살 수 있는 곳 검색해봐."

"진짜 병원 안 가도 돼? 엑스레이 찍어봐야지."

"일단 편의점부터 가."

다음날, 재희가 엑스포장을 찾았다. 그들이 뜯고, 부숴놓은 보도블록이 그대로 흩어졌다. 멀찍이 서서 파괴된 현장을 살피다가 그곳을 떠난다. 오피스텔로 돌아온 재희가 상명을 보고 혀를 날름한다.

지역 신문에 기사가 났다. 엑스포미술관 미술전시회 취재하러 갔던 기자가 보도블록이 파괴된 현장을 발견하고 고발기사를 실었다. '엑스포장 보도블록 파괴'라는 제목의 기사다. 누군가가 엑스포장의 보도블록을 파헤쳐놓았는데, 부르카를 입고 있어 CCTV 영상이 무용지물이라고 했다. 경찰들이 탐문수사를 하고 있지만 아직 범인을 잡지 못했다는 것이다. 인터넷서핑을 하던 상명이 지역신문의 뉴스를 검색하다가 발견한 기사를 읽는다. 재희가 허리를 꺾으며 웃는다.

침대에 배를 깔고 엎드린 재희가 상명을 건너다보며 말한다.

"노 선배한테 연락 올 때 됐는데. 우리도 슬슬 준비해두자."

"이번에는 몇 대 몇으로 할 거야. 이제 우리도 우리 목소리 좀 내자. 일은 누가 하는데 돈은 그 인간이 다 챙기잖아."

상명이 투덜대자 재희가 바로 누우며 그의 말을 뭉갠다.

"당분간 노 선배 하는 대로 그냥 가자. 별 수 있겠어. 지금 상황에 그것도 없으면."

그들은 엑스포장 시설관리과 주임인 노형수로부터 연락 오기를 기다렸다. 그런데 사건이 일어나고 1주일이 지나도록 통 소식이 없다. 재희는 하루에 한 번씩 엑스포장을 어슬렁거렸다. 현장은 그대로 방치됐다. 접근금지 테이프가 바람에 금방이라도 터질 듯 팽팽하게 당겨졌다가 제자리로 되돌아오기를 반복했다. 여기저기 보도블록 파편들이 나뒹굴었다. 주변에 날아다니던 쓰레기들이 블록파편에 뒤엉켰다. 바람이 쓰레기장을 만들어 놓았다.

재희가 바지주머니에 양손을 찌르고 고개를 숙인 채 주차장으로 걸어온다. 포터트럭 조수석에 앉은 상명이 재희를 바라보고 있다. 운전석에 올라타는 재희의 얼굴이 썩 밝지만은 않다. 상명이 미간을 찌푸리며 입을 연다.

"빨리 치워야 되는데. 찝찝하다."

재희가 눈을 치뜨며 힐난하듯 말한다.

"기분 좋은 놈 어딨겠어. 근데 왜 연락 안와. 배신 때리는 거 아냐. 만약 그렇다면 그냥 있지 않아. 다 불어 버릴 거야."

반깁스를 한 상명이 목발만 만지작거린다.

엑스포장 보도블록은 작년에 행사가 끝난 다음, 재희와 상명이 이미 여러 곳을 수선했다. 형수가 준 일거리였다. 대학 동아리 선배인 형수가 그들에게 먼저 제안을 했다. 엑스포장 바닥에 깔려있는 보도블록을 파헤치라는 것이었다. 보도블록을 훼손시켜 놓으면 그들에게 일감을 주겠노라고. 마침 놀고 있었다. 그들은 한밤중에 형수가 시키는 대로 엑스포장의 보도블록을 여기저기 파헤쳤다. 그러면 며칠 후, 형수로부터 시설관리과에 시방서를 넣으라는 연락이 왔다.

그런 수법으로 엑스포장 바닥 보도블록 수선공사 몇 건을 따냈다. 하지만 공사대금의 일정부분을 형수에게 상납해야 했다. 상명이 그만하자고 했다. 그때마다 재희가 상명을 달랬다. 그렇게라도 일을 하지 않으면 다음 단계로 넘어갈 수 없다. 문화재 쪽 일을 하려면 노형수하고 어떻게든 연결고리를 이어가야만 한다.

재희와 상명은 K대학교 문화재학과를 졸업했다. 봄까지 문화재를 조사 발굴하는 용역업체에서 일을 해왔다.

벚꽃이 팝콘처럼 터졌다. 대능원 가는 길에 사람들 웃음소리가 가득하다. 그들은 쪽샘지역 유적발굴지에서 삽질을 했다. 봄볕 아래 쪼그리고 앉아 버티려니 좀이 쑤셨다. 입안에 흙먼지가 씹힌다. 사람들 동작이 슬로모션 같다. 일의 진행속도가 매우 느리다. 정체된 시간 속에 갇힌 느낌이랄까. 답답해서 구토가 날 지경이다. 재희는 옆에서 조심스레 흙을 긁어내는 상명을 흘끔거린다. 그를 부추긴다.

"언제까지 버틸 수 있냐?"

"넌? 완전 노가다야. 보기보다 노동 강도 너무 높아. 박물관에서 일하고 싶었는데. 문화재 보존 처리나 복원 같은 거. 그런 일

자리 어디 없나. 재밌어. 부장품 보면 그 시대 사람들 욕망을 읽을 수 있잖아. 통일신라시대 우물에서 10살짜리 어린 아이 뼈 나온 거 알지. 우물에 빠진 아이일까? 빠뜨린 아이일까? 계층에 따라 죽음을 처리하는 방식이 다르다는 건, 계층 간의 갈등이 무덤까지 갔다는 거 아냐. 천년 후에 이곳 발굴하면 무엇이 나올까? 신라 때나 지금이나 별 차이 없는 것 같아 사람들 생각은. 몇 천 년 전에 생겨난 종교, 철학, 이데올로기가 아직 그대로 지배하잖아. 생활도구 디자인, 물질적인 부분만 좀 진화했을 뿐."

"회귀물 같아. 여보게, 퇴근길에 천관녀에게나 들릴까?"

"화랑이 쪼그리고 앉아 흙이나 파냐?"

"재미없어. 대한민국으로 리턴하고 싶다. 오늘이 한계야."

"나도."

그들은 다음날 출근하지 않았다.

두 사람은 '재상용역'을 차렸다.

형수로부터 연락이 왔다. 그들은 카페 '투 아웃'으로 나갔다. 대학 선배인 카페주인이 아는 체 한다. 두 사람은 예약해둔 룸으로 들어갔다. 형수는 아직 오지 않았다. 상명이 룸의 소파에 털썩 엉덩이를 내려놓는다. 잔뜩 부어 있는 시큰둥한 표정이다. 재희가 상명을 내려다보며 자기 머리를 딱 때리고 실실 웃는다. 웃는 재희를 쳐다보며 상명이 입을 연다. 인상만큼이나 퉁명스럽다.

"이런 일 하려고. 차라리 다시 쪽샘에 삽질하러 다니는 것이 낫겠다."

"또, 그 소리. 이제 그만해라. 이미 되돌아가긴 늦었어."

재희가 목청을 높인다. 상명이 재희의 말을 무시하고 말끝을 맺는다.

"난 이러는 거 적성에 맞지 않아. 진짜 존심 상해."

재희가 목소리를 낮춰 부드럽게 말한다.

"우리 언제 존심 챙기며 일해 봤니? 시키는 대로 했지. 이것도 하나의 과정이라고 생각하자. 그래도 노 선배 덕에 이런 일이라도 얻어 걸리지 않냐. 생각해봤는데, 노 선배에게 접대라도 해야 하지 않을까? 이런 거."

재희가 성행위를 흉내 내며 섹시한 표정을 짓는다. 상명이 미친놈 하며 목발로 재희의 엉덩이를 쿡 찌른다.

노형수가 들어왔다. 두 사람이 짓궂게 웃는 것을 보고 눈을 둥그렇게 뜬다. 재희가 재빨리 인사를 한다. 상명도 일어나 재희 뒤에 숨으며 눈을 내리깐 채 고개만 까닥한다. 인사를 받고 형수가 자리에 앉는다. 재희가 키오스크로 술과 안주를 주문한다. 그러고 상명을 돌아보며 눈을 찡긋거린다. 상명은 재희가 하는 것을 지켜만 본다. 재희가 형수에게 도우미를 부를까하고 묻는다. 형수가 어이없다는 말투로 호통을 친다.

“사업한다는 놈들이. 그런 걸 물어보고 부르는 놈들이 어딨냐. 미리 대기시키는 거지. 됐고.”

“역시 노 선배밖에 없네. 잘못 했심다.”

재희가 상명을 가리킨다.

“이 얼굴은 어떠신지?”

노형수가 상명을 슬쩍 보며 어깨를 으쓱한다.

“도우미 대신 오늘은 양주로. 얼마든지.”

형수가 그들에게 일이 복잡하게 꼬여버려서 위험하니 잠시 잠수를 타라고 했다. 엑스포장 시설관리 과장이 어디서 냄새를 맡았는지, 경찰 수사가 끝날 때까지 보도블록 수선하는 일을 중단하겠다고 했단다. 형수가 과장의 의도가 무엇인지 알아낼 때까지 시간이 좀 걸릴 거란다. 어차피 책정된 예산은 사용해야 하니까 올해를 넘기지는 않을 거라고 덧붙였다. 재희가 형수의 잔이 빌 때마다 술을 따르고, 이야기에 장단을 맞추었다. 상명은 말없이 자기 술잔만 비운다.

사실, 대학교에 다닐 때 상명과 형수 사이에 껄끄러운 역사가 있었다. 동아리 멤버들이 지금도 공유하는 유명한 사건이었다. 상명이 좋아하던 여자 친구를 형수도 좋아했다. 그런데 상명이 군에 간 사이 복학생이었던 형수와 그 여학생이 연인이 돼버렸다. 상명이 휴가를 나왔다가 그 사실을 알고 탈영을 하겠다고 소동을 벌였다. 여학생은 지금 형수의 부인이 돼 있다. 올봄에 결혼을 했다. 재희는 상명의 단짝으로 누구보다 그때 상황을 잘 알고 있었다. 재희가 시치미를 뚝 떼고 노형수에게 그의 부인 안부를 묻는다.

"형수님, 잘 계시죠? 뵈러가야 할 텐데. 초대 언제 해 줄 겁니까?"

"모르겠다. 와이프한테 물어봐야 해. 나 혼자 결정하기 어려워."

"되게 민주적이네. 선배, 학교 땐 좀 지저분했던 걸로 아는데. 훤해졌어. 좋아요? 결혼하니까 어때요? 형수님, 잘 해 줘요?"

"지저분했다고 내가?"

형수가 발끈한다.

"아이고, 말이 헛나와 버렸습다요."

재희가 시무룩하게 풀이 죽어있는 상명을 훔쳐본다. 형수도 상명을 흘끔거린다.

"괜찮아요? 형수님 성질머리 되게 더러웠는데."

"사람 나름이지. 내가 능력자잖아. 결혼하니까 좋긴 좋더라."

"얼마나요? 아침이 좋아요? 저녁이 좋아요?"

"항상 좋지 뭐."

"항싱 대기 중? 엄머나 엄머나 누군 좋겠다요."

상명이 벌떡 일어선다. 재희와 형수가 동시에 입을 다문다. 재희가 출입문을 열고 나가는 상명을 붙잡으며 작은 소리로 재빠르게 말한다.

"왜 그래?"

"놔!"

"유치하게, 어떤 자린 줄 몰라?"

"알아, 아니까 갈게."

상명은 화장실 거울에 비친 얼굴을 들여다본다. 핏발 선 눈빛이 자신을 응시한다. 궁지에 몰린 쥐 눈빛이다. 목발로 거울을 내려친다. 거울에 자잘한 금이 가고, 파편이 바닥으로 떨어진다. 소변기를 사용하던 다른 손님이 바지춤을 움켜진 채 뛰쳐나간다. 카페 주인이 화장실로 뛰어 들어온다. 동시에 재희도 화장실로 달려온다. 상명의 상태를 살피고 다시 룸으로 들어가서 형수에게 자리를 피하라고 말한다. 형수의 얼굴이 얼음처럼 굳어지며 서둘러 카페 밖으로 나간다. 재희가 따라 나가서 대리기사를 불러주고 다시 카페로 들어간다. 그동안 카페 사장이 상명을 붙잡고 있었다.

재희가 상명을 부축해서 카페 밖으로 나왔다. 카카오택시를 기다리며 창백하게 변한 상명의 얼굴을 바라본다. 목발에 의지한 상명이 눈을 감은 채 말이 없다. 재희가 상명의 어깨를 가볍게 두드린다. 상명이 가늘게 눈을 떴다가 다시 감는다. 다가오는 택시를 타고 운전기사에게 오피스텔로 가자고 한다.

다음날, 재희는 상명을 위해 인스턴트 해장국을 끓였다. 둘은 아침 겸 점심을 앞에 두고 마주 앉는다. 상명의 얼굴이 많이 초췌하다. 입을 꾹 다물고 있는 상명에게 재희도 말을 걸지 않는다. 상명이 해장국 한 그릇을 다 비운다. 재희가 상명의 국그릇에 남은 국물을 더 부어준다. 상명은 더 부어주는 국물까지 깨끗이 비운다. 재희는 설거지를 끝내고 상명의 발에 감긴 붕대를 풀며 곁눈으로 그의 표정을 살피기만 한다. 상명은 재희가 하는 대로 발을 맡긴 채 생각에 잠겨있다. 재희는 그가 먼저 말을 할 때까지 내버려두자는 건지, 끝까지 무관심한 척한다.

재희는 상명을 두고 밖으로 나왔다. 가끔씩 이용하는 PC방으로 갔다. 컴퓨터를 켜고 메일에 넣어둔 시뮬레이션 자료를 꺼낸다. 쪽샘지역 유적발굴지에서 남몰래 주워온 남자상 토우이다. 파손된 성기부분을 복원하고 있다. 돈이 되어서라기보다 대학 때 실습한 것의 연장선이다. 재미가 있었다. 하지만 현재로선 취미로 가져갈 수밖에 없다.

작업하던 파일을 저장하고 '내게 쓰기'로 보낸다. 메일을 닫고 길게 하품을 한다. 화장실에 다녀와서 저녁때까지 게임을 했다.

바깥에 비가 내린다. 보도블록 위에 떨어진 낙엽이 발에 차인다. 어둠살이 덮이는 거리를 걸어서 오피스텔로 돌아왔다.

상명이 침대에 널브러져 눈을 감고 누워있다. 하루 종일 아무것도 먹지 않았는지 설거지를 해놓은 그대로였다. 재희가 상명을 흔들어 깨운다. 불빛에 눈이 부신지 미간을 찌푸리며 상명이 눈을 뜬다.

"아무것도 먹지 않았네. 배달이라도 시키지 그랬니. 뭐 먹을까? 너 좋아하는 삼계탕 시킬까? 오랜만에 몸보신하자."

상명은 대답이 없다.

재희는 음식을 주문해놓고 상명의 발등 상처를 확인한다. 머큐로크롬을 덧발라주며 혼잣소리로 깊이 곪지 않아 다행이다, 부기도 많이 가라앉았고, 한다. 상명이 겸연쩍게 웃는다.

상명의 발등 상처가 다 나아갈 무렵, 형수로부터 만나자는 연락이 왔다. 상명이 썩 내키지 않는 표정을 짓는다. 재희가 함께 나가자고 몇 번이나 말을 하는데도 상명이 핸드폰으로 보고 있던 웹툰에서 눈을 떼지 않는다. 재희의 목소리 끝이 갈라진다. 단단히 삐쳤다는 증거다. 상명이 보고 있던 웹툰을 닫고 외투를 걸친다. 재희가 상명의 어깨를 감싸 안았다가 풀어준다.

약속장소인 카페 투 아웃으로 나갔다. 형수가 먼저 와 있었다. 형수가 상명에게 발은 괜찮으냐고 묻는다. 재희가 제발 참으라는 눈빛으로 상명을 건너다본다. 상명의 흰 얼굴피부에 붉은 기운이 내비치더니 곧 본래의 색으로 가라앉는다. 형수가 서둘러 본론으로 들어갔다.

"엑스포미술관 가는 길 입구 광장 알지? 그곳에 실크로드문화엑스포 상징물을 보도블록으로 깔 수 있겠어?"

그들이 보도블록을 파헤쳐놓은 곳이었다. 원래 엑스포 시즌에 대형 텐트를 치고 실크로드에 연결되어 있는 국가들의 전통공예품과 전통음식을 팔던 곳이다. 위치가 외진데다 지금은 보도블록까지 파손돼 폐허의 분위기가 났다.

"수사 어떻게 됐어요?"

재희가 목소리를 낮춰 묻는다.

"흐지부지 됐지 뭐. 고맙게 그곳 민원 많이 들어와. 그래서 실크로드문화엑스포 상징물 만들자고 과장에게 건의했다."

"그 일, 우리가 맡을 수 있어요?"

재희가 반색을 한다.

"오래전 계획한 프로젝트야. 그런 어설픈 데가 실속 있지."

엑스포 사무총장은 보도블록이 왜 파헤쳐졌는지 아직 모른다고 했다. 그리고 이번 공사발주에 참가의사를 보이는 실력 있는 팀이 많다고 덧붙인다. 재희는 고개를 끄덕이고, 상명은 형수의 너스레를 들으며 쓴 침을 삼킨다.

오전 내내 컴퓨터를 들여다보며 엑스포를 상징할 만한 자료를 찾던 상명이 점심으로 라면을 끓이는 재희에게 묻는다.

"이 건, 꼭 해야 되?"

"왜 또 그래?"

"내키지 않아."

"좋아서 하는 놈 어딨어. 누군 결벽증 없어."

상명이 화제를 돌린다.

"다른 팀은 어떤 것으로 할까? 시선 확 끌어당기는 뭔가가 있어야 하는데."

"노 선배 있는데 뭘 그렇게 고민 해."

"우리 힘으로 공사 따고 싶어."

상명의 목소리에 결기가 들어가 있다.

상명이 찾아놓은 여러 가지 자료를 비교해보던 재희는 가장 재료비가 적게 들어가는 것으로 하자면서 연꽃무늬를 제안한다.

"이것 좋은데. 비용대비 효과 최고일 거 같아."

"종교적 색채가 너무 강해. '천마도' 어때? 신라인의 내세관을 표현할 수 있잖아."

재희가 무슨 생각인지 자기 의견을 더 이상 고집하지 않는다. 상명이 하자는 대로 결정한다.

재상용역은 페루의 나스카 라인에서 디자인 힌트를 얻었다. 드론 촬영을 하면 천마도가 축구장 반 크기 정도의 광장 위에 역동적으로 펼쳐지는 디자인 콘셉트를 잡았다. 그들은 3D영상을 만들어 브리핑 준비를 했다. 시뮬레이션 시연이 좋았기 때문인지, 아니면 형수의 도움이 있었는지, 어쨌든 다른 팀을 제치고 공사를 따냈다.

재희와 상명이 작업에 몰두하고 있다. 상명이 블록을 놓으면 재희가 나무망치로 두드려 수평과 아귀를 맞춘다. 래퍼들이 리듬을 타듯 두 사람의 동작이 리듬을 탄다. 상명이 포터트럭에 실린 보도블록 묶음을 내려 포장비닐을 벗긴다. 그 틈새를 이용하여 재희가 생수를 마시고, 다 마신 생수통을 던지며 일어나 허리를 두드린다. 상명이 블록을 현장 가까이에 옮겨쌓는 동안 재희가 밀개로 모래를 편편하게 고른다. 설계도에 그려진 라인을 따라 기존의 보도블록을 제거한 자리에 칼라 블록으로 다시 끼워 넣는 작업방식이다. 바람이 없어 모래가 날리지 않아 작업하기에 그리 나쁘지 않다. 포터트럭의 헤드라이트를 켜서 큰 조명으로 사용하고, 가까이 비추기 위해 헤드랜턴을 머리에 꼈다. 작업하는 그들을 멀리서 보면 꼭 뿔 달린 도깨비들이 움직이는 것 같다. 마감날짜에 맞추려면 몇 밤을 지새워야 할지 모른다.

별들이 빛을 잃는다. 동녘이 희붐해지고 있다. 관광객들이 북적이는 시간을 피해 야간작업을 했다. 이런 속도로 진행되면 마감날짜를 충분히 맞출 것 같다.

며칠째 밤샘 작업 중이다. 상명이 노트북을 꺼내 설계도를 클릭해서 자기들이 깔아놓은 보도블록과 비교를 한다. 천마의 갈퀴와 꼬리, 다리의 움직임이 부드러운 곡선으로 표현돼야 하는데 또 실패다. 천마가 활기차게 달리는 이미지를 만들어내고 싶었다. 하늘을 달리는 천마를 보고 싶었다. 작업이 진척될수록 천마의 다리가 각목이 돼버렸다. 직선부분은 쉽게 시공을 했는데 곡선부분에 와서 생각대로 진행되지 않고 지지부진하다. 그들이 시뮬레이션을 한 라인이 그들의 의도대로 잘 들어맞지가 않는다. 상명이 재희의 눈치를 본다. 어떻게 말을 꺼내야 할지 망설인다. 상명이 블록을 놓지 않자 재희가 상명을 올려다본다. 항상 실실 웃던 얼굴이 아니다. 재희가 이마의 땀을 닦으며 퉁명스럽게 묻는다.

"왜?"

"여기, 또 찌그러졌어. 어떻게 할까?"

"어디? 또 폭망이야. 더는 못해."

재희가 망치를 던지고 기초 작업을 해놓은 모래바닥에 드러누워 버린다. 그 옆에 상명도 나란히 눕는다. 전체적인 윤곽은 잡아보지도 못하고 다리부분에서 몇 번째 실패다. 재희는 페가수스별자리를 올려다본다. 상명이 눈을 감고 중얼거린다.

"페루 나스카 라인 누가 그렸을까? 이렇게 좁은 면적에 그리는 것도 마음대로 안 되는데. 진짜 외계인이 그렸을까?"

재희가 일어나 손바닥에 묻은 모래를 턴다.

"마감날짜 못 맞추면 큰일인데. 천마는 무슨 얼어 죽을. 목마도 안 나오겠다. 쉬운 것으로 가자니까. 시장 바뀌면 또 뜯겨나갈 건데. 뭔 헛지랄인지."

재희의 비난에 상명이 정색을 하고 묻는다.

"디자인 바꿀까? 연꽃으로. 왜 이렇게 어려워. 시뮬레이션 할 땐 간지 났잖아. 별로 어렵다 생각 안했는데. 진짜 개 어렵네."

재희는 상명의 말에 대꾸하지 않는다. 노트북을 클릭하여 시뮬레이션 영상과 실제 작업한 것을 꼼꼼히 비교한다.

두 번 걷어낼 때까진 기분이 이렇지 않았다. 두 번 정도의 시행착오는 예상했었다. 세 번째 시작할 땐, 완성을 보자고 하이파이브까지 했다. 그런데 또 문제가 발생한 것이다.

컴퓨터 앞에 앉아서 시뮬레이션을 하는 디자인 문제가 아니다. 실제 시공하는 기술상의 문제였다. 그럴 듯하게 컴퓨터작업을 해놓으면, 실제작업도 저절로 잘 될 줄 안 것이 착각이었다. 특정 디자인 구현이 필요 없는 단순 보도블록 깔기 몇 번 해보고 덤빈 것이 패착을 가져왔다. 유튜브를 보면서 실제 시공연습을 할 때, 그라인더로 블록을 자르는 것부터 어설펐다. 일반블록으로 곡선을 만들려고 하면 블록자체가 견디지 못하고 부서지기 일쑤였다.

천마의 역동성을 만들어줄 매끄러운 곡선을 얻어내려고 애를 쓰면 쓸수록 라인이 무너졌다. 상명이 선이 매끄럽지 못한 부분만 들어내자고 한다. 그런데 그것이 생각처럼 간단치가 않다. 곡선부분이 많기 때문에 들어낸 부분을 다른 블록으로 끼어 넣으면 또 다른 선이 맞질 않는다. 맞지 않은 부분을 또 들이내면 역시 똑 같은 상황이 반복된다. 잘못된 부분을 걷어내는 내내 재희가 못 마땅한 표정을 풀지 않는다. 재희의 눈치를 보며 상명은 바닥에 주저앉아 묵묵히 손을 움직인다. 결국엔 전체의 균형이 깨져버려 다리부분을 전부 다 뜯어내야 하는 상황 앞에서 두 사람은 입을 다물어 버렸다.

재희는 상명의 범생이 스타일에 왈칵 짜증이 났다. 그대로 뒀다간 마감일 못 맞출 것이 뻔했다. 게다가 시방서를 넣었을 때 견적보다 훨씬 많은 비용이 나올 것이다. 재희는 차라리 고무블록으로 시공해 버리고 싶다는 생각이 든다. 자기가 생각하기에도 굿 아이디어 같아 상명을 힐긋 바라본다. 자기 생각을 말하려다 그만둔다.

상명이 옷을 턴다. 포터트럭에 실린 백팩을 꺼내서 멘다. 말없이 현장을 떠난다. 재희는 뜯어낸 보도블록을 손에 든 채, 걸어 나가는 상명을 멀뚱히 바라본다.

상명이 밤새도록 오피스텔에 안 들어왔다. 홧김에 먼저 오피스텔로 들어가나 싶었는데. 다음날 공사 현장에도 나오지 않았다. 재희의 전화를 아예 안 받는다. 얘기라도 하고 갈 것이지. 마음에 걸렸다.

재희는 헤드랜턴을 끼고 어제 뜯어내다가 중단한 곳의 블록을 마저 뜯어낸다. 생수병을 들고 마신다. 블록더미 위에 드러눕는다. 상명이 부럽다. 쉽게 뛰쳐나가지 못하는 자신에게 화가 난다.

한참 동안 눈을 감고 누웠던 재희가 벌떡 일어난다. 그리고 며칠 동안 깔아놓았던 보도블록을 첫 장부터 해체하기 시작한다.

보도블록 해체를 하면서 김해에 있는 아버지를 떠올린다. 아버지의 전화번호를 터치한다.

"재희니?"

"네, 벌써 일어나셨어요?"

"일어날 시간이야. 장사 준비하려면. 넌 왜 벌써 일어났니? 푹 자야 일하는데 덜 피곤하지. 밥은 먹고 지내니? 라면만 먹지 말고 귀찮더라도 밥 먹어라."

"예. 아빠도 건강하세요."

재희는 만두피를 만들려고 밀가루 반죽을 하지 싶은 아버지의 숨찬 목소리를 듣자 갑자기 할 말이 없어진다.

어릴 때, 부모님이 만두피 만드는 것을 옆에서 봐왔다. 만두 빚는 일이 그냥 보기엔 아주 쉬워보여도 만두피를 얼마나 얇게 미느냐에 따라 맛이 달라졌다. 어머니가 기계를 사용하자고 할 때, 아버지가 손맛에 대해 말했다. 만두피 식감은 기계가 아닌 사람 손바닥이 만드는 거라고. 아버지는 중학교 졸업하고부터 만두가게 종업원으로 일했다고 한다. 아버지의 만두 빚는 솜씨는 김해에서 달인의 경지라고 평가될 정도이다. 재희는 만두 빚는 기술을 전수받을까 생각하다가 머리를 흔든다. 청소차 엔진소리가 들릴 때까지 해체작업에 열중한다.

재희는 혼자서 보도블록 제조공장을 찾아다녔다. 그가 보여주는 그래픽디자인을 살펴본 공장장들은 하나같이 고개를 흔들었다. 천마도를 보도블록으로 제작하는 것이 레고 블록 맞추기처럼 단순하지가 않다는 것이다. 천마의 중요한 특성인 역동적인 이미지를 표현하려면 무엇보다 곡선이 리드미컬해야 한다는 것이다. 그것이 기술인데 아직까지 일반 블록으로 그렇게 곡선을 매끄럽게 뽑아낼 수 있는 기술자를 찾기가 어렵다는 것이다. 설사 가능하다고 해도 비용이 몇 배나 더 든다고 했다. 차라리 고무블록으로 시공을 해보라고 했다. 일반블록에 비해 잘 부서지지 않아 미숙련공에겐 오히려 시행착오를 줄일 수 있다고 했다.

재희는 블록공장에서 들은 내용을 상명에게 카톡 메시지로 보냈다. 며칠이 지나도 대화창에 숫자 1이 그대로 떠 있다. 재희는 상명의 답을 기다리면서 그들이 그동안 작업했던 보도블록을 모두 해체해서 정리했다.

블록공장을 돌아본 재희는 전문적으로 보도블록을 시공하는 초등학교 때 친구에게 연락했다. 시공자의 입장에서 어떤 블록을 선택하는 것이 나을지 알아봐야겠다는 생각에서다. 신축아파트 단지에서 보도블록을 시공하는 친구를 만났다. 재희의 이야기를 들은 친구가 대뜸 말했다.

"커미션 줄 테니 그 일 우리 팀 넘겨. 컴퓨터 시뮬레이션이나 하는 사람들이 할 수 있는 일 아니야. 몸으로 벌어먹고 살려면 최소 몇 년은 이 바닥에서 빡빡 기어야 할 수 있어."

"문화재 발굴현장에서 흙먼지 마실 만큼 마셨어."

친구가 비웃었다.

"너같이 어설픈 인간들이 제일 골칫덩어리야. 이것도 저것도 아닌 것들이 지 잘 났다 설쳐대는 꼬락서니 보고 있으면 구역질나. 잘 들어. 손기술로 먹고사는 사람들 노가다라고 함부로 무시하면 안 된다. 그 사람들 자기분야에서 전문가 되기 위해 몇 년 동안 몸 혹사시키며 시간 투자한 거야. 어중이떠중이들하고 다르다고. 함부로 침범하지 마. 너네들은 컴퓨터 작업에서 끝내."

"디자인 작업도 중요해."

재희가 무슨 말을 해도 그 친구 앞에선 궁색한 변명에 지나지 않았다. 친구의 독설에 대응을 포기하고 술만 마셨다.

10일이 지나서야 상명이 돌아왔다. 머리를 식힐 겸 여행을 다녀왔다는 것이다. 재희와 상명이 카페 투 아웃에서 마주 앉았다. 오피스텔에서 마주 보고 얘기하기가 왠지 어색해서다. 재희가 500ml 병맥주를 원샷했다. 상명이 그 모습을 물끄러미 바라보다가 입을 뗀다.

"우리, 접자. 더 이상 버틸 이유 없는 것 같아. 좀 더 공부해야겠다는 생각 들고."

"열흘 동안 생각한 것이 고작 그것이야. 이까짓 거 가지고 뭘 그래. 여기서 관둬버리면 노 선배 입장 어떻게 되니?"

상명이 시니컬하게 웃으며 비아냥댄다.

"언제부터 그 인간 걱정했냐?"

"이제부터 노 선배, 사업 파트너로 잡기로 했어. 별 수 있냐. 이 바닥에서 살아남으려면. 공부? 좆같은 개소리 집어치우고 앞으로 어떻게 할 것인지나 얘기하자. 거두절미하고 내가 보낸 카톡 봤지. 모두 똑같은 말만 하더라. 아무래도 고무블록으로 가야겠다. 연말 되기 전에 해치우자."

상명의 반응이 시큰둥하다. 재희가 형수에게 전화를 건다. 형수가 나타났다. 재희가 벌떡 일어나 형수에게 악수를 청한다. 상명은 일어나지 않는다. 형수가 자리에 앉으며 미리 생각하고 왔다는 듯 말을 꺼낸다.

"왜 이렇게 늦어. 후딱 해치워버리지. 너무 잘하려 하지 마. 너무 잘 해 놓으면 너네들 일거리만 없어져. 대충해. 그래야 다 같이 먹고 살지."

재희가 맥주병 뚜껑을 따서 형수에게 권하며 말한다. 아부가 잔뜩 담긴 말투다.

"선배님, 공사 지연 너무 걱정 마십쇼. 곧 끝낼 거예요."

재희의 말에 눈을 크게 뜨고 바라보던 형수가 궁금하다는 듯 되묻는다.

"현장이 깨끗하게 정리 돼 있던데. 왜 다시 다 뜯었니?"

상명도 궁금하다는 듯 재희를 건너다본다. 재희가 고무블록을 쓰기로 했다며 예산을 좀 더 올려줄 수 있느냐고 한다. 형수가 이미 책정된 예산을 증액할 수 없다며 왜 그렇게 바뀌었느냐고 묻는다. 재희가 씨익 웃으며 고무블록이 내구성이 더 있을 것 같다고 대답한다. 형수가 시방서를 낼 때 지정한 블록 그대로 시공을 하라고 한다. 중간에 내용을 바꾸면 여러 가지 문제가 발생할 수 있단다. 형수의 눈치만 살피던 상명이 무슨 말을 하려다가 입을 다문다.

카페 투 아웃에서 형수와 헤어지고 두 사람은 오피스텔로 들어왔다. 재희가 커피를 내린다. 침대에 걸터앉은 상명이 재희의 뒤통수를 바라보며 입을 열었다.

"기분 나쁘게 듣지 마. 보도블록 까는 일, 다른 사람 찾아봐."

재희가 커피를 마시다말고 상명을 힐긋 본다. 그러다가 쫓기듯 뜨거운 커피를 꿀꺽 삼킨다. 순간 표정이 일그러진다.

"도대체 왜?"

"더 이상 밤 도깨비 짓거리 하고 싶지 않아."

상명이 짐을 싸서 떠났다. 재희는 매일 현장에 나왔다. 어떻게 해서든 마무리를 하고 싶었다. 일이 손에 잡히지 않는다. 형수에게서 마지막 통고가 왔다. 재희가 상명에게 메시지를 보냈다.

—비용이 좀 더 들더라도 다시 해 보자. 일반 블록이 아닌 고무 블록으로 하면 마감 날짜도 얼추 맞출 수 있을 것 같아. 노형수가 뭐라고 하든지, 우리 이 프로젝트를 완성시켜보자.

한참이 지나서야 상명의 메시지가 떴다.

—미안해. 나도 완성시키고 싶었어. 앞으로가 문제지. 시간 낭비하고 싶지 않아. 기다리지 마.

재희는 어둠 속에서 광장을 맴돌았다. 보도블록 위에 등을 눕힌다. 보도블록과 동급 같다. 밟고 지나가도 못 일어나겠다. 의지와 무관하게 눈이 감긴다. 멀찍이 서 있는 키 큰 나무들이 가만히 지켜본다. 그 위로 비행운이 떴다.

터널

엘리베이터 안에 예준이 피아노학원 가방을 메고 혼자 타고 있었다. 김 선생과 한 교수가 엘리베이터 안으로 들어서자 예준이 흠칫 놀랐다. 김 선생이 예준에게 말을 걸었다.

"예준아, 피아노 학원 갔다 오니?"

"예."

예준이 대답하고 얼른 안쪽 코너로 몸을 비켰다. 예준을 지켜보는 한 교수의 눈 깜빡임이 핀에 꽂힌 나방의 날갯짓같이 빠르게 파닥거렸다. 엘리베이터 안에 세 사람의 숨소리만 들렸다. 한 교수의 얼굴에 말하고픈 충동을 나름 억제하는 표정이 역력했다. 다물고 있는 입 대신 깜빡이는 눈에 그대로 드러났다. 예준의 얼굴이 점점 빨갛게 달아올랐다. 곧 눈물방울이 떨어질 것 같았다. 김 선생은 한 교수로부터 예준의 시야를 가려줬다. 예준이 김 선생의 등 뒤에서 숨소리를 죽이고 엘리베이터의 숫자판만 바라보고 있다는 것이 느껴졌다. 엘리베이터가 9층에 멈췄다. 김 선생은 10층으로 올라가는 예준을 돌아봤다. 예준이 두 손으로 얼굴을 가렸다. 예감에 울음을 터뜨렸을 것 같았다.

김 선생이 예준을 알게 된 것은 지난 겨울방학 때였다. 방학동안 인사기획처장실 인테리어를 바꾸었다. 처장이 쓸모없어진 작은 어항을 가리키면서 말했다.

"김 선생 뜰안애 아파트 알지? 2동 1006호에 우리 외손자가 살아요. 내가 연락해 뒀으니까 퇴근길에 이것 좀 가져다주시오."

"네, 처장님."

뜰안애는 김 선생이 살고 있는 아파트단지였다. 하지만 그곳에 산다고 말한 적 없었다.

1006호 초인종을 눌렀다. 남자 아이 목소리가 들렸다.

"누구세요?"

"어머니 계셔요?"

"우리 엄마 없어요."

"K대학교 인사기획처 장 처장님 심부름 왔어요."

"어, 우리 외할아버진데, 잠깐만 기다리세요."

빼꼼히 열린 현관문 안에서 남자 아이가 얼굴을 내밀었다.

"이름이 뭐니?"

"최예준이요."

"이것 받아."

예준이 문틈으로 금붕어가 담긴 어항을 보고 대뜸 외쳤다.

"오예! 금붕어다. 감사합니다."

그제야 현관문을 활짝 열고 예준이 뛰어나왔다.

"좋겠네. 난 분명히 전달했어. 인증사진 찍을게. 바이."

김 선생은 도어록 비번을 누르면서 한 교수에게 예준이 장 처장의 외손자라는 것을 알려줄까 말까 망설였다.

며칠 전이었다. 김 선생은 아파트 지하주차장에 주차를 하고 차에서 내리려다 멈칫했다. 한 교수의 목소리가 들렸다. 얼굴을 보지 않아도 알 수 있었다. 김 선생은 차에서 내리지 않고 차창을 조금 내린 채 그들을 지켜봤다. 한 교수가 예준을 나무랐다.

"얘, 아이스크림 포장 컵을 차 위에 버리면 안 돼! 주워! 쓰레기통에 버려."

특유의 깐깐한 말투였다.

"죄송합니다. 쓰레기통 없어요."

예준이 다 먹은 아이스크림 포장 컵을 한 교수의 자동차 뒤 트렁크 위에 얹어 놓은 것이다. 겁먹은 예준의 목소리 위로 한 교수의 한 옥타브 높아진 목소리가 덮였다.

"쓰레기통 없으면 너희 집에 가져가서 분리수거 봉투에 넣어야지. 왜, 말끄러미 쳐다보니?"

예준의 어머니로 보이는 여자가 막 주차를 끝내고 다가왔다.

"바닥에 쓰레기투성이구만. 당신, 누군데 남의 아들에게 이래라 저래라 해요."

"바르게 가르쳐주는데 뭐가 잘못 됐죠?"

한 교수의 목청이 미세하게 떨렸다. 예준 어머니의 목소리가 더 높아졌다.

"웬 오지랖이야. 예준아, 올라가자. 저런 사람 조심해."

바쁜 일이라도 있는지 한 교수가 급하게 자동차 속으로 들어갔다. 김 선생은 한 교수의 차가 지하주차장을 빠져나가는 것을 보고 차에서 내렸다. 몇 발자국 뒤처져 예준네를 뒤따라갔다. 예준 어머니와는 인사를 나눈 적이 없다. 다행이라 생각했다. 괜히 얽히고 싶지 않았다.

"엄마, 저 아줌마 무서워. 그저께도 혼냈어. 쓰레기 버린다고."

예준 어머니는 아들이 들고 있던 아이스크림 포장 컵을 빼앗아서 슬그머니 놓아버렸다. 그리고 아들의 머리를 자기 겨드랑이 밑으로 끌어당겼다. 말다툼이 거기서 끝나는가 싶었다.

김 선생이 한 교수를 처음 만난 것은 엘리베이터 앞에서였다.

허겁지겁 내려가는 버튼부터 눌렀다. 엘리베이터가 29층까지 올라갔다가 9층으로 다시 내려오는 동안 엘리베이터 문을 거울삼아 트렌치코트의 매무새를 바로 잡았다. 그때 도어록 잠기는 소리가 들리고 트렌치코트 입은 여자가 후다닥 엘리베이터 앞으로 달려왔다. 김 선생은 깜짝 놀랐다. K대학교 지방 캠퍼스로부터 20킬로미터 넘게 떨어진 신축 아파트에서 한 교수를 만나다니. 그것도 현관문을 마주보고서다. 김 선생은 한 교수의 트렌치코트를 힐끗 훑어봤다. 동일한 브랜드인데 색상만 달랐다. 김 선생은 네이비인데 한 교수는 베이지였다.

김 선생은 피부색 때문에 피하는 베이지색 트렌치코트가 한 교수에게 잘 어울렸다. 키가 크고 흰 피부에 트렌디한 메이크업이었다. 여성지 속에서 튀어 나온 것 같았다. 그런데 여성지를 다 훑어보고 났을 때 오는 그런 느낌은 아니다. 눈빛이 차갑고 도도했다. 매우 지적인 여자라는 생각이 들었다. 김 선생은 한 교수를 모른 척했다. 사실, 한 교수가 인사기획처장실로 인사를 왔을 때 김 선생이 안내를 했던 적이 있었다.

한 교수가 든 가방은 에르메스였다. 김 선생은 슬그머니 가방을 엉덩이 뒤로 숨겼다. 한 교수가 김 선생의 가방을 힐끗 내려다보고 아래위로 훑었다. 키가 김 선생보다 머리하나 정도 컸다. 김 선생은 시선을 내리깔았다. 한 교수의 눈이 김 선생의 가방에 꽂혀있다는 것을 의식하지 않을 수 없었다. 김 선생은 인사를 할까 말까 망설였다. 엘리베이터가 멈추고 문이 열렸다. 김 선생은 재빨리 엘리베이터에 올라탔다. 한 교수의 눈길을 피해 구석진 곳에 몸을 붙이고 가방을 엘리베이터 벽 쪽으로 가도록 손을 바꿔 들었다.

다음날 출근 시간에도 함께 엘리베이터를 탔다. 김 선생이 먼저 K대학교 인사기획처 국제교류 파트에서 근무한다고 인사를 했다. 한 교수가 눈을 살짝 치켜뜨며 고개를 까닥했다. 3일째 되는 날, 또 엘리베이터 앞에서 만났다. 이번에도 김 선생이 엘리베이터 버튼을 눌렀다. 4일째 되는 날은 현관문을 나서면서 다짐을 했다. 먼저 엘리베이터 버튼을 누르지 않기로. 엘리베이터가 점점 내려오고 김 선생과 한 교수는 서로 눈치를 봤다. 내려가는 버튼을 아무도 누르지 않아 엘리베이터가 지나가버렸다. 다시 엘리베이터가 올라갔다가 내려왔다. 김 선생은 핸드폰을 꺼냈다. 인터넷 검색을 하는 척하면서 시간을 확인했다. 출근 시간이 촉박했다. 하는 수 없이 버튼을 누르고, 비치된 세정제로 짜증스레 손을 닦았다.

금요일 저녁에 김 선생과 한 교수는 엘리베이터 앞에서 또 만났나. 둘 다 양손에 쓰레기봉지를 들고 있었다. 그날이 아파트 관리실에서 지정한 쓰레기를 버리는 날이었다. 김 선생은 한 교수를 곁눈으로 힐긋 살폈다. 롱원피스에 비싼 메이커의 후드점퍼를 매치했다. 외출이라도 하는 길인가? 김 선생은 이번에는 결단코 버튼을 누르지 않으리라, 하고 속으로 버텼다. 쓰레기만 버리면 다시 집으로 올라갈 것이기 때문이다. 그런데 한 교수가 양손에 든 쓰레기봉지를 내려놓을 생각을 하지 않았다. 엘리베이터가 오르락내리락 하기를 2번이나 했다. 결국 이번에도 끝까지 못 버틴 김 선생이 한 교수를 흘겨보고 버튼을 눌렀다.

김 선생은 분리수거함에 종류별로 쓰레기봉지를 던지고 공용 현관문 안으로 뛰어 들어왔다. 바람결이 싸늘했다. 정원에 서 있는 나무에서 낙엽이 떨어졌다. 한 교수가 뒤따라 달려오면서 불렀다.

"김 선생, 커피 마시지 않을래요? 우리 집에서."

김 선생은 망설이다가 한 교수 집으로 따라 들어갔다. 소파와 마주보는 벽면에 커다란 다트 보드가 걸렸다. 보드 표면이 상처투성이다. 한 교수가 물었다.

"커피 대신 와인 마실까? 와인 좋아해요?"

와인을 좋아하지만, 김 선생은 여전히 다트 보드에 눈을 둔 채 한 교수가 계속 말하도록 내버려뒀다. 한 교수가 와인 저장고에서 와인 한 병을 꺼내와 땄다. 뚜껑이 열리는 순간 퀴퀴한 냄새가 코끝을 자극했다. 무슨 냄새라고 할까. 와인에서 기대 밖의 냄새가 났다. 취향이 정말 독특하네. 한 교수가 와인을 디켄터에 부어 흔들었다.

"이거 펫낫이야. 여기서는 돈 주고도 못 사. 지난 주말 서울 갔을 때 일부러 네츄럴 와인 숍까지 찾아가서 사온 거야. 이 꼬릿꼬

릿한 향에 사람들이 미치는 거지. 펫낫은 중독성이 있어. 마니아들만 마셔. 컨벤셔널 쪽에 붙들려 있는 사람들은 감히 들어가기 어려운 세계거든. 유기물의 분해를 통해 얻을 수 있는, 자연이 빚어낸 것 중에 최상의 향이지. 아직 필터링되기 전의 인간 욕망을 내포하고 있는 향이지 않아? 이 추한 향에 취했을 때가 세상이 제대로 보이더라고. 정제된 향은 싫어. 다른 와인은 못 마셔."

'뭔 말?'

어쨌든 한 교수의 몸짓과 사용하는 어휘들이 엣지 있어 보였다. 김 선생은 한 교수에게 얕잡히지 않을 문장으로 말하고 싶었다. 머릿속을 뒤졌다. 적절한 단어들이 찾아지지 않았다. 한 교수가 따라주는 와인을 입 속에 넣고 굴렸다. 그들의 세상에서는 유명한지 모르지만 김 선생의 취향은 아니다.

와인을 마시는 동안 자연스레 학교 이야기를 했다. 취기가 오른 한 교수 입에서 봉인이 해제되었다. 다른 교수들에 대한 험담이 쏟아졌다. 그 중에서 서 교수에 대해 유독 공격적이었다. 서 교수가 인사기획처장실을 방문했을 때, 김 선생이 몇 번 안내를 했다. 술기운 탓인지 한 교수의 말투가 무엇에 사로잡힌 것 같았다. 교수들 이야기에는 끼어들지 않는 것이 상책이다. 김 선생은 다트보드가 차크라 같다고 생각하며 건성으로 맞장구를 쳤다. 혹시 말실수라도 할까봐 조심했다.

김 선생은 현재의 화제에서 빠져나오고 싶었다.

"교수님은 왜, 엘리베이터 버튼을 누르지 않죠?"

한 교수가 소리 내어 웃었다.

"버튼 누르는 것이 뭐가 어려워. 그걸 굳이 내가 눌러야 돼. 버튼에 바이러스가 얼마나 많이 묻었는데. 난 손으로 직접 만지고 싶지 않아. 차 키로 눌렀는데 지금 차는 키가 없어서. 볼펜으로 누르기는 하는데. 김 선생이 있잖아. 김 선생, 혼혈? 필리핀? 베트남?"

순간 김 선생은 한 교수를 째려봤다. 김 선생은 생부가 한국인이라는 것 밖에 몰랐다. 11살 때 관계기관의 도움으로 어머니를 따라 한국으로 왔다.

"필리핀요. 왜죠?"

"한국에선 예부터 아랫사람이 누르는 것이 미덕이야. 배워둬."

한 교수의 대답이 태연했다. 김 선생은 앞니로 입술을 깨물었다.

"다른 사람은 괜찮아요?"

좀 강하게 어필했다.

"미안해 김 선생, 그런 뜻은 아니었어. 내 말 잘못 이해한 거야. 김 선생을 그런 용도로 사용하진 않아."

"그럼 무슨 용도로?"

김 선생은 어이없어 한 교수를 바라봤다. 더 앉아 있고 싶지 않았다.

"와인 잘 마셨어요. 할 일이 있어서 그만 가봐야겠어요."

식탁에서 일어섰다.

"김 선생, 미안해. 이것 갖고 가."

한 교수가 떠맡기다시피 와인 한 병을 선물로 줬다. 편의점에서 쉽게 살 수 있는 보졸레 누보였다. 한 교수에게는 싸구려겠지만 펫낫이 아니어서 다행이었다. 고마워요. 잘 마실게요. 김 선생의 인사말에, 와인 공부도 중요해요. 알고 마시면 맛이 배가 되니까. 배우고 싶으면 말해요. 함께 공부하면서 마시면 좋잖아. 한 교수의 제의에 김 선생은 대답대신 웃음으로 얼버무렸다.

와인 한 병에 김 선생은 매일 아침 출근 엘리베이터의 버튼을 눌렀다. 때로 엘리베이터 버튼을 누르고 싶지 않아 출근 시간을 당기기도 하고 늦추기도 했다. 그때마다 한 교수가 현관문 손잡이에 조각 케이크나 아이스크림 같은 것을 걸어놓았다. 엘리베이터 버튼 누르기뿐만 아니라, 술 취한 한 교수가 전화를 걸어와 1시간씩이나 떠드는 것을 들어줘야 했다.

토요일 오후에 한 교수를 따라서 산업디자인학과 졸업 작품전을 보러갔다. 예술회관 미술 갤러리에서 전시를 했다. 서 교수가 학생들에게 둘러싸여 있었다. 졸업 작품전 포스터를 배경으로 학생들과 사진촬영 중이었다. 서 교수의 패션이 은근히 시선을 빼앗았다. 다크 브라운 재킷에 빈티지 머플러를 둘렀다. 유명 연예인 팬 미팅 같았다. 학생 한 명 한 명이 서 교수 옆에 서서 하트를 만들었다.

한 교수가 서 교수를 보고 입을 비죽였다. 서 교수도 고개를 돌렸다. 학생들이 한 교수와 서 교수에게 단체 사진을 찍자고 했다. 김 선생에게 카메라 셔터를 눌러달란다. 학생들 중앙에 나란히 선 두 교수의 표정이 재밌었다. 피사체로 잡히니까 더 확연히 드러났다. 누가 봐도 좋은 관계가 아니라는 것을. 김 선생이 손하트 모양을 주문했다. 두 교수만 차렷 자세다. 사진 촬영이 끝나자 한 교수가 김 선생을 재촉했다. 서둘러 전시장 안으로 들어갔다. 서 교수도 사진 촬영이 끝나고 곧바로 전시장을 떠났다.

안내 데스크에서 한 교수 몫까지 팸플릿을 챙겼다.

『대박』 제목이 붙은 50호짜리 작품이 제일 앞에 걸렸다. 지구를 껴안고 있는 스파이더 맨이다. 배경은 우주공간이고. 근육질 인체가 화폭을 꽉 채울 정도로 과장되게 표현되었고, 황금색으로 채색되었다. 메인 색채인 황금색 위에 유리가루를 덧뿌려 놓았다. 조명을 받은 유리가루가 빛을 반사하면서 시각 은폐효과를 가져왔다. 인체가 가진 결점을 화려하게 튀어 오르는 황금빛이 가렸다. 번쩍이는 황금색만이 관람자의 시선을 사로잡았다.

한 교수가 작품 앞에서 잠시 멈췄다가 다시 걸음을 옮겼다.

두 번째 자리에 걸린 작품은 『나[我]』였다. 한자 아我를 차크라처럼 여러 개의 칸으로 나눠 구성했다. 처음부터 끝까지 여성 누드로 작업을 했는데, 얼굴에 다양한 가면을 씌워놓았다. 『대박』과 달리 인체를 극도로 왜소화시켰다. 각각의 칸 속에 갇혀있는 이미지였다. 갈수록 작아지던 인체가 끝에서 두 번째 칸 작품에서 아예 사라지고 더욱 견고해 보이는 기괴한 형태의 가면만 남았다. 마지막 칸 작품은 빈 캔버스뿐이었다. 쇠창살 같은 프레임에 갇힌 채 소멸되어가는 나[我]. 기발한 아이디어였다.

김 선생은 주변을 둘러봤다. 작품에서 받은 이미지의 전이가 일어났다. 가면들에 둘러싸인 기분이었다. 곁눈으로 한 교수 얼굴을 살폈다. 한 교수의 가면이 뭉쳤다가 펴놓은 쿠킹호일처럼 일그러져 보였다.

갤러리에서 나온 한 교수와 김 선생은 야외 벤치에 앉았다. 작은 새들이 나뭇가지 사이로 정신없이 옮겨 다녔다. 두 사람은 말없이 새들을 바라봤다. 달리는 차들이 전조등을 켜기 시작했다. 한 교수의 얼굴빛이 늦가을 저녁 공기처럼 서늘했다. 고독에 잠긴 눈빛이랄까, 깊은 상념에 빠져있었다.

김 선생은 농담처럼 불쑥 말을 던졌다. 사진 찍을 때 두 교수의 태도가 생각할수록 우스웠다.

"서 교수님 멋쟁이신데, 주말 부부하는 사모님이 많이 불안하시겠어요. 그쵸?"

새들을 쫓던 한 교수의 눈빛이 돌변했다. 완전히 다른 사람같이 차가워졌다.

"그 인간, 완전 쓰레기야."

내어뱉듯 쏘아붙였다.

"진짜요? 교수님이 어떻게 알아요?"

"한 공간에서 있었으니까."

"서 교수님이랑요?"

"서 교수 같은 인간이 아직도 강의를 할 수 있는 것이 우리나라 대학이야."

"어머, 어쩜. 서 교수님 좋게 봤는데."

서 교수가 설마 그런 인간일까 싶었다.

한 교수가 눈을 꽉 감았다. 아이라인이 날카로운 눈시울에 힘이 들어갔다. 내면적 억압을 최대한 억제하고 있는지 모르겠다고 김 선생은 혼자서 상상했다. 한참이 지나서야 한 교수가 눈을 떴다. 함께 저녁식사를 하자고 했다. 김 선생은 일찍 집에 가서 쉬고 싶었다.

"이 주변에서 먹을까요?"

"아냐. 내가 유명 맛집 알고 있어. 거기로 가."

김 선생은 귀찮았지만 차를 몰아 한 교수가 정한 식당으로 이동했다.

한 교수가 자리에 앉으며 눈동자를 이리저리 굴러 실내를 살폈다.

"너무 추워, 추워, 너무 춥지? 11월인데 벌써 너무 추워. 김 선생, 우리 따뜻한 것 먹자."

옆 테이블에 부부와 어린 남매 등, 가족 팀이 앉아있었다. 그들의 시선이 한 교수에게로 쏠렸다. 그녀의 호들갑이 계속 이어졌다.

"사람이 왜 이렇게 없어? 이 집 음식 별론 거 아니야. 맛 없으면 어떻게 해. 우리 다른 집으로 옮길까?"

자기가 맛집이라 해놓고, 왜 이렇게 불안해 해. 한 교수를 대각선으로 바라보는 남매의 어머니 눈에 조소가 어렸다. 주변의 따가운 시선들이 그녀들을 흘끔거린다는 것이 느껴졌다. 한 교수에게서 좀 전의 침울했던 모습은 이미 사라지고 없었다. 한 교수가 인터넷 검색을 하며 계속 말을 이어갔다.

"이 집 별이 다섯 개야. 우리나라 사람들 자존심도 없어. 도대체 객관적인 평가가 안 돼. 평가단 인간들이 뒷돈 챙기고 최고 점수 줬을 거야. 매스컴 한 번 타면 맛집으로 대박 나잖아."

"교수님, 아직 먹지도 않았는데요."

"보면 몰라. 식당에 사람이 북적거리지 않으면 일단은 음식 맛을 의심해봐야 돼. 웨이팅 하는 집은 뭐가 달라도 확실히 달라. 봐봐. 이 집 왜 이렇게 비싸. 숯불고기 가격이, 완전 바가지네. 이런 건 후기 인터넷에 올려야 해."

종업원이 다가왔다.

김 선생은 속으로 '오늘따라 왜 이러지?' 하며 물티슈로 손만 닦았다.

한 교수는 무엇에 쫓기듯 계속 조잘댔다.

"뉴욕에 있을 때가 좋았어. 다시 가고 싶어. 정말 매력적인 도시야. 뉴욕에서 알바 할 때였어. 난 주로 미술갤러리 투어 가이드 했거든. 유명한 갤러리만 찾아다녀도 시간이 모자라는데, 한 여자가 뉴욕 여행 처음 왔나봐. 욕심이 얼마나 많던지. 오만 곳을 다 가고 싶어 해서 왕 짜증이었어."

욕심 많은 여행자 험담에 효과음으로 웃음까지 곁들였다. 한 교수가 웃을 때마다 다른 테이블 사람들이 눈살을 찌푸렸다.

음식이 나왔다. 한 교수 앞에 꼬리곰탕이, 김 선생 앞에는 갈비탕이(김 선생은 한 교수와 같은 종류를 먹고 싶지 않았다) 놓였다. 한 교수가 후추를 뿌리며 국물에 대해 평가를 빼놓지 않았다. 고기를 건져 입속에 넣고서야, 김 선생 고기가 너무 부드러워, 이 집 진짜 오길 잘했어, 하고 국물을 후후 불며 연거푸 떠 넣었다.

저녁식사 내내 한 교수의 뉴욕 이야기가 이어졌다. 식사가 끝나자 커피를 마시러 가자고 했다. 김 선생은 평소 한 교수를 존경까지는 아니지만 멋있는 사람으로 생각했다. 될 수만 있다면 한 교수처럼 세련되게 행동하고 싶었다. 술에 취하면 수다가 좀 심한 것 빼고는. 김 선생은 처음으로 피곤하다고, 집에 가서 쉬고 싶다고 거절했다.

인사기획처장이 인터폰으로 '한 교수를 불러라'고 했다. 김 선생은 한 교수에게 메시지를 전달했다. 한 교수가 출입문을 열고 들어오면서 눈으로 김 선생을 찾았다. 김 선생은 고개를 저었다. 처장실 문을 노크한 후, 한 교수가 온 것을 알렸다. 처장이 뒷짐을 지고 창밖을 내다보고 서 있었다. 힘이 잔뜩 들어간 어깨 너머로 벚나무들이 보였다. 바람이 나뭇가지를 흔들었다. 이파리들이 와르르 흩어졌다. 한 교수가 심하게 눈을 깜빡이며 처장실 안으로 들어갔다. 김 선생은 종이컵에 주스를 따라 들고 뒤따라 들어갔다. 티 테이블에 종이컵을 천천히 내려놓았다. 처장이 건조한 목소리로, 한 교수는 거기 앉고, 김 선생은 나가보시오, 하였다. 김 선생은 한 교수를 힐긋 건너다보고 곧바로 밖으로 나왔다.

공교롭게도 한 교수가 처장과 면담을 하는 시간에, 예준의 어머니가 사무실에 나타났다. 빵집 종이봉투를 들고 있었다. 김 선생의 업무가 명목상 국제교류지원이지만, 실제는 방문객을 안내하는 것이었다. 예준 어머니를 보는 순간 두 손으로 얼굴을 가리던 예준의 얼굴이 떠올랐다.

"어떻게 오셨어요?"

예준 어머니에게 방문 목적을 물었다. 그녀가 당당한 시선으로 김 선생을 바라봤다.

"처장님 뵈려고 왔어요. 지금 바쁘세요?"

"예, 교수님 한 분과 면담 중이셔요."

김 선생은 그녀의 기색을 살피면서 대답했다.

"알겠어요. 기다릴게요."

태도에 쭈뼛거림이 없었다.

"처장님 면담 끝나면 알려드릴게요. 소파에 앉아 계셔요."

왜 왔지? 속으로 중얼거리며 종이컵에 오렌지 주스를 부어 예준 어머니 앞에 가져다 놓았다.

예준 어머니가 오렌지 주스를 다 마시기 전에 한 교수가 난감한 표정으로 처장실에서 나왔다. 김 선생은 두 사람을 동시에 쳐다봤다. 한 교수가 먼저 예준 어머니를 인지한 눈치이다. 예준 어머니의 시선도 한 교수에게 가서 멈췄다. 김 선생은 재빨리 처장실로 들어갔다. 트레이에 종이컵을 챙겨 담았다. 그러고 처장에게 외부 방문객이 있다고 알렸다. 그가 누구냐고 물었다. 김 선생은 미리 알아둔 예준 어머니의 이름을 댔다. 찬바람이 돌 정도로 근엄했던 처장의 얼굴에 따뜻한 웃음이 번졌다. 반가워하는 목소리로 들어오라고 하시오, 하고 책상에서 소파 쪽으로 옮겨왔다. 트레이를 들고 밖으로 나왔다. 그 사이에 무슨 일이 있었는지, 한 교수와 예준 어머니를 둘러싼 공기에 긴장감이 팽배했다. 한 교수의 얼굴에 저 여자가 여기에 왜? 라는 말이 씌어 있었다. 얼른 예준 어머니를 처장실로 안내했다. 예준 어머니가 한 교수를 차갑게 흘겨보고 처장실로 들어갔다. 한 교수가 출입문을 밀다가 예준 어머니의 뒷모습을 지켜봤다. 그리고 문을 나서기 전에 김 선생을 돌아봤다. 무언가를 알아내고 싶어 하는 눈빛이다. 김 선생은 컴퓨터 화면으로 고개를 돌리고 검색을 하는 척했다.

사무실 안의 시선들이 문을 열고 나가는 한 교수의 뒤통수에 모아졌다. 그녀의 옷자락이 완전히 문밖으로 사라지자 모두의 눈길이 김 선생 쪽으로 방향을 틀었다. 시선의 창살에 갇힌 기분이었다. 김 선생은 거북이처럼 옷 속으로 목을 꾸겨 넣고 컴퓨터 화면만 응시했다.

처장이 예준 어머니와 함께 밖으로 나가면서 인자한 목소리로 말했다. 점심 식사들 하시오. 이거 나누어 먹고. 예준 어머니가 활짝 웃는 얼굴로 사무실 직원들에게 인사를 했다. 사무실 여기저기서 수군댔다. 한 교수로부터 메시지가 왔다.

–좀 전에 그 여자, 예준 엄마 맞지? 장 처장을 왜 만날까? 두 사람 어떤 관계일까? 혹시 딸 아냐? 어쩌지. 엄청 화난 것 같아. 우리가 뭘 잘못했는지 모르겠어. 처장이 왜 저렇게 화를 내는지 도대체 이해가 안 돼. 김 선생도 우리가 잘못했다고 생각해. 도저히 납득이 안 가. 퇴근 후에 우리 집으로 와. 이야기 좀 해야겠어. 이따가 봐.

왜, 우리지? 처장이 내게 아무 말도 안했는데. 한 교수의 메시지에서 '우리'라는 단어가 마음에 걸렸다. 게다가 퇴근 때 자기 집으로 오라고. 김 선생은 답글을 쓰지 않았다. 퇴근 후에 바로 집으로 가야할지 말아야할지 갈등이 생겼다. 가끔씩 들르는 북 카페에서 시간을 보냈다. 한 교수의 카톡이 여러 번 왔지만 무시해버렸다. 밤 9시가 넘어서 집으로 왔다. 도어록이 스르륵거리는 소리에도 신경이 쓰였다.

거실 전등을 켜는 순간 한 교수로부터 전화가 왔다. 김 선생, 왜 늦었어? 자기 기다리느라 아무것도 못했어. 사람이 왜 그래. 내 메시지 왜 씹어. 대책을 세워야지. 한 교수의 전화에 몸이 움찔했다. 교수님, 우리는 아니죠. 김 선생의 대꾸가 퉁명스럽게 튀어나갔다. 왜 아니라고 그래, 함께 서 교수 욕했잖아. 서 교수님 욕을? 저는 서 교수님 잘 몰라요. 저, 끌어들이지 마세요. 김 선생, 어떻게 그렇게 말할 수 있어. 내가 그동안 김 선생에게 얼마나 잘해 줬는데. 저는 사실, 교수님 선물이 부담스러웠어요. 이제 제게 선물하지 마세요. 저는 이런 일에 개입하고 싶지 않아요. 김 선생, 그러지 말고 지금 우리 집으로 와 응. 문 열어놓고 기다린다. 나 아직 저녁식사 못했어. 맛있는 것 차려놓을 게, 곧바로 와. 김 선생하고 얘기라도 좀 하고 싶어. 꼭 와. 마지막에 그녀의 말투가 애원조로 바뀌었다.

김 선생은 한 교수를 손절하고 싶었다. 욕실에 들어가서 손과 발을 씻고 편한 옷으로 갈아입었다. 소파에 다리를 쭉 뻗고 드러누웠다. 리모컨을 찾다가 벌떡 일어났다. 한 교수의 현관문이 열리는 소리가 들렸다. 슬리퍼를 끌고 한 교수 집으로 들어갔다.

현관문이 닫히자 촛불이 따라서 일렁였다. 검은 그림자들이 함께 움직였다. 한 교수는 우울할 때면 아로마 향초 테라피를 했다. 식탁 위에 디켄터에 담긴 펫낫 와인과 체다 치즈가 차려져 있었다. 한 교수가 외출복을 입은 채 와인을 마시고 있었다. 쥐어뜯은 것처럼 헝클어진 머리칼에 눈빛이 풀렸다. 거실에 깔린 러그 위와 소파 위에 에어캡 조각들이 굴러다녔다. 에어캡을 만져봤다. 공기층이 모두 터져 너덜거렸다. 한 교수가 퇴근 후에 무엇을 했는지 에어캡의 상태에서 고스란히 드러났다. 김 선생은 흩어져 있는 에어캡을 손으로 털어내고 1인용 소파에 앉았다. 러그 위에 다트 핀도 여러 개 보였다. 사람의 움직임에 따라 촛불이 같이 흔들렸다. 다트 보드에 꽂힌 핀이 툭 떨어졌다. 김 선생은 와인잔을 비우고 인상을 썼다. 한 교수가 검붉은 와인을 삼키며 초조하게 눈을 깜빡였다. 촛불이 비추고 있는 한 교수 모습을 들여다봤다. 아무리 봐도 비현실적이다. 한 교수를 현실로 끌어들이고 싶었다.

"생각해 봤는데, 교수님이 먼저 서 교수님께 사과하는 것이 어떨까요?"

"서 교수, 내 과 동기야. 날 어쩌지 못해."

"해결책 있어요?"

"없어. 그래서 괴로워. 정말 재수 없는 인간이야."

"서 교수님 만나 용서를 빌어보는 것도?"

"이렇게 무너질 수 없어."

너울거리는 촛불에 반사된 한 교수의 눈빛이 번쩍였다.

"장 처장 말에 의하면, 서 교수 와이프가 명예훼손죄로 소송한다고 했대. 김 선생, 여학생 킬러라는 말 처장이 어떻게 알았을까? 서 교수가 여학생 킬러라는 루머가 돈다는 거야. 나한테 팩트 체크 했어."

김 선생은 순간 뒷골이 당겼다. 한 교수에게 들은 이야기를 그다음 날 옆자리 선배와 단톡방에서 수다를 떨었다. '여학생 킬러'는 그때 김 선생이 사용한 말이다. 고의성은 없었지만, 선배의 관심을 끌기 위해서 좀 더 자극적인 단어를 골랐다. 김 선생은 한 교수의 이야기를 들으면서 그 선배에게 끝까지 함구해달라는 내용의 카톡 메시지를 보냈다.

"어떻게 답변했어요?"

"큰일이야. 김 선생이 좀 도와줘."

"아니에요? 어떻게 해요?"

"김 선생, 갖고 싶은 거 말해봐. 에르메스 가방 진품 갖고 싶지 않아? 난 많거든."

에르메스 진품이란 말에 김 선생은 멈칫했다. 탐이 났다. 하지만 대답하지 않았다. 갑자기 발가벗긴 기분이 들었다. 또한 사무실 직원들 중에 누군가가 최초 유포자를 발설할지도 몰랐다. 카톡에 다른 곳에서 퍼온 글이라는 태그를 붙여 두었지만. 시치미를 떼고 넘겨짚었다.

"그 루머 교수님 이야기했잖아요?"

"나도 몰라. 내가 무서워. 서 교수 만나야겠지?"

"자존심 문제가 아니죠. 명예훼손죄 걸리면 조교수 승진은 날아가는 거 아닐까요?"

쉴 새 없이 와인을 홀짝이며 그녀는 눈물을 흘렸다. 상황 전개가 김 선생에게도 불길했다. 이대로 두었다간 함께 파리지옥 속으로 빨려 들어갈 것 같았다. 한 교수를 팽개쳐두고 빠져나오고 싶었다.

"교수님이 많이 고독해 보여요?"

김 선생의 입에서 맥락에 전혀 맞지 않은 말이 나왔다. 한 교수 같은 사람에게 어떻게 말을 해야 할지 잘 몰랐다. 김 선생은 어머니가 재혼해버린 다음 누군가로부터 위로를 받아본 적이 없었다. 표현도 훈련이 되어야 상황에 맞게 말할 수 있다는 것을 실감했다. 한 교수가 울먹이며 비극의 여주인공같이 횡설수설했다.

"김 선생, 좀 도와줘. 요즘 약물 치료까지 받았어. 하지만 약 복용을 끊으면 다시 ……."

한 교수를 내버려뒀다. 그래도 표정은 심각하게 지었다. 불안했지만 입을 다물고 조용히 구경했다. 언제 이런 나이브한 광경을 또 볼 수 있을지. 참을 수 없이 웃음이 피식거렸다. 웃음이 빠져나오지 않게 입술에 힘을 줬다.

한 교수가 한껏 슬픈 어조로 중얼거렸다.

“누군가에게 복수를 할 때, 그 대상에 대한 증오보다 자기가 안고 있는 상처로부터 자유로워지고 싶어서 아닐까?”

처음 듣는 말이었다. 김 선생은 한 교수 말을 되뇌었다. 그리고 ‘내가 자유로워지고 싶은 상처는?’ 지금까지 김 선생을 괴롭히는 상처를 소환했다. 가면을 쓴 한 남자의 얼굴이 다가섰다. 남자는 어린 여자아이를 목마 태웠다가 내려놓았다. 옆에서 필리핀 여대생이 소리 내어 울었다.

한 교수가 생수를 들이켰다. 고개를 숙이고 한참이나 침묵했다. 김 선생의 시선은 다트 보드에 가 있었다. 한 교수 말투가 좀 전과 달라졌다.

“징계위에 증인으로 출석하면 나에게서 들은 이야기 모두 거짓이 아니라고 해줘.”

“거짓이 아니라면? 교수님께 모두 들었다고 하면 불리하지 않아요? 특히 여학생 킬러는?”

“그것은 김 선생이 판단해. 내가 어떻게 하라고 할 수 없잖아”

한숨을 내쉬며 남의 일처럼 말했다.

김 선생은 에르메스 가방 하나를 손에 들고 한 교수의 집에서 나왔다. 왜, 그들의 일에 끼어들게 됐지. 나중에 최초 유포자라는 것이 들통 난다면. 생각만 해도 끔찍해. 잠부터 자야겠어. 너무 피곤해. 김 선생은 에르메스 진품 가방을 소파 위에 아무렇게나 던졌다. 그리고 침대 속으로 기어들어갔다.

매일 아침 엘리베이터 앞에서 한 교수를 만나면 고민이 됐다. 징계위에서 참석하라는 호출이 올까봐 심장이 두근거렸다. 차라리 에르메스 가방을 돌려줄까. 몇 번이나 망설인 끝에 하루는 김 선생이 먼저 물었다.

"교수님, 징계위 언제 열릴까요?"

한 교수가 질문에 대답하지 않고 딴전을 피웠다.

"김 선생, 내가 준 가방 왜 사용하지 않아? 중고 시장에서 비싸게 거래되는 거야. 내가 살 때는 새것이나 마찬가지여서 비싸게 구입했어."

"네에?"

"김 선생, 우리 저녁에 다트 게임할까?"

김 선생은 숄더백 줄을 꽉 움켜지고 한 교수의 말을 잘랐다.

"교수님 덕분에 목돈 챙기겠어요. 그 가방 아직 꽤 받겠죠?"

한 교수 눈이 빠른 속도로 깜빡였다. 엘리베이터의 문이 열렸다. 김 선생은 먼저 엘리베이터에 탔다. 그리고 닫힘 버튼을 눌러 버렸다. 한 교수가 발을 들여놓으려는 순간 문이 닫혔다. 김 선생 화났어, 하는 목소리만 올라타고 한 교수는 엘리베이터에서 황급히 물러났다.

서 교수를 처장실로 안내했다. 김 선생은 장면 하나가 떠올랐다.

한 교수로부터 서 교수 험담을 너무 많이 들어 뇌의 편집이라고 생각했는데. '맞아. 풍력 발전기를 뷰로 하는 바닷가 카페였어. 다정하게 어깨를 감싸고 있던 창가 테이블의 두 남녀.'

옆자리 선배에게 카톡으로 물었다.

—서 교수님이 조교수로 승진 될까요?

대화창에 의미심장한 단어가 떴다.

—아마도.

—아마도? 긍정적 신호? 한 교수님은? 여학생 킬러설은?

—루머였대. 암암리에 조사위원회 가동. 진원지가 누군지 윗선은 파악. 확인만 남음. 당사자 자백 기다림. 곧 징계절차 들어감.

—누굴까요? 정말 궁금해서. 선배는 아는 것 같은데, 짐작 가는 사람 나한테만 살짝 알려주면.

—여기까지만, 더 알려고 하면 다친다.

윗선에서 어디까지 알고 있을까? 선배의 메시지 내용을 퍼즐을 맞추듯 꿰맞췄다.

서 교수 부인이 끝내 소송을 취하하지 않았다는 소문이었다. 한 교수로부터 받은 에르메스 가방을 볼 때마다 떨떠름했다. 한 교수의 조교수 승진은 물 건너갔고, 내년 재임용에서 탈락될 것이라는 정보를 선배에게서 알아냈다. 선배와 카톡 수다에서 여학생 킬러

루머 진원지는 한 교수이고, 최초 유포자도 밝혀졌다고 했다. 김 선생은 속으로 하얗게 질렸다. 선배는 다 알려고 하지 말라며 두루뭉술 넘어갔다. 그리고 한 교수가 퍼뜨린 여학생 킬러라는 말은 모두 거짓이라는 거다. 전부는 아니더라도 그 중에 일부는 진실일 수 있지 않을까? 하는 김 선생의 반론에, 서 교수 쪽에 오히려 유리하게 작용할 걸. 서 교수랑 한 교수, 같은 대학교 과 동기는 맞대. 두 사람 조교수 자리를 두고 치열하게 경쟁했다는 거야. 장 처장 완전 서 교수 편 같아.

그것이 결론이었다.

금요일 저녁에 쓰레기 분리수거장에서 한 교수를 만났다. 그녀가 페트병을 수거함에 던졌다. 김 선생은 종이와 포장박스 등을 수거함에 밀어 넣었다. 한 교수와 김 선생은 서로 모르는 사람처럼 행동했다. 예준 어머니가 양 손에 쓰레기봉지를 들고 다가왔다. 김장을 담갔는지, 음식물 쓰레기봉지에서 퀴퀴한 젓갈냄새가 훅 끼쳤다. 쓰레기봉지를 시계추처럼 흔들었다. 봉지가 뒤로 갔다가 앞으로 되돌아오면서 한 교수 다리를 툭 쳤다. 한 교수가 표면에 물기가 묻어 번들거리는 쓰레기봉지를 피하지 않았다. 대단하다, 하고 김 선생은 곁눈으로 두 사람을 지켜봤다. 한 교수가 어떤 반응을 보일까 궁금했다. 한 교수는 아무런 동작도 취하지 않았다. 그냥 그 자리에서 꿈쩍하지 않고 가만히 서 있었다. 예준 어머니가 입술에 엷은 미소를 띠고, 김 선생에게 눈인사를 했다. 얼떨결에 김 선생은 허리를 굽실거리며 고개를 깊숙이 숙였다.

최초 유포자가 김 선생이라는 것이 밝혀졌다. 카톡에서 적극적으로 수다에 참여했던 선배는 눈빛을 감췄다. 김 선생은 한 교수의 징계위원회에 증인으로 출석했다. 서 교수는 보이지 않았다. 징계위원장이 한 교수에게 먼저 진술을 하게 했다. 그녀의 얼굴이 해쓱했다. 보직 교수들이 한 교수를 주시했다. 실내에 히터 돌아가는 소리만 들렸다. 한 교수가 쉰 듯한 목소리로 입을 열었다.

저는 산업디자인학과 전임강사 한주희입니다. 먼저 물의를 일으켜 죄송합니다.……

한 교수 목소리가 끝으로 갈수록 가팔라졌다. 말이 비눗방울처럼 허공을 떠다니다가 둘러앉은 징계위원들에게 부딪혀 터졌다. 할당된 질문을 끝낸 징계위원들 표정이 지루해 보였다. 장 처장은 핸드폰을 들여다봤다. 서 교수의 피해자 코스프레가 먹힌 것 같았다. 김 선생은 고개를 흔들었다. 한 교수가 징계위에 출석하면 자기에게서 들은 이야기가 모두 사실이라고 말해 달라던 것이 기억났다. 바닷가 카페에서 어린 여자의 어깨에 팔을 감고 있던 사람. 강렬한 착시의 터널을 빠져나온 기분이다. 김 선생은 서 교수를 봤다는 말로 진술을 시작했다.

에르메스 진품 가방이 티 테이블 위에 놓였다. 위층에서 아들, 하고 부르는 예준 어머니 목소리가 들렸다. 함박눈이라도 내렸으면. 눈조차 내리지 않는 유리돔 같은 하늘에 무엇이라도 던지고 싶었다. 균열을 내고 싶다. 숨통을 틔우고 싶었다. 김 선생은 한 교수에게 카톡 메시지를 보냈다.

—교수님, 우리 다트 게임할까요?

기억색

진동이 멈췄다. 물속에서 떠오른 해승이 내 쪽으로 헤엄쳐 왔다. 내가 손을 내밀었다. 연못 둑의 경사가 가팔랐다. 풀들이 무성하게 자라있어 발이 죽죽 미끄러졌다. 해승의 힘에 이끌려 내 발이 물 쪽으로 미끄덩 미끄러지는 순간 다시 땅이 부르르 떨었다. 나는 엉겁결에 그의 손을 잡고 있던 손의 손가락을 폈다. 해승의 손이 쑥 벗겨져나갔다. 나는 주변 나뭇가지를 움켜잡았다. 물속으로 떨어지지 않으려고 안간힘을 썼다. 여진이 지나갔지만 그대로 주저앉은 채 물속에서 그가 허우적거리는 것을 바라봤다. 나는 아무것도 하지 않았다. 물속으로 빠져 들어가는 해승을 보고 오히려 한 발짝 뒤로 물러났다. 그의 비명이 잦아듦과 동시에 물속으로 사라지던, 마치 허기진 괴물이 먹이를 삼키듯 물웅덩이가 그를 삼켜버린 후, 정적.

멀거니 바라보고만 있는 커다랗게 벌어진 입. 반쯤 얼이 나가 숨 쉬는 것조차 잊어버리고 한 곳만 지켜보는 눈. 물속 소리에 심장이 멎고 지상의 소리는 전혀 들리지 않은 귀. 큰 물결이 잔물결로 바뀌어가고, 잔물결조차 사라지고. 하늘이 나무들이 줄장미가 참매미가 물속에 다시 모습을 드러냈다. 물속에 흰색 티셔츠에 빨간색 반바지를 입은 여자 아이가 주저앉아 있었다. 그제야 터져 나오는 울음소리. 전원을 켠 전동인형처럼 굳었던 팔다리가 움직였다. 미친 듯이 대나무 막대기로 물속을 휘저었다.

박 씨 아저씨로부터 전화가 왔다. 지진에 집이 많이 허물어졌다고 서두를 꺼냈다. 전화기를 든 내 손에서 진동이 일어났다. 공기가 뒤틀리고 목책이 움직였다. 땅이 흔들리고, 연못의 물이 부르르 떨리며 솟구쳤다. 나는 기억을 들추고 싶지 않았다. 재빨리 핑곗거리를 찾았다.

서울에서 그 집이 있는 경주까지 다녀오려면 하루는 잡아야 한다. 집에 문제가 발생했다면 아저씨가 집수리업자를 불러 일을 시키고, 수리비용을 알려주면 고맙겠다고 부탁을 드렸다. 폰 스피커를 통해서 투박한 사투리 억양이 끊임없이 흘러나왔다. 출근 준비에 바쁜 나는 거울 앞에서 메이크업을 하며 네, 네로만 대답했다. 아저씨는 내게서 경주로 내려가겠다는 말이 나올 때까지 전화기를 들고 있을 태세였다. 눈썹라인이 비뚤어졌다. 나는 더 이상 참을 수 없었다. 집을 팔고 싶다고 말해버렸다. 잠시 침묵이 이어졌다. 아저씨가 집을 팔 생각이더라도 한 번은 다녀가라고 덧붙였다. 나는 집수리 날짜가 결정되면 가겠다, 하고 전화를 끊었다.

지금까지 그 집에 대해 대수롭지 않게 여기며 잊고 지냈다. 나의 소유라는 인식은 있었지만, 그 이상 구체적으로 생각해본 적이 없었다. 사실은 그 집을 언젠가는 벗어버려야 할 짐처럼 생각해왔다. 현실적인 짐일 뿐만 아니라, 생각만 해도 심리적으로 위축되는 집이었다. 될 수 있으면 그 집에서 보냈던 시간을 추억하고 싶지 않았다. 그 집은 늪 위에 서 있고, 수많은 기억의 벌레들이 늪 속에 살고 있어, 내가 그 속으로 한 발 빠뜨리기만 기다렸다. 그래서 그 집하고 얽힌 모든 것으로부터 멀리 벗어나고 싶었고, 빨리 망각하고 싶었다. 하지만 뇌 속에 자리 잡은 기억들은 없어지지 않고, 기회 있을 때마다 나를 추궁하였다.

지금은 그 집에 아무도 살지 않았다. 아버지가 죽은 후 빈집이 되었다. 1년에 한두 번씩 부모님을 모셔둔 납골당에 다녀오면서도 들르지 않을 때가 많았다. 렌트카를 운전하면서 그냥 힐끗 건너다보고 지나치기 예사였다.

아저씨의 두 번째 전화를 받았다. 마지못해 공방을 닫고 금요일 오후 경주로 갔다. 경주역에서 렌트카를 타고 보불로를 달렸다

(보문관광단지에서 불국사 방향 노선이다). 도로변의 풍경이 해마다 달라졌다. 몇 년 전부터 조금씩 보이던 펜션이 길 양편으로 즐비하게 들어섰다. 논이나 밭뿐만 아니라 일반 가정집까지 펜션이나 카페, 식당으로 바뀌었다. 글램핑 텐트가 설치된 곳도 여럿 눈에 띄었다. 그 집은 불국사 아래 코오롱 호텔 뒤쪽에 있었다. 대로변에서 완전히 벗어난 산자락에 위치했다. 아버지가 토우를 만들었기 때문에 당시에는 외진 곳이었다. 그 집 옆에 새로 들어선 펜션에 방을 예약해 뒀다.

펜션 관리실에서 받은 카드키로 출입문을 열었다. 벽지색이 붉은 꽃무늬였다. 관리실로 내려가서 빨간색 벽지가 아닌 다른 방으로 바꿔 달라고 했다. 창구 안에서 별스럽다는 눈빛으로 쳐다보던 아주머니가 다른 방의 카드키를 내밀었다.

펜션에 체크인을 하고 박 씨 아저씨를 만나러 갔다. 아저씨의 집에서 이른 저녁을 얻어먹었다. 아주머니가 오골계로 끓인 닭죽을 보양식이라며 많이 먹으라고 자꾸 권하였다. 아저씨의 말에 의하면, 지난 지진 때 벽 한 곳이 갈라졌다. 판자로 대충 막아놓았더니, 갈라진 벽체 전체가 손만 살짝 대어도 곧 무너질 것처럼 흔들린다는 거다. 수리를 하려면 물이 새는 지붕까지 한꺼번에 해야 하기 때문에 돈이 제법 들어갈 거라고 했다.

지진에 갈라진 벽은 나의 공부방이었던 곳이다. 아버지 사무실 옆에 내가 공부하던 공간이 있었다. 방안에 방치되어 있을 물건들이 생각났다. 아버지의 토기 가마에 꼽사리끼어 구워낸 못난이 인형들과 초중고 교과서, 즐겨 읽었던 책들. 시간이 정지된 공간에 낙서투성이 원목책상과 함께 남아 있을 것이다. 물론 가족들이 사용하던 물건들도 흩어져 있을 것이고. 그 모든 것은 가족이라는 관계가 만들어낸 것이다. 가족이 무엇인지. 지금 그들의 체취 하나 남아있지 않은데, 아직 못 버리고 그대로 뒀다. 아저씨가 벽체를 수리하려면 물건들을 모두 밖으로 들어내야 한다고 말했다. 골머리가 아프다. 집 정리 청소업체를 불러야하나. 그것도 섣불리 결정할 수 없다. 가족들의 유품이 완전히 소각되지 않고 낯선 곳으로 흩어질까 봐 걱정이 되어서다.

인사치레로 아저씨의 아들 성현에 대해 물었다. 나보다 두 살 아래인 남동생 해승과 같은 나이다. 어렸을 때 한 형제같이 자랐다.

"성현이 직장은 어디에요?"

"어디라도 다니면 얼마나 좋겠니. 지금 집에 와 있다. 도통 무얼 하는지, 맨날 방안에만 틀어박혀 있어서 걱정이다. 네가 온다고 했는데, 나가고 없네."

아주머니가 미안해하는 표정을 지으며 성현을 대신해 변명이라도 하듯 대답했다. 금강역사처럼 생긴 아저씨 얼굴에 못마땅한 빛이 역력하다. 아주머니가 조심스레 아저씨의 눈치를 살폈다. 식사가 끝나자 아저씨가 집에 대해 입을 열었다. 외지인이 사고 싶어 한다고. 펜션과 글램핑장을 만들고 싶어 한다며 말을 이어갔다. 대지 평수가 넓고, 토기를 굽던 작업장도 있어 집 옆에 붙어있는 밭까지 합치면 꽤 많은 돈을 받을 수 있다고 한다. 그는 내 의사를 확인하듯 잠시 말을 멈추고 눈을 치켜뜨고 건너다봤다. 아저씨가 전화했을 때 나도 집을 팔겠다고 말을 해버린 터라, 팔 생각이 전혀 없다고 번복할 수 없었다. 좀 더 생각할 시간을 달라고 했다. 아저씨가 눈빛을 거두고, 너도 생각해봐야지. 일단은 수리부터 해놓고 보자, 라며 말끝을 맺었다.

아저씨 집에서 나와 그 집으로 갔다. 녹슨 대문을 열었다. 담이 허물어져 집과 숲의 경계가 없어졌다. 정원의 나무들은 가지치기가 전혀 안 되었다. 완연한 폐가였다. 담장 밖 대나무의 어린 나무들이 담장 안으로까지 들어와 무성하게 자랐다. 쑥대와 바랭이가 무릎까지 올라왔다. 잔디가 파랗게 깔렸던 그네 주변에 클로버가 자리를 잡았고, 그넷줄엔 환삼덩굴이 뒤엉켰다. 해승의 옷에 환삼덩굴 이파리를 붙이는 장난을 쳤다가 피부가 빨갛게 부풀어 올라 그가 울었던 기억이 났다. 담장 위에서 길고양이가 뛰어내렸다. 왜 왔어? 하는 눈빛으로 빤히 쳐다보더니 재빨리 대숲 속으로 들어가 버렸다. 고양이 울음소리가 어두운 대숲을 울렸다. 마당에 몇 발자국 발을 들여놓지 않고 대문 밖으로 도로 나왔다. 집 안으로 들어가고 싶은 마음이 사라졌다. 수리하는 것 포기하고 팔아버릴까. 대문에 달린 자물통을 채우고, 생각에 잠겨 돌아섰다.

펜션의 창문을 열고 바깥을 내다봤다. 3층에서 내려다보는 풍경이 많이 낯설었다. 몇 년 사이 동네 지형 자체가 바뀌었다. 마동의 3층 석탑이 동네 한가운데로 내려와 있었다. 누가 일부러 옮겨 놓은 것은 아닐 것이다. 최근 들어 탑 주변이 식당가와 카페, 펜션 단지로 완전히 개발이 되었다. 멀리 경주의 남쪽 벌판을 가로 지르는 남천이 보였다. 마을 앞에 흐르던 강은 복개가 되었고, 메인 도로 건너편에 일부 물줄기만 남았다. 그것도 가뭄 탓인지, 야트막한 둑 아래 속살을 다 드러내놓고 누웠다. 복개돼 버린 어머니의 강. 몰래 어머니를 뒤따라 걸으면서 새벽안개 자옥한 강둑에서 발이 미끄러져 물속으로 떨어질까 봐 불안해했던 높다란 강둑이었는데. 그때는 강이 한없이 넓고 깊다고 생각했는데. 복개된 시멘트 틈을 비집고 나오는 기억의 벌레들.

어느 날 새벽이었다. 오줌이 마려워 일어났다. 어머니가 거실 문을 열고 나가는 것이 보였다. 그때 어머니는 방안에서 거의 누워서 지내다시피할 정도로 많이 아팠다. 어머니가 쓰러질까봐 불안하기도 하고, 어디로 가는지 궁금하기도 해서 뒤따라갔다. 어머니가 긴 강둑을 걸어 물넘이 보가 있는 곳까지 갔다. 어머니는 아무도 일어나지 않은 새벽 강가에서 울었다. 강물이 위에서 아래로 떨어지며 어머니의 울음소리를 삼켰다. 나는 가슴이 철렁 내려앉았다. 그때부터 새벽 잠귀가 밝아졌다. 어머니가 일어나는 소리가 들리면, 어머니 몰래 물안개가 자옥한 강변의 숲속에 웅크리고 앉아, 해승아! 하고 부르는 어머니의 목소리를 들었다. 깊은 구멍에서 빠져나오는 듯한 그 간절한 소리에 나는 귀를 막고 울음을 삼켰다.

침대에 누워 붉게 물들기 시작하는 서쪽 하늘을 바라봤다. 가슴 밑바닥에서부터 차오르는 감정을 억누르기 어려웠다. 빠져들지 않으려고 항상 경계해 왔는데.

페이스 북을 열었다. 아만다에게 메시지를 보냈다. 그녀는 뉴욕에서 함께 살았던 룸메이트이다. 현재 인테리어 디자이너로 일하고 있다. 흑인 아버지와 한국인 어머니 사이에서 태어난 아만다는 독특한 정체성을 가지고 있었다. 자신을 지구가 아닌 다른 행성에서 왔다고 여겼다. 내가 뉴욕의 소호거리를 헤매고 있을 때, 홈리스 남자가 나에게 조또 마떼! 니하오? 하고 말을 걸어왔다. 나는 그를 무시하고 재빨리 걸음을 옮겨놓았다. 그가 끈덕지게 따라오더니 급기야는 나를 가로막고 낄낄거렸다. 그때 아만다를 처음 만났다. 한 여자가 빠른 걸음으로 다가와서 나의 옷자락을 잡으며 제시카하고 불렀다. 당황해서 쳐다보는 나에게 그녀는 눈을 깜작이며 주변에 있는 카페로 데리고 들어갔다. 그녀의 순간적인 재치로 그 남자를 따돌리고, 우리는 함께 웃었다. 그 후, 우리는 친구가 되었고, 3개월짜리 나의 룸 임대기간이 끝나자 그녀와 같이 살게 되었다. 나보다 20살가량 많았던 그녀는 나를 베이비라 불렀고, 나의 수호천사를 자처했다. 어머니의 우울증이 심해진 상태에서,

한국에서 도피하듯 어학연수를 떠났던 나는 아만다의 도움을 받으며 뉴욕생활을 견뎌냈다.

아만다의 답글이 달렸다. 아직도 나를 베이비라고 불렀다. 언제든 뉴욕에서 살겠다면 환영한다고 했다. 나는 뉴욕 생활이 그립다고, 지금 당장 가고 싶다고 댓글을 달았다. 그녀가 완전 환영이라며 수호천사 이모티콘을 날렸다.

어차피 집을 팔고 나면 이곳에서 살 이유가 없어져. 홀가분하게 처분하고 떠나는 거야. 다른 곳에 가서 다른 사람으로 살아보는 거지. 꼭 누구누구의 딸 성해빈으로 살 필요는 없잖아. 해빈이 아닌 제시카로 살면, 제시카가 되겠지. 완전히 다른 공간에서 완벽한 다른 인격체로 살 수 있을 거야. 그러면 지금까지 성해빈을 따라다니던 그 지독한 것이 떨어져 나갈지도. 아저씨가 팔아준다고 했어. 갈등할 필요가 뭐 있어. 아저씨에게 맡기고 그만 떠나자.

내가 없으면 아무 의미가 없겠지만, 아버지가 토기를 굽던 집에, 사람들이 와서 먹고 마시고 떠드는 펜션과 글램핑장을 만들 거라고 하던 말이 마음에 걸렸다. 아버지의 얼이 담긴, 아니 우리 가족을 닮아 버린 집이 다른 사람의 손에 의해 사라진다고 생각하니 기분이 울적해졌다. 옷을 챙겨 입고 다시 그 집으로 갔다.

해승이 그렇게 되고, 집은 수도원 같았다. 아버지는 묵언 수행하는 수도승처럼 침묵했다. 모든 시간을 오로지 토우 작업에만 쏟아 부었다. 특히 죽은 사람의 영혼을 저승 세계로 인도한다는 인물주형人物舟形토기의 재현 작업에 정성을 기울였다. 인물주형人物舟形토기는 경주 금령총에서 출토된 유물이다. 뱃머리를 물고기로 장식한, 뱃고물에 앉아 혀를 빼물고 짓궂게 웃는 뱃사공의 모습. 뱃사공의 숨소리까지 생생하게 묘사해내고자 했다. 죽음의 강을 건너가는 심각한 상황과 달리 웃고 있는 뱃사공의 모습에서 어떤 영감을 얻었을까?

노을빛에 거실 유리창이 새빨갛게 물들었다. 열쇠를 땄지만 선뜻 대문 안으로 들어서지 못했다. 박 씨 아저씨 집에서 올라오는 길에 들렀을 때는 과거의 음산한 시간 속으로 끌려들어가는 것이 싫어 내 스스로 그 집에 들어서기를 꺼렸는데, 지금은 보이지 않는 기운이 나를 밀어냈다. 집을 둘러싼 붉은 기운이 파동을 일으켰다. 고즈넉이 앉아 있는 집이 나를 낯선 이처럼 거부했다. 대문 앞에서 오도 가도 못하고 서성거렸다. 산자락은 이미 검은 물감이 번지듯 어둠에 묻히기 시작했다. 주변 펜션과 식당, 아직 몇 남아있는 가정집들에 불이 환하게 켜졌다. 무인도처럼 그 집만 검은 덩어리로 가라앉아갔다. 거실과 부엌과 방마다 불을 켜야 한다는 의식은 작동하는데 발이 움직이질 않았다. 나의 마음속에서도 맹렬하게 파동이 일었다. 아랫입술을 잘근잘근 깨물었다.

저녁에 친구 카페에서 성현과 만났다. 초등학교를 함께 다닌 친구가 자기 집을 개조하여 카페로 운영했다. 집을 모두 뜯어내고 다시 신축한 것이 아니라, 벽체만 허물고 지붕과 기둥은 그대로 둔 채 개조한 한옥 카페였다. 나름 운치가 있어 보였다.

하지만 낮에 그 골목길에 들어선 적이 있었다. 메이크업을 벗겨버린 늙은 매춘부를 만난 느낌이었다. 꼭대기에 기와만 뒤집어 쓴, 덜떨어진 사람처럼 생긴 건물들이 아랫도리를 벌리고 있었다. '퓨전'이라는 말로 가림막을 쳤지만 한 꺼풀만 벗기면, 그 저변에 깔린 의식이 아름답다고만 말할 수 있을까 싶었다.

성현과 나는 그 친구 집 건넌방에 해당하는 곳에 앉았다. 어렸을 때 동네 아이들이 함께 모여서 놀던 방이었다. 우리는 어색한 표정을 감추고 서로의 근황을 묻고, 당연한 순서처럼 어릴 적 친구들 이야기로 넘어갔다. 친구들 이야기도 시들해져갈 즈음 성현이 본론으로 들어갔다.

"누나, 집 팔아라. 이제 경주 올 일 없잖아. 현 시가보다 더 받아줄게. 중국인 투자자가 그 집 사면 나에게 매니저 직책 맡기겠대."

"중국인?"

"나도 경주에서 정착하려고. 부모님 계신 곳이니까."

성현의 얼굴에서 말만큼 진정성이 느껴지지 않았다. 나도 모르게 조금 삐딱하게 나갔다.

"좋은 생각이네. 그런데 부모님 없는 사람은 자격 없니? 나도 경주 사람이야. 언제든 올 수 있거든."

성현이 입꼬리를 비틀며 어색하게 웃었다. 내가 서울로 대학 진학이 결정됐을 때, 고등학생이었던 성현이 어느 날 나를 찾아왔다. 우리는 어머니가 새벽에 올라가서 울던 강가를 걸었다. 그때 성현이, 서울로 대학을 오겠다고 하면서 얼굴을 붉혔다. 그 후, 그는 부산으로 진학했고, 대학생이 된 뒤, 몇 번 전화는 주고받았지만 경주에서 마주칠 일이 별로 없었다. 아저씨를 닮아 우락부락한 인상인데다 덥수룩한 헤어스타일과 불거진 광대뼈 아래 비틀려있는 입꼬리가 그를 매우 낯설게 만들었다.

아침에 불국사 주변을 산책하고 돌아오는 길에 그 집으로 갔다. 박 씨 아저씨가 예초기로 마당의 풀을 베고 있었다. 일하러 오는 사람들이 성현의 초등학교 친구들이라서……. 그 뒷말은 들리지 않았다. 예초기 소리에 묻혀서가 아니었다. 나는 알아들은 척 대충 고개를 끄덕였다. 아저씨가 예초기를 정지시키고 덧붙였다. 일하는 사람들이 오기 전에 물건들을 미리 치워야 한다. 수리해야 할 방 물건들을 형님 사무실로 옮겨야 하는데, 아침밥 먹기 전에 해야지. 먼지가 많이 날릴 테니까, 가서 준비 단단히 하고 오너라, 했다. 나는 괜찮아요. 트레이닝복이라서, 하고 바로 물건들을 옮기자고 대답했다.

4년여 만에 방문을 열었다. 책상 위에 놓인 시계가 3시 15분에 멈춰있었다. 시침과 분침, 초침이 거의 같은 곳에서 붙었다. 탁상용 시계를 들고 흔들었다. 초침이 떨어져 바닥으로 미끄러져 내렸다. 나의 침대, 옷장, 서랍장, 책장, 책상, 책상 위의 데스크 탑 컴퓨터, 전기방석이 놓인 의자가 먼지를 뽀얗게 뒤집어쓰고 있었다. 방안에 있는 물건들을 아버지의 유품이 보관된 사무실로 옮겼다. 성현이 함께 거들었다. 나란히 서 있던 옷장과 책장을 들어낸 자리에 많은 그림과 낙서가 보였다. 20년도 더 된 누렇게 빛이 바랜 벽지 위에 변색도 되지 않고 선명하게 남아있는 낙서들. 그중에 해승의 것이 눈에 띄었다. 빨간색 색연필로 그려놓은 동그라미 얼굴, 길쭉하게 그은 단선으로 된 몸통에 나뭇가지처럼 붙은 팔과 다리, 그 옆에 '누나 바보'라고 써놓았다. 내가 낙서 앞에 멍하니 서 있자, 성현이 옆에 와서 섰다.

"해승이 글씨네. 누나보고 바보라고 썼어. 그때 자식이 겁도 없이 까불대다 누나한테 맞고 울기도 많이 했잖아. 이것도 분명히 누나한테 한방 맞고 썼을 거야."

성현의 말이 하나도 들리지 않았다. 눈앞이 어질어질했다. 사물들이 부옇게 변하고 낙서가 사라졌다. 나의 입에서 미안해. 누나가 바보였어, 라는 말이 흘러나왔다.

초등학교 4학년 때였다. 일요일이었고, 아버지와 어머니, 성현의 부모님들이 모두 경주시내 5일 장에 가고 없었다. 나와 해승이, 성현이, 성현의 여동생인 현아가 우리 집에서 함께 놀았다. 우리는 어머니가 사올 피자이야기를 하며 숙제를 끝내고, 컴퓨터 게임을 하였다. 해승과 성현이 책상 옆에 붙어 서서 내가 하는 게임이 빨리 끝나기를 기다리며 침을 꼴깍거렸다. 나는 게임머니를 계속 잃자 처음에 약속한데로 컴퓨터를 넘겨주지 않고 몇 번을 더 했다. 해승이 화를 내며 나에게 게임 그만하라고 대들었다. 나도 짜증을 내며 컴퓨터를 꺼버렸다. 컴퓨터 비밀번호를 알려달라고 씩씩대던 해승이 돌아서서 빨간색 색연필로 누나 바보라고 휘갈겨 썼다. 그때는 아직 옷장도 책장도 없었다. 중학교에 진학하면서 들여놨으니까. 낙서 때문에 해승이 분명 나에게 머리통을 쥐어박히고 울기도 했을 텐데……. 컴퓨터 게임이 지루해진 우리는 집 뒤에 있는 연못으로 몰려갔다.

해승과 성현이 부레옥잠 위에 앉아있는 개구리를 향해 돌을 던졌다. 그때마다 물 표면에 주름이 잡히고, 주름들 사이에서 꽃송이들이 와르르 웃었다. 연못 속에는 파란 하늘이, 생선뼈를 닮은 흰 구름이, 통나무로 얼기설기 엮은 목책을 감아 오른 줄장미가, 그림처럼 담겼다. 숲속 참매미 소리가 나른하게 들렸다. 그 소리도 물속에서 들리는 것 같았다. 지상의 풍경을 품은 물속. 연못 속에 똑 같은 쌍둥이 세계가 있을 것 같았다. 연못이 그 세계로 들어가는 터널 입구가 아닐까. 매미 소리를 따라가면 그곳으로 들어가는 비밀의 문을 찾을 수 있을 것 같았다.

나와 현아는 상상의 세계를 조잘대며 줄장미를 꺾어 화환을 만들었다. 장미 가시에 찔린 손가락의 피를 빨면서 내가 '완성'하고 말하는 순간, 해승이 화환을 채 가서 목에 걸었다. 그리고 목책에 걸터앉아서 V자를 그렸다. 연못에 반사된 빛이 산란을 일으켰다. 나는 화환을 빼앗으려 하고, 해승은 날 잡아봐라, 하며 실랑이를 벌였다. 우리가 눈치채지 못한 사이에 공기가 뒤틀리고 목책이 움직였다. 땅이 흔들리고, 연못의 물이 요동을 치며 솟구쳤다. 순간 해승이 목책에서 떨어져 물속으로 들어가 버렸다. 해승이 사라지는 것을 보고, 나는 어! 소리만 냈다.

연못은 아버지가 흙 작업을 할 때 물을 퍼서 사용하는, 물웅덩이라고 하기는 조금 더 크고 깊이가 깊었다. 인공적으로 만든 것이 아니고 옛날부터 있었던 것이라 그 깊이가 어느 정도인지 몰랐다.

시장에 간 어머니가 지진에 놀라지 않았느냐고 전화를 걸어왔다. 해승의 사고 소식을 듣고 부모님이 곧바로 돌아왔지만, 그가 물에 빠진지 1시간이 넘어서야 아버지가 연못에 뛰어들어 해승을 건져냈다. 해승의 목에 줄장미 화환이 그대로 걸려있었다. 창백한 해승의 얼굴을 어루만지던 어머니는 실신했고, 말문을 닫아버렸다. 나는 그날부터 부모님의 사랑을 단념했다. 감히 요구할 수 없었다. 나 스스로 예쁜 표정, 즐거운 표정, 행복한 표정을 짓지 않았다. 나보다 어머니, 아버지가 더 힘들었을 것이다. 어머니는 집에서는 울지 못했으니까.

목구멍에서 터져 나오려는 것을 억누르며 눈을 껌뻑였다. 성현이 옆에서 힐긋힐긋 살피다가 방밖으로 나갔다. 나는 낙서가 그려진 벽에 몸을 붙였다. 그렇게 해서라도 해승을 느끼고 싶었다. 밖에서 일하는 사람들이 시멘트 톱으로 벽체 자르는 소리가 들렸다.

집수리 하는 사람들이 일하는 것을 보고 펜션으로 돌아와 샤워하고 아침식사를 했다. 그리고 마트에 들러 새참용으로 빵과 음료수를 사서 들고 그 집으로 갔다. 내 방 벽체는 이미 다 잘려 나가고 기둥만 남았다. 해승이 그려놓았던 그림도, 누나 바보야, 라고 쓴 낙서도 없었다. 나는 잘린 벽돌들을 눈으로 살폈다. 모든 것이 부스러기로 돌아가 버렸다. 아무것도 아니었다. 저렇게 쉽게 잘려나가는 것을. 내 속에 들어있는 것도 저렇게 잘라낼 수 없을까. 생각에 잠겨 발끝으로 벽돌조각을 부스러뜨리고 있는데 아저씨가 불렀다.

아저씨를 따라 집의 구석구석을 둘러봤다. 깨진 유리 조각을 타넘고 실내로 들어온 나팔꽃 덩굴이 아버지가 사용하던 작업대에 나선형으로 감아 오르고, 가마에는 담쟁이가 무덤 위의 잔디처럼 뒤덮였다.

해승이 죽고 나서 아버지는 토우 작업하는 틈틈이 근육이 툭툭 불거진 용맹한 소년형상 테라코타를 구웠다. 나는 아버지가 테라코타를 만들지 않기를 바랐다. 작업실에서 넋 놓고 앉아 소년형상 테라코타를 바라보고 있는 아버지가 무서웠다. 아버지가 미친 듯이 테라코타를 만들었지만, 테라코타에서 해승의 얼굴 윤곽선이 점점 사라졌다. 나 또한 아버지로부터 멀어졌다. 경주에 발길을 끊다시피 했다.

담쟁이가 햇살을 받아 파랗게 윤이 났다. 전시실 토우들은 빛을 잃었다. 무덤 속 부장품처럼 죽음의 빛깔을 띠었다. 가마 주변에 대충 쌓아놓은 토기 더미에도 무채색 위에 파란색을 덧칠해 놓은 듯 담쟁이가 촘촘히 뻗어나가는 중이었다. 가마 쪽은 머지않아 담쟁이 세상이 될 것 같았다. 가마를 지나 연못이 있던 곳으로 다가갔다.

연못가에 서 있던 돌부처가 늪 쪽으로 몸을 반쯤 걸치고 쓰러져 있었다. 나의 시선이 돌부처에 머물러 있는 것을 눈치 챈 아저씨가 먼저 말했다. 지진에 넘어진 모양이네. 그동안 잘 버티고 있었는데. 집수리하는 사람들에게 부탁해서 저 부처도 일으켜 세워 주세요. 나의 말에, 머잖아 모두 묻힐 건데, 아저씨가 혼잣말처럼 중얼거리더니 고개를 끄덕였다. 오랫동안 우울증에 시달리던 어머니가 아버지가 가장 아끼던 소년형상 테라코타를 안고 연못에 뛰어들어 죽자, 아버지가 연못을 메워버렸다. 그리고 돌부처를 깎아서 연못 둑에 세웠다. 부처 얼굴이 아버지를 많이 닮았었다.

메웠던 곳에 다시 물이 고여 늪으로 변했고, 부들과 갈대가 자라고 있었다. 무성한 풀덤불 속에서 줄장미가 새빨갛게 피었다. 줄장미를 보자 가슴이 쿵 내려앉았다. 지금껏 나의 기억을 지배하는 색이다. 일부러 줄장미를 외면하려고 했지만 자꾸 힐끔거려졌다. 해승이 죽은 후 어머니는 줄장미가 꽃을 피우지 못하게 매년 베어버렸다. 사람 손길이 닿지 않아서인지 줄장미 줄기가 연못 중심부까지 뻗어나갔다. 더욱 굵어진 가지에 완벽할 정도로 탐스럽게 핀 꽃송이들이 지나가는 산들바람에 화르르 웃었다. 아름다웠다.

줄장미를 보는 순간 나의 두 손은 몹시 떨렸다. 나는 트레이닝복 호주머니 속으로 떨리는 두 손을 감췄다. 그때, 사건의 원인을 사람마다 다르게 말했다. 줄장미 때문이었다는 것은 아무도 모른다. 지금껏 누구에게도 말하지 못한 나만 아는 비밀이다. 겨자씨 하나가 썩지 않고 줄곧 내 속에서 버티었다.

아저씨가 연못을 바라보며 심각한 어조로 말투를 바꿨다.

"네 전화 받고 많이 생각했다. 그 일 알려지면 제값 받기 힘들 거다. 아무리 세상이 바뀌었다 해도 알고는 안 꺼릴 사람 어디 있겠나. 그동안 아무도 팔라는 사람 없었다. 최근에야 외지인이 팔 의향이 있는지 물어보더라. 사겠다는 사람 있을 때 얼른 팔아버리는 것도 괜찮을 것 같다만."

체한 것처럼 가슴이 먹먹했다. 입에서 말이 퉁명스럽게 나갔다.

"아저씨도 그렇게 생각하세요?"

"말이 그렇다는 거지. 팔 거면 주변에 소문 안 나게 파는 것이 좋다는 말이지. 형님하고 남 같지 않아 내가 지금까지 관리해 왔다만. 형님 작업장과 전시실 보존하면 좋겠는데, 내가 언제까지 할 수 있을지 알 수 없고. 네가 여기서 살 것도 아니고. 이 집이 너한테 짐이 될까봐 그런다."

"성현이 때문 아니고요? 그동안 수고해주신 것 항상 고맙게 생각했어요. 제가 관리비 매년 보내드렸잖아요. 그리고 우리 논도 아저씨가 농사를 짓잖아요. 지금까지 쌀 한 번 보내주시지 않았잖아요. 제가 쌀을 바라는 것 아니지만요."

"그런 뜻 아니다. 내 말 오해하는 모양이다."

아저씨 얼굴에 당황한 기색이 역력했다. 내가 화내는 이유를 나 스스로 알고 있었다. 눈물을 보이지 않으려고 빠른 걸음으로 대문 밖으로 나왔다. 성현이 대문 안으로 들어오다가 왜 그러는 거냐고 나의 팔뚝을 잡았다. 성현의 손을 뿌리치고 펜션으로 와버렸다.

핸드폰에 떠 있는 시간을 확인했다. 저녁 7시가 넘었다. 피곤했던지 먼지 묻은 트레이닝복을 입은 채 잠들었었다. 일어나기 싫어서 눈 감고 누워 있는데 성현으로부터 전화가 왔다. 어제 만난 카페로 오라고 했다. 나도 집수리가 다 되었는지 궁금했다. 낮의 일도 있고 해서 피곤했지만 카페로 갔다.

성현이 먼저 와 있었다. 그가 굳은 얼굴로 낮에 왜 그랬느냐는 듯 건너다봤다. 나는 아저씨에게 미안하다고, 사과드린다고. 대신 말씀드려달라고 했다. 성현이 정색하고 입을 열었다. 우리 아버지 애 쓰시는 거 누나도 알잖아. 사기라도 칠까봐 그래? 하루 종일 한숨만 내쉬고 별 말씀 안 하시지만. 믿지 못하면 누나 혼자서 잘 해봐. 우리 아버지 도움 없이 아무것도 할 수 없을 걸. 성현이 의자 등받이에 몸을 기대며 팔짱을 꼈다. 못 믿어서 그런 거 아니야. 고맙게 생각해. 하지만……. 다시 울컥해지려는 감정을 억눌렀다. 성현이 눈치를 보더니 그 집에 가보자며 일어섰다.

성현이 자동차 헤드라이트로 집을 비췄다. 집이 빛을 흡수해버려 집 반대쪽은 완전한 어둠이었다. 어둠 속에서 특이한 새 울음소리가 들렸다. 내가 그 소리에 신경 쓰자 성현이 접동새 울음소리라고 했다. 늪으로 변한 연못에서 접동새가 사는 모양이라고 덧붙였다.

핸드폰 손전등을 켜서 수리한 벽체에 비췄다. 미장까지 매끈하게 마무리가 되었다. 성현이 전기안전기 차단버튼을 OFF로 바꿨다. 내 방 방문을 열었다. 전등 스위치를 눌렀다. 고장이 난줄 알았던 형광등이 켜졌다. 나는 눈 부신 줄도 모르고 형광등을 올려다봤다. 부엌으로 가서 싱크대 수도꼭지를 틀었다. 시원한 소리를 내며 물이 쏟아졌다. 불이 켜지고 수돗물이 흐르는 것을 처음 보는 것처럼 신기했다. 눈물이 핑 돌았다. 집이 다시 살아났다. 집이 생명체라는 걸 느껴보긴 처음이었다.

방안에 시멘트 냄새가 꽉 찼지만, 벽을 새로 만들어서인지 아늑

한 맛이 났다. 방문을 열어놓고 방바닥에 앉았다. 성현이 펜션과 글램핑장을 신축하더라도 아버지가 토우를 만들던 작업장과 전시실은 체험장으로 활용하겠단다. 기정사실인 것처럼 말 하면서, 이제 잊어버려. 잊어버려야 누나가 살아갈 수 있어, 하고 덧붙였다. 나는 뜨거운 것이 차오르는 목을 손으로 잡았다. 내일 일찍 KTX 타야 해, 하고 일어났다.

캐리어를 정리해 놓고 침대에 누웠다. 좀처럼 잠이 오지 않았다. 성현의 말이 위로가 아닌 압박처럼 느껴졌다. 끝없는 상실감에 몸을 뒤척이다가 창문을 열었다. 반달이 떠 있었다. 아늑한 달빛 아래서 그 집이 나를 바라봤다. 나는 '우리 집'이라고 중얼거렸다. 의식을 집전하기 전의 사제처럼 심호흡을 했다. 무엇에 이끌리듯 캐리어를 끌고 우리 집으로 갔다. 마당 외등에서부터 거실과 방, 집 전체에 불을 밝혔다. 욕실 수납장에서 수건을 꺼내 방바닥을 물걸레질하고, 안방 이불장에서 이불을 꺼내와 펴고 누웠다. 이불에서 청국장 냄새가 났다. 사람의 체취라기보다 오랫동안 시간이 고여서 만든 곰삭은 내였다. 익숙한 냄새를 찾아내려고 코를 묻고 킁킁거렸다.

아버지 사무실 책장에서 가족 앨범을 찾아냈다. 보문호수에 밤벚꽃놀이 가서 유람선에서 찍은 사진이 나왔다. 아버지 어머니 나와 해승이 모두 활짝 웃고 있었다. 해승이 오른손에 피카츄 피규어를 들고, 왼손으로 V자를 그렸다. 나는 빨간색 원피스를 입고,

빨간색 헤어밴드를 했다. 어릴 때 빨간색을 무척 좋아했나 보다. 이날 우리가족은 무엇을 먹었을까? 단언컨대 돈가스를 먹었을 것이다. 아버지는 가족이 함께 외출하면 항상 메뉴 선택권을 나와 해승에게 줬다. 그럴 때면 우린 당연히 돈가스! 하고 외쳤다.

접동새가 접동하고 한참 있다가 또 접동했다. 잊을만하면 다시 접동하는 소리가 들렸다.

아버지의 유품을 닦았다. 지나간 시간의 길이를 말해주듯, 토우에 먼지가 켜켜이 쌓였다. 아버지가 사용하던 테이블 위 나무 상자 속에서 목탁을 찾아냈다. 기름걸레를 만들어 먼지를 닦아내고 목탁을 두드렸다. 목탁에서 무어라고 특정지울 만한 소리가 나지 않았다. 아무리 두드려도 그냥 나무토막 두드리는 소리가 났다.

아버지의 마지막 작업은 토우가 아닌 목탁이었다. 아니 목탁 자체가 아니라 목탁 소리였다. 아버지는 점점 목탁 소리 속으로 걸어 들어갔다. 어머니마저 죽은 후에 더 이상 토우를 만들지 않았다. 목탁을 깎기 시작했다.

소리가 가장 듣기 좋다는 살구나무를 구해서 쪼개고 찌고 다듬었다. 구멍을 뚫어 물고기 눈을 만들고, 목탁 앞면을 둘로 갈라 물고기 입을 만들었다. 오랜 건조 과정을 거친 다음, 온전한 것을 골라 사포질하고, 옻칠을 하였다. 마지막으로 나무가 품고 있는 소리를 불러냈다. 물론 판매용은 아니었다. 당신이 두드려보는 것으로 그만이었다. 새로운 목탁이 완성되면 그전 목탁은 불태웠다.

목탁은 원래 물고기, 즉 목어를 형상화한 것이라고 한다. 물고기는 밤에도 눈을 감지 않는다고. 아버지는 밤에도 자지 않고 목탁 소리를 얻어내려고 몰두했다. 목탁에서 자기 나름의 소리를 갈구했다. 그 소리를 얻으려고 목탁을 깎고 또 깎았다. 나는 아버지가 찾은 소리가 어떤 것이었는지 모른다. 하지만 끝내 나무가 품고 있는 소리를 불러내지 못한 모양이다. 그래서 당신 자신이 목탁 속으로 걸어 들어가 버렸는지도.

접동새 울음소리가 밤새 이어졌다. 나는 소리가 나지 않는 목탁을 두드리며, 내 안의 나와 대면하였다.

벽과 벽이 맞닿은 모서리였다. 어린 소녀가 그 모서리에 끼어있었다. 머리칼은 어깨 위에 아무렇게나 늘어뜨려져 있고, 흰색 티셔츠에 빨간색 반바지 차림이다. 깍지 낀 무릎 사이에 머리를 얹듯이 숙인 자세로, 아니 울음을 안으로 삼키는 자세로, 아니 벌 받는 자세로. 나는 소녀에게 왜 그랬느냐고 물었다. 소녀가 손을 펼쳐보였다. 손가락이 심하게 떨렸다. 죽기 싫었어. 살고 싶었어, 라고 중얼거렸다. 나는 소녀의 눈 속을 들여다봤다. 눈이 늪 같았다. 수많은 기억의 벌레들이 늪 속에서 살고 있었다. 살고 싶었다고? 맞아. 살고 싶었어. 그건 정직한 말이야. 누구도 비난하지 못해. 소녀가 손을 오므려 주먹을 만들었다. 손가락을 펴면 안 되었어. 끝까지 손을 꼭 잡고 있어야 했어. 소녀가 고해성사하듯 고통스러워했다. 가냘픈 어깨가 격렬하게 물결쳤다. 나는 소녀를 꼭 안아

주고 싶었다.

목탁에서 순한 소리가 흘러나오기 시작했다. 폭우가 지난 다음 흙탕물 가장자리에 조금씩 생겨나는 맑은 물처럼.

불국사에서 새벽예불을 알리는 범종소리가 들렸다. 겉옷을 걸치고 마당으로 나갔다. 물안개가 자옥하다. 모든 것에 물비늘이 덮였다. 진녹색 더미를 덮은 맑고 투명한 알갱이가 잔월효성 아래 희게 빛을 내고, 불국 문을 여는 은은한 종소리가 소쇄함을 더한다. 나는 어둠이 열리는 소리를 듣는다.

평소 즐겨 입던 황토색 작업복을 입은 아버지가 가마 속에서 걸어 나왔다. 가마에서 들고 나온 토우 장식 토기를 나에게 내민다. 어머니가 거실에서 체육복이 든 내 보조가방을 들고 나를 부른다. 통학버스 시간에 늦었다고 뛰어나가다가 잊어버리기 일쑤였던 가방이다. 연못 속에서 해승이 줄장미 화환을 들고 나에게로 다가왔다. 빨간 장미가 흰 이슬을 흠뻑 머금었다. 예쁘다. 나는 두 손을 내밀었다. 해승이 화환을 들고 있던 손의 손가락을 쭉 폈다. 화환이 미끄러져 떨어지면서 나의 손가락을 찔렀다. 손가락을 움켜쥐는 순간, 해승이 물안개 속으로 사라졌다. 손가락에서 피가 나는 것보다 해승이 사라지는 것에 마음이 더 다급해져서 그 아이 이름을 불렀다. 접동새 울음소리가 그쳤다. 아버지도 어머니도 보이지 않았다. 아버지가 섰던 자리에 돌부처가, 어머니가 서 있던 자리엔 가지마다 줄넘기 줄과 훌라후프 등, 온갖 잡동사니를 걸어놓던 늙은 모과나무가 서 있었다.

종소리가 그쳤다. 수도승이 목어를 두드리며 수중 세계와 교신 중이다. 대왕암을 거쳐 온 바람이 선도산으로 불어간다. 풀끝이 흔들리고 이슬이 후루룩 떨어진다. 나는 울음을 터뜨렸다.

경주에서 하루 더 머물기로 했다. 국립 경주박물관을 찾았다. 가족 단위 관람객이 많았다. 재미없다며 빨리 나가자고 투정부리는 초등학생 목소리가 들렸다. 해승과 나도 어릴 때 아버지를 따라 박물관에 자주 왔다. 흥미를 못 느끼는 우리에게 아버지는 기괴한 형태를 가진 토우의 의미를 자세하게 설명해주었다. 알고 보면 재미있다고. 나는 웃으며 초등학생을 돌아봤다. 너에게 좋은 추억이 되었으면 해, 하고 말해주고 싶었다.

금령총에서 발굴된 토기들을 전시해 놓은 곳으로 갔다. 전시실에 큰 변화는 없어보였다. 어둑한 불빛 아래서 아빠, 저 배 누가 타. 해승이 질문했다. 죽은 사람 영혼을 저승으로 실어다 주는 배야. 나직나직 설명하는 아버지의 다정한 목소리가 들렸다. 나도 죽으면 저 배 타겠네. 해승의 호기심어린 목소리. 환청 속에서 기마인물형토기, 인물주형토기, 등잔형토기들을 관람했다. 아버지와 어머니, 해승이 인물주형토기에 옹기종기 앉아 있었다. 나는 등잔형토기에 불을 밝혔다. 기마인물형토기의 호위를 받으며 무사히 강 건너기를.

집으로 돌아오는 길에 불국초등학교 앞 분식점에 들렀다. 우리가 매일 사 먹었던 빨간 떡볶이와 떡볶이 국물을 듬뿍 끼얹어 먹던 납작 만두가 먹고 싶었다. 분식점 주인이 해승이 친구 어머니였다. 그새 50대 아주머니가 되어 있었다. 떡볶이를 주문했다. 납작 만두는 찾는 손님이 없어 메뉴판에서 뺐다고 한다. 떡볶이를 입에 넣는 순간 잘 찾아왔다는 생각이 들었다. 달고 매웠던 떡볶이 맛이 그대로였다. 문방구점 앞에서 인형 뽑기를 하고, 운동장에서 그네를 탔다. 해승이 또래쯤 되는 한 무리의 아이들이 축구를 했다. 나는 목소리 높여 응원했다. 우리가 학교에 다닐 때도 늙었던 플라타너스나무 그늘에서 땀을 식혔다.

나는 서울로 떠나기 전에 집 뒤 늪으로 갔다. 파란 하늘 흰 구름 빨간 줄장미가 늪 속에 아름다운 풍경화를 그려놓았다. 늪 속에서 참매미 노래 소리가 들렸다. 저 소리를 따라가면 비밀의 문으로 들어갈 수 있으리라. 부레옥잠 위에 앉았던 개구리가 물속으로 뛰어내렸다. 물 표면에 주름이 잡히고, 주름들 사이에서 꽃송이들이 화르르 웃었다.

줄장미는 원래 어머니가 심고 키웠다. 쏟아지는 칠월의 햇살처럼 빨간색을 활짝 뿜어내는 장미꽃을 한 아름 꺾었다. 아버지가 만든 토우장식 토기에 꽂아 어머니 화장대 위에 올려놓고 예쁘게 웃었다.

티타임대여

옥인 씨가 표정을 바꾸어 치아를 드러내며 웃었다. 그녀가 숨바꼭질을 하고 싶다고 한다. 내가 숨바꼭질요? 하는 얼굴로 어색해 하자, 그녀가 입을 가리며 웃음을 터뜨린다. 고객이 대여한 시간은 고객이 원하는 대로 움직인다는 것이 회사의 방침이다.

그녀가 대여한 시간은 거의 종료시점에 와있었다. 다음 고객이 대기하고 있었다. 나는 그녀에게 30분 정도만 연장을 할 수 있다고 알려줬다. 그녀가 고개를 끄덕인다. 새롭게 추가된 시간만큼 내가 휴식을 취할 시간을 빼앗기 때문에 할증료가 부가된다는 것을 한 번 더 설명했다. 그래도 숨바꼭질을 하겠단다. 나는 회사 홈페이지에 접속해서 1차 티타임대여 시간 종료를 체크한 다음, 30분 연장 신청을 했다.

90세 할머니와 숨바꼭질을. 나는 그녀가 하자는 대로 그림방에서 거실로 나갔다. 도대체 뭐 하자는 거야. 그렇지, 나 대여됐지. 쿡 웃으며 거실장을 향해 돌아섰다. 두 손으로 눈을 가리고 무궁화꽃이 피었습니다를 열 번 헤아렸다. 내가 눈을 떴을 때 옥인 씨가 정말 숨어버리고 없었다. 나는 그녀를 어디서부터 찾아야 할지 몰라 망설였다. 진짜잖아. 웬 황당한 시추에이션? 말이 돼? 피식피식 헛웃음이 나왔다.

침실부터 찾아보고 싶었지만 남의 침실에 들어가기가 꺼려졌다. 먼저 거실을 둘러봤다. 거실에 그녀가 숨을 만한 공간이 없었다. 주방으로 들어갔다. 스테인리스스틸 재질의 싱크대 상판을 얼굴이 비칠 정도로 닦아놓았다. 옥인 씨가 싱크대 찬장에 조왕신을 모셔둔 가장 신성시하는 곳이다. 주방을 둘러보고 다용도실, 세탁실까지 확인했다. 그녀의 모습은 어디에도 없었다.

옥인 씨 집에 처음 방문했을 때였다. 현관문에 들어서면서 나도 모르게 손으로 코를 막고 곁눈질로 실내를 둘러봤다. 고객의 경제력을 점검하는 절차이다. 90세 할머니가 혼자서 살기엔 집이 너무 컸다. 50평대 아파트가 꼭 부도가 나서 버려진 폐공장 같았다. 휑뎅그렁한 공간에, 가구와 가구 사이로 찬 공기가 떠돌았다. 복도식 아파트인데도 마트에서 배달을 오지 않으면 몇 주가 지나도 현관문이 열릴 일이 없는 것 같다. 사람을 거의 못 만나고 살았던 것 같았다. 그녀는 실내에서 환자용 보행기를 집고 움직였다. 몸집이 바싹 마른데다 등이 튀어나와 마치 늙은 낙타처럼 보였다. 게다가 얼굴은 흰 가면을 씌워놓은 것 같이 창백했다. 옥인 씨 몸에서 나는 악취 때문에 위장이 뒤집힐 지경이었다. 하지만 나는 돈이야, 하고 구역질을 참았다. 그녀는 거실에 뻘쭘이 서 있는 나에게 소파에 앉으라는 말조차 하지 않았다. 솔직히 마실 거라도 줄까봐 은근히 걱정이 됐다. 나는 옥인 씨가 외출 준비를 하는 동안 줄곧 서서 기다렸다. 상대의 인내심을 시험해보는 상황극 같다고 할까. 그날 옥인 씨의 집에 간 것은 그녀가 병원에 가는 길을 동행해주기 위해서였다.

나는 대학교에서 심리학을 전공하고, 학과 동기인 다빈과 공동 창업을 했다. 회사는 굳이 분류하자면 서비스 업종이다. 즉 나 자신을 대여하는 것이다. 취업 면접시험에 연거푸 떨어지고, 나는 스트레스성 장염에 걸렸다. 한동안 공부에서 손을 떼고 빈둥거렸다. 하루 24시간 중에 먹고 자고 배설하는 데 사용하고 남은 시간을 마땅히 쓸 곳이 없었다. 남는 시간을 소비하는 데도 많은 비용이 필요했다. 스터디카페에서 다빈을 만났다.

“어떻게 지내?”

“넌?”

“입원했었어. 장염에 걸려.”

"효준 씨 병원 왔어?"

"우리 끝났어."

"취업이 연애의 제1조건인 세대. 슬퍼."

우리가 나누는 대화의 문장 길이가 짧았다. 풀어놓을 이야깃거리가 없었다. 나는 말할 재미조차 못 느낀다는 듯 무기력하게 내뱉었다.

"빈둥거리니까, 시간이 너무 남아돌아 미치겠어."

"맞아. SNS도, 잠도 지겨워. 잉여시간을 몽땅 쓸어서 쓰레기통에 버리고 싶어. 오호! 좋은 생각이 떠올랐어. 우리."

다빈이 말끝을 올렸다. 무엇이 생각난 듯 급히 말하려다 멈췄다.

"우리, 뭐야?"

"집에 있는 거 눈치 보이지 않아? 방금 생각했는데, 잉여시간을 누군가에게 직접 대여하는 사업 해보면 어떨까? 이 아이템 어때? 괜찮지 않아? 사업성 있겠지?"

다빈이 생각해봐, 하며 반짝이는 눈길을 보냈다. 티타임대여 회사 창업은 그렇게 시작되었다.

그동안 영업 내용을 분석해보면, 홀몸노인들이 병원에 갈 때 동행을 의뢰하는 경우가 가장 많았다. 노인들이 병원길에 자식들과 동행하는 것을 좋아한다는 것에서 아이디어를 얻었다. 예상이 맞아떨어졌다. 하지만 우리는 병원길 동행보다 함께 차를 마시고 대화를 나누어주는 '티타임대여' 판매에 무게를 두고 공을 들였다.

티타임대여가 병원길 동행보다 시간당 대여료가 비싸게 책정되었고, 매출 가능성도 높았다. 회사 설립 3년차라서 아직 생각만큼 영업이익이 높지는 않았다. 그런대로 사무실 유지는 되었다.

회사에서 매월 남녀 노인들을 대상으로 단체 미팅을 주선했다. 처음에는 아파트 단지 내에 있는 몇 개의 노인 회관을 대상으로 서로 조인을 해주는 정도였다. 회사 홍보 차원에서 무료로 시작을 했는데, 지금은 1만 원짜리 티켓 판매로 바꾸었다. 무료에서 유료로 전환할 때 우려했던 것과 달리 티켓 판매가 시작되면 항상 매진이 되었다.

명희 씨가 미팅을 위해 새옷을 샀다고 자랑을 늘어놓았다. 그러면서 미팅 때 자기에게 '유 권사'로 불러달라고 했다. 내가 왜냐고 짓궂게 물으니까, 얼굴을 살짝 붉히며 어쨌든 있어 보이잖아 하며 눈웃음을 쳤다.

며칠 전에 다빈과 생맥주를 마셨다. 안주는 당연히 고객들에 대한 품평이었다. 다빈이 웃을 때 손으로 입을 가리는 명희 씨 흉내를 냈다.

"사장님, 다음 미팅 때는 옷 부티 나게 입은 남자로 매칭 좀 되게 부탁해요. 나는 옷 잘 입은 남자가 돈도 있어 보여 좋더라. 호호호."

"명희 씨 좀 수다스럽지만 여러 사람들하고 두루 잘 어울려서 좋아. 케어 하기 편해. 말도 잘 안하고, 까다로운 할머니들은 힘들어. 예민하고. 노인들이 피해의식이 왜 그렇게 커. 다른 사람들보다 케어 덜 받을까봐 사람 떠 보고. 좀 손해 본다 싶으면 화 내고. 조금이라도 더 인정받기를 원하고. 우리가 보기엔 모두 거기서 거긴데. 우스워. 안타깝기도 하고."

"다른 사람에게 인정받고 싶어 하는 욕망은 노인이라고 다르지 않아. 우린 그걸 잘 활용하면 될 뿐이고. 옥인 씨 요즘 어때? 두 사람 재밌는 맞수였던데. 소문에 예전에 삼각관계였대. 지금도 명희 씨가 옥인 씨 흉보잖아. 서로 친하면서도 티격태격하는 것 같더라."

"인정욕구는 어쩌면 신이 준 최고의 형벌이자 선물인지도 몰라. 옥인 씨도 만만찮아."

우리는 생맥주잔을 맞부딪고 깔깔 웃으며 스트레스를 풀었다.

고객들 중에 사찰이나 성당, 교회 등에서 획득한 직분명을 다른 사람들 앞에서 불러주기를 은근히 바라는 이들도 있었다. 그날도 미팅이 시작되자 여자, 남자 할 것 없이 모두들 상기된 얼굴로 상대의 눈치를 살폈다. 나는 명희 씨의 말을 떠올리고, 그녀가 마음에 들어 하는 남성노인 앞에서 일부러 명희 씨를 불렀다.

"유 권사님, 오늘 너무 세련돼 보이세요?"

"어머, 어머 그래 보여요. 고마워요. 세현 씨."

명희 씨가 손으로 입을 가리고 수줍게 눈웃음을 쳤다.

명희 씨의 부탁으로 옥인 씨도 미팅에 초청했지만 그녀는 한 번도 참석하지 않았다. 그 언니(옥인 씨)가 기철 오빠를 아직 못 잊고 있는 모양이라고 명희 씨가 입을 삐죽였다.

옥인 씨는 원래 아파트 단지 내에 있는 노인복지관에 나오지 않았다. 명희 씨의 말에 의하면, 기철 씨가 죽고 나서부터였다. 기철 씨는 복지관에서 인기가 제일 많았다. 기철 씨를 사이에 두고 명희 씨와 옥인 씨가 삼각관계를 벌였다는 것은 할머니들 사이에서 재밌는 이야깃거리였다. 기철 씨가 폐암으로 죽고 나자 옥인 씨도 발길을 끊었다고 한다.

명희 씨는 때때로 우리 회사 홍보스티커를 나눠주는 아르바이트를 했다. 복지관에 나오지 않는 노인들을 대상으로 스티커를 뿌리는 일이었다. 옥인 씨의 집 현관문에도 붙였던 모양이다. 어느 날 옥인 씨가 전화를 걸어왔다. 왜 남의 집 현관문에 스티커를 함부로 붙였느냐고 역정을 냈다. 마침 옥인 씨의 전화를 내가 받았다. 나는 일단 죄송합니다를 연발하였다. 그러면서 속으로 내 그물로 들어온 물고기를 놓칠 수 없지, 하고 웃었다. 최대한 상냥한 목소리로 회사 홍보를 했다. 다빈이 옆에서 지켜보며 목소리 소름 끼쳐. 어디서 그런 목소리가 나와 연애할 때도 그렇지 않았던 것 같은데, 하고 엄지손가락을 치켜세웠다.

며칠 후, 옥인 씨로부터 다시 전화가 왔다. 병원길 대여시간을 신청할 수 있느냐고 물었다. 처음 전화를 했을 때보다 목소리가 많이 부드러워졌다. 활기가 없고 우울한 음색이지만, 듣기와 말하기가 비교적 정확했다. 말이 오락가락하지 않고, 장황하지도 않았고, 전달력이 좋았다.

옥인 씨가 처음에는 병원길 동행만 신청했다. 지금은 두 번의 병원길 동행 외에 두 번의 티타임대여도 신청한 상태이다. 나는 한 달에 네 번 대여가 되어 옥인 씨의 아파트로 찾아갔다. 내가 아파트를 방문하기 시작하면서 옥인 씨가 달라졌다. 얼굴에 생기가 되살아났고, 몸에서 목욕제에서 나는 향긋한 라벤더향이 풍겼다. 쓰레기통을 방불케 했던 집 안이 말끔하게 청소가 된 것은 물론이다. 요즘은 내가 방문을 하면 그녀가 손수 생강차를 끓여주는 정도가 됐다. 생강차가 건강에 좋다고, 특히 여자들은 꼭 생강차를 챙겨 마셔야 한다며 조곤조곤 자기 생각까지 드러냈다.

티타임대여 호출을 받고 아파트에 오면 옥인 씨는 색연필화를 그리다가 나를 맞이하곤 했다. 하루는 그녀에게 물었다.

"색연필화에 대해 잘 모르지만, 수준이 굉장한 것 같아요. 언제부터 그렸어요?"

옥인 씨가 입속으로 흥얼거리던 숨바꼭질 노래를 멈추고 말했다.

"퇴직하고 문화센터에서 배웠어. 난 여행 좋아했지만 그렇다고 여행을 매일 갈 순 없잖아. 시간도 잘 가고. 잡념 안생기고. 몰두할 수 있어 좋아. 내 친구야."

"작품들 소재도 재밌어요."

옥인 씨의 그림은 색연필화이지만 민화 스타일이다. 서툴게 그렸지만 소재가 재밌었다. 새끼에게 젖을 먹이는 개. 서로 그루밍을 해주는 고양이 두 마리. 까치에게 혼나는 익살스런 호랑이 등등.

명희 씨가 옥인 씨의 그림을 유치원생 그림 같다고 놀려서 옥인 씨가 삐쳤다는 소문을 들었던 터였다. 고객 대응 매뉴얼에, 상대의 기분을 자극하지 않는다가 있다. 조심스레 그녀의 말을 받았다. 그림을 칭찬해야한다는 생각에 무조건 그녀가 좋아할 만한 말만 골라서 사용했다. 옥인 씨와 만난 지 몇 개월 만에 그녀가 그날 처음으로 잇몸까지 드러내고 웃었다.

옥인 씨가 색연필화에 관심을 보이는 나에게 배울 생각이 있느냐고, 자기가 가르쳐 줄 수 있다고 했다. 고객을 대응할 때, 계약관계를 오랫동안 유지하려면 끈끈한 유대관계를 맺는다. 상대가 객체가 아닌 주체라는 인식을 가지도록 한다. 관계 맺기 문제는 상대가 긍정적인 마인드를 가지면 해결된다, 라는 조항이 있다. 나의 입장에서 옥인 씨의 이야기를 들어주는 것이나 그녀로부터 색연필화를 배우는 것이나 대여시간을 보내기는 마찬가지였다. 노인의 푸념 섞인 과거 추억담이나 들으며 비위를 거스르지 않기 위해 눈치를 봐가며 맞장구를 쳐주는 것 보다 그림을 배우는 것이 덜 지루하겠다는 생각이 들었다.

그날부터 옥인 씨의 티타임대여 시간은 회원제로 전환이 됐다.

회사에서 규정해놓은 대여료 납부체계는 1년, 6개월분을 동시에 선납하는 회원제와 시간당 납부하는 비회원제가 있었다. 티타임 대여는 1시간, 30분 단위로 대여료가 계산이 되었다. 대체로 그때그때 필요할 때만 이용하는 고객들이 많았다. 옥인 씨도 병원 동행은 1년 회원제를 신청했지만, 티타임대여는 그때까지는 비회원제를 이용했었다.

세탁실에서 나와 혹시 하는 생각에 욕실 문을 노크했다. 잠시 기다렸다가 문을 열었다. 욕실 안이 깨끗했다. 벽면에 환자용 안전바가 설치되어 있고, 걸터앉아서 족욕을 할 수 있도록 욕조에 편백나무 판자가 가로 얹혀있었다. 나는 욕실용 슬리퍼를 신고 들어가서 욕조에 걸쳐져있는 편백나무 판자를 들어 올리고 그 안까지 살폈다. 그러고 돌아서 나오는데 변기에 구토물의 일부가 떠 있었다.

90세 노인의 건강상태에 대해 너무 방심했다는 생각이 들었다. 나 자신을 힐난했다. 연세가 많은 노인이 술을 마시는데 어떻게 말리지 않았느냐고. 상식적으로 납득이 되지 않는다고. 나도 그것을 간과했다는 것은 인정한다. 그러나 옥인 씨는 고령이었지만 비교적 정신이 망가지지 않은 편이었다. 허리가 굽고 다리가 불편해 보였지만 인지능력은 젊은 사람들과 별 차이가 없었다. 옥인 씨를 케어하면서 그녀를 나와 다르지 않다고 생각해왔다. 옥인 씨는 다만 일상이 고독했을 뿐, 평소 특이한 행동을 보인 적이 없어서 나는 그녀의 제안에 부담감을 느끼지 않았다.

옥인 씨가 좀 전에, 밑그림에 색칠을 하면서 귀에 늘 숨바꼭질 노래가 들린다고 했다. 어릴 때 언니들과 숨바꼭질하면서 불렀던 노래란다. 꼭꼭 숨어라. 머리카락 보일라. 그녀는 흥얼거리던 노래를 멈추고 숨바꼭질에 얽힌 사건 하나를 털어놓았다.

추석 전날 밤에 산사람들(빨치산을 산사람이라 불렀다)이 마을로 내려왔어. 동장이 징을 치며 산사람들이 내려왔다고 외쳤어. 우리 어머니가 아직 결혼하지 않은 딸 셋을 벽장 속에 얼른 숨겼지. 나는 숨바꼭질하는 기분이었거든. 어머니가 벽장을 등지고 앉아 바느질을 하면서 우리를 지켰지. 산사람들 중에는 마을 출신들이 있어 동네 사정을 속속들이 알고 있었어. 넷째 언니가 차고 있는 시계와 함께 넷째 언니를 내어 놓아라는 거야. 소나 곡식만 빼앗아 가는 것이 아니라 처녀 총각들까지 붙잡아갔거든. 넷째 언니는 일본 처녀공출에 뽑혀 부산까지 갔어. 일본 가는 연락선을 기다리다가 해방이 되는 바람에 부산에서 고무신공장에 다녔지. 넷째 언니가 집에 오면서 손목시계를 차고 왔고, 버스 안에서 누가 시간을 물었다는 거야. 언니는 고향 온다고 시계를 샀지만 아직 시간을 볼 줄 몰랐지. 그래서 시계를 눈앞에 갖다 대고 보는 척하고 대답하길 어제 그 시에요, 했대. 벽장 안에서 언니가 소곤소곤 얘기를 해줬고, 우린 어둠 속에서 소리 죽여 웃었지. 그 밤에 넷째 언니가 산사람들을 따라갔어. 집 안이 울음바다가 됐고. 결국 언니도 산사람이 되어 버렸지. 임신한 몸으로 가끔씩 이웃의 눈을 피해 밤에 집에 내려와 울었어. 그러다가 전쟁 통에 북쪽으로 갔다는 소문만 들려왔어. 언니가 잡혀가는 난리 통에도 어찌나 오줌이 마렵던지. 내가 벽장 안에 쌓여있던 이불에다 오줌을 싸고 만 거야. 너무 무서워서 울다가 그만. 우리 어머니가 나중에 오줌이 다섯째 언니를 살렸다고 했어. 산사람들이 내 바로 위에 언니를 아직 오줌싸개라고 두고 갔대.

그녀의 이야기가 세밀화처럼 상세했다. 그때의 시간만 기억에 남았는지 매우 구체적이었다. 오줌 싼 이야기를 하다가 눈물을 흘리던 것이 떠올랐다. 나는 옥인 씨의 그림방에 다시 들어갔다. 벽에 걸린 오줌을 싸 키를 머리에 쓴 아이 그림을 바라봤다. 그녀가 그림 속으로 들어가 버렸나? 옥인 씨가 왜 숨바꼭질을 하고 싶어 했을까? 어릴 때 기억 때문일까. 머리가 지끈거렸다. 도깨비에게 홀린 기분이다.

창문을 열고 밖을 내려다봤다. 행인 하나 보이지 않는다. 하늘의 색깔이 청소가 안 된 빌딩의 통유리창 같다. 마음 탓인지, 아니면 공기 중에 미세먼지가 뒤섞여 있어서 그런지 그 어느 때보다 거무칙칙하다. 본래의 하늘빛이 어떠했는지조차 헷갈린다. 옥인 씨가 과거의 기억과 숨바꼭질을 한다면 나는 현재의 현실과 숨바꼭질을 하고 있다. 나는 술래다.

오늘 옥인 씨의 집으로 온 것은 낮 12시쯤이었다. 그녀는 이전처럼 주방에서 생강차를 끓여 바퀴가 달린 이동식 트레이에 싣고 거실로 밀고 왔다. 뜨거운 생강차를 한 모금 머금었다. 얼었던 몸이 녹았다. 내가 맛있다고 하자 옥인 씨가 만두피같이 주름 잡힌 입을 벌리고 활짝 웃었다. 빈 항아리 같은 입안에서 걀걀거리는 웃음소리가 흘러나왔다. 나는 태블릿을 펼쳐 옥인 씨의 오늘 기분을 체크했다. 박옥인 파일을 열고 심리상태 좋음에 √ 표시를 했다.

내가 생강차를 마시는 동안에 옥인 씨는 주방으로 되돌아갔다. 주방에서 계속 달그락거리는 소리가 들렸다. 나는 옥인 씨가 무엇을 하는지 궁금했지만 주방으로 가지 않았다. 그녀는 다른 사람이 자신의 주방에 들어오는 것을 싫어했다. 한번은 사용한 찻잔을 씻어놓으려고 싱크대 앞에 섰다가 혼쭐이 났다. 손님이 함부로 남의 주방에 들어오는 것은 예의에 어긋난다며 손사래를 쳤다. 그날 이후 그녀의 집에 가면 그림방 아니면 거실에서만 머물다가 바로 밖으로 나왔다. 심지어 화장실을 이용하고 싶어도 참았다가 대여시간이 끝나면 다른 장소에 가서 화장실엘 갔다.

다 마신 찻잔을 만지작거렸다. 하릴없이 옥인 씨의 오더를 기다렸다. 주방에서 침샘을 자극하는 음식냄새가 났다. 나는 소파에 엉거주춤 엉덩이만 걸친 채 거실 창 밖에 놓인 게발선인장을 건너다봤다. 흐드러지게 핀 진분홍색의 꽃송이들에서 쪼그리고 앉아 화분을 손질했을 옥인 씨의 모습이 상상됐다. 옥인 씨의 베란다에서 살고 있는 식물들에겐 휴지기가 없는 모양이다. 아니 계절이 순환을 하지 않고 머물러있는 것이 아닐까. 아니, 아니 옥인 씨가 달아나는 시간을 붙잡아 베란다에 가두어 두고 있는 것인지도 몰라. 그래서 그녀의 베란다 정원은 사계절 내내 살아있는 색채를 띠는지도. 각종 관상수들의 잎사귀가 1월 달인데도 바깥의 기온과 무관하게 싱싱했다.

베란다를 구경하던 나의 시선이 거실로 옮겨왔다. 낡았지만 나뭇결이 살아있는 앤틱풍의 원목 장식장 맨 아래쪽에 은촛대가 진열되어 있었다. 은촛대는 본래의 빛을 잃어버리고 약간 누르스름한 빛깔을 띠었다. 장식장을 채우고 있는 물건들이 모두 오래된 티가 났다. 대체로 1980년대 풍이었다. TV세트 위에 가족사진이 걸렸다. 액자 속에서 웃고 있는 젊은 부부와 남자 아이들 셋. 그들 중, 누구도 지금 옥인 씨의 외로움을 함께 해줄 사람이 없어 보였다. 젊었을 때의 옥인 씨조차도. 물론 나도 티타임대여 시간 만큼일 뿐이다.

주방에서 옥인 씨가 불렀다. 나는 거실에서 그냥 대답만 해야 할지 주방 앞으로 가야 할지 망설였다. 그때 그녀의 목소리가 다시 들렸다. 나는 주방을 향해 빠른 걸음으로 다가갔다. 식탁 위에 음식이 푸짐하게 차려져있었다. 미역국과 팥밥을 기본 메뉴로 하여 각종 전류와 갈비찜에 조기구이, 문어숙회까지 놓였다. 생일상 같았다. 옥인 씨가 후유하고 숨을 내쉬고 허리를 폈다. 나는 식탁 위에 펼쳐져 있는 광경에 놀라 눈을 크게 뜨고 물었다.

"옥인 씨 생신이셔요? 맛있겠다! 며느님 솜씨예요?"

"며느리는 몰라. 오전에 도우미를 불렀어. 내 생일은 아냐. 오늘이 이집 분양 받아 입주를 한 지 40년이 되는 날이야. 세현 씨, 지난번에 병원 데려다 준 거 고마웠어. 세현 씨가 오지 않았더라면 난 그날 화장실에서 죽었을 거야. 우리 술 한 잔 할까?"

식탁 한 쪽에 백자에 담긴 문배주까지 놓여 있었다. 나는 백자 잔에 술을 따라서 옥인 씨에게 먼저 건네고 나의 잔에도 따랐다. 향긋한 술 향기가 코끝에서 감돌았다.

"옥인 씨, 멋있는 건배사를 부탁해요오."

나는 술잔을 들고 어릴 때 광고에서 본 남자 배우의 말투를 흉내 냈다.

"남은 시간을 위하여."

옥인 씨가 진지하게 외쳤다. 나는 옥인 씨가 내미는 술잔에 잔을 부딪쳤다. 입안에 남아있는 알싸한 술 맛을 음미하면서 건배사에 답할 적당한 어휘를 찾았다. '남은 시간을 위하여', 라는 건배사의 뉘앙스가 예사롭지 않다는 생각이 들었다. 옥인 씨는 음식에 거의 손을 대지 않고 술만 받아 마셨다. 식사를 많이 하라고 권하는 나의 말에, 이제는 먹고 싶어도 화장실 가는 일이 무섭다며 이맛살을 찌푸렸다. 말은 그렇게 하면서도 연신 걀걀거렸다. 옥인 씨가 젊었을 때 전화교환수로 일했다고 한다.

"하루 종일 교환기 앞에 앉아 세상 사람들을 연결해줬어. 좁은 박스 안에 갇혀있었지만 사람들을 연결해주는 일이 즐거웠지. 서로 연결된 회선으로부터 잠깐씩 들려오는 그들의 숨소리만 들어도 관계를 알 수 있었어. 연인들끼리 설레는 목소리가 들려오면 나도 행복했거든. 나와 남편의 만남도 전화를 연결해주면서, 전화교환수와 초등학교 교사의 만남이었어."

옥인 씨의 말투가 단정하고 전달력이 좋은 이유가 이거였구나 생각하며 말을 받았다.

"그런 시스템도 있었어요? 참 재밌었겠네요."

"없어진 지 반백 년 전이야. 그때가 많이 그리워. 그러고 보니까 세현 씨가 나에게는 전화교환수와 같네. 세상과 연결해 주잖아."

나는 옥인 씨의 속도에 맞춰 천천히 식사를 했고, 옥인 씨는 다른 날의 2배 정도 말을 많이 했다.

식사가 끝나고 그림방으로 이동했다. 나는 그림 그리기를 시작하기 전에 태블릿을 꺼내 다른 스케줄을 확인했다. 다음 고객은 명희 씨다. 약속 시간까지 나의 휴식 시간을 포함해 1시간 30분 정도 남았다. 그동안 지난번에 색칠을 하다가 끝내지 못한 그림을 완성시키면 시간이 얼추 맞아떨어질 것 같았다. 밑그림을 펼쳐놓고 옥인 씨가 생각에 잠긴 얼굴로 가만히 앉아있었다. 점심때 술을 마신 탓에 졸고 있는가. 오늘은 그림 그리는 것을 그만두고 이야기나 나눌까요? 하고 물었다. 그제야 그녀가 정신이 드는지 고개를 들고 손까지 흔들며 괜찮다고, 그림을 그리자고 했다. 나는 핑크색 색연필로 장미꽃을 색칠하면서 옥인 씨를 흘끔거렸다. 그녀의 상태가 평소와 많이 다르다는 느낌이 들었다. 색연필을 든 손이 밑그림 위에서 자주 멈췄다. 옥인 씨와의 만남이 언제까지 지속이 될지.

아침 미팅시간에 다빈이 티타임대여료에 대한 인상안을 내놓았다. 현재 병원길 동행은 1회 대여 시간을 두 시간 기준으로 해서 시간당 최저 시급에 준하는 대여료가 책정되어있었고, 티타임대여의 대여료는 사설심리상담센터 상담료의 절반 수준이었다. 다빈이 강경한 어조로 인상안에 대해 설명했다.

"물가 상승률에 맞춰 우리도 다음 달부터 티타임대여의 대여료를 인상하기로 했습니다. 고객들에게 대여료 인상에 대해 미리 안내를 잘 해주세요. 고객들의 심리적 부담감이랄까 저항을 줄이는 것은 우리가 어떻게 설득하느냐에 달렸겠죠? 현재 우리가 하는 일이 홀몸 노인들에 대한 단순한 케어가 아니라 노인심리상담 영역까지 치고 들어가기 위한 전문가적인 자부심과 퀄리티를 높이기 위해서입니다. 우리는 충분히 자격이 있는 사람들입니다. 이점 명

심하시기 바랍니다."

나는 갑자기 인상안을 제시해놓고, 이미 결정된 것처럼 말하는 다빈의 태도가 못마땅했다. 그녀에게 대표직함을 줬지만 나에게도 엄연히 의결권이 있었다. 나는 반론을 제기했다.

"홀몸 노인들이 쉽게 지출할 수 있는 금액 이상으로 단가가 높아지면 현재 관리하고 있는 회원들 중에 빠져나갈 사람이 많을 텐데. 오히려 역효과가 날 수 있습니다. 그러면 회사운영 자체가 어려워질 수 있습니다."

"회원 수가 일시적으로 줄어들 수 있겠지만 1건당 매출 이익이 증가하기 때문에 생각만큼 리스크가 크지 않을 겁니다."

평소 다빈과 의견이 잘 맞는 남자 직원이 그녀를 거들었다.

그 남자 직원이 시장 분석 데이터를 인트라넷에 띄웠다. 처음 보는 자료였다. 그가 공유된 자료를 소리 내어 읽으며 소비자를 어떻게 설득하느냐에 달렸다고 했다. 법적 분쟁이 발생하지 않겠느냐는 나의 물음에 그 남자 직원이 경계선만 지키면 문제없습니다, 하고 단정적으로 답변했다. 다빈이 답답해 죽겠다는 듯 미간을 찌푸리며 말했다.

"경제적 여건이 되는 노인들 중에 심리상담센터 방문을 터부시하는 노인들이 많습니다. 우리 고객은 그런 노인들입니다."

다빈의 말을 받아 그 남자 직원이 맞장구를 쳤다.

"그런 노인들에게 찾아가는 상담원 같은 틈새 영역을 개척해낼 수 있습니다."

그의 목소리에 확신이 차 있었다. 다빈이 의기양양하게 웃었다. 다른 직원들도 모두 다빈의 제안에 찬성하는 눈빛이다. 나의 발언은 의미가 없었다. 다빈이 직원들의 이름을 하나하나 부르며 도와달라는 말과 함께 '도전'을 외치는 것으로 회의를 끝냈다. 갑자기 소외감이 들었다. 그렇다고 기분 나쁜 티를 낼 수 없었다.

옥인 씨가 젊은 여인의 젖가슴을 색칠하다가 졸고 있는 것을 깨웠다. 그녀가 고개를 들고 잠시 상체를 흔들었다. 나는 시간을 체크하며 대여시간을 이쯤에서 종료하고, 옥인 씨에게 졸리면 한숨 자라고 권했다. 나의 말에 그녀가 괜찮아, 하고는 밑그림에 다시 색칠을 해나갔다. 나는 옥인 씨가 색칠을 하고 있는, 아기에게 젖을 물린 젊은 여인상에 대해 물었다. 그녀가 애틋한 눈길로 그림을 내려다보더니 입을 열었다.

"우리 어머니이셔. 아기는 나고."

천진무구한 얼굴로 샐샐 웃는 옥인 씨가 재미있어 다시 물었다.

"옥인 씨 연세에도 어머니가 보고 싶어요?"

"보고 싶어 많이. 난 딸이 없어서 딸에게 하고 싶은 이야기 돌아가신 우리 어머니에게 털어놓아. 난 딸 부잣집 여섯째야. 막내딸로 태어났어. 자식복도 유행을 타. 우리 어머니는 딸 많아 고생

했고. 지금은 딸 있는 사람들 부러워. 나도 세현 씨 같은 딸이 있으면, 덜 외로웠을 텐데. 그림이 있지만, 어디 살아있는 것만 하겠나. 강아지라도 키우고 싶지만 자식들이 못 키우게 해. 가까이서 서로 숨 냄새 맡으며 자기 속사정 털어놓을 수 있는 길동무는 꼭 있어야 돼."

옥인 씨가 하던 말을 중단하고 나를 한참 동안 바라보았다. 그러더니 색연필을 내려놓고 나의 손을 잡았다. 죽은 사람의 피부처럼 서늘한 손아귀에서 힘이 하나도 느껴지지 않았다. 나는 손을 잡힌 채 무슨 말을 해야 할지 몰라 머릿속으로 잠시 고민을 했다. 옥인 씨에게 조금이라도 위로가 되길 바라며 입을 열었다.

"이 시간만큼은 저를 손녀라고 여기세요. 티타임 대여했다고 생각하지 마시고."

말을 해놓고 장삿속으로 비칠까봐 얼굴이 좀 화끈거렸다. 나의 부끄러움과 달리 옥인 씨가 간절한 어조로 말을 받았다.

"그럴까? 그래도 돼? 고마워. 내가 이렇게 주책 부릴 수 있는 것도 세현 씨 덕분이지. 싫은 내색 하나 하지 않고 냄새 나는 늙은이 이야기 들어주고, 차도 같이 마셔주고. 그림도 배워주고. 이게 사람대접 받는 거지. 그동안 감사했어. …… 이 집, 애들한테 물려주고 곧 떠날 것 같아."

끝내 옥인 씨의 말끝이 흐려지고 울음기가 섞여 나왔다. 나는 놀라서 눈물을 찍어내는 옥인 씨를 가만히 바라봤다. 곧 떠날 것

갑다는 말이 죽음을 의미하는지 아니면 다른 곳으로 거처를 옮긴다는 것인지. 현장 상황에 감정이입을 해버리면 판단에 오류가 발생하기 때문에 나는 선뜻 말을 잇지 못하고 망설였다. 흔히 할머니들이 하는 화법으로 죽음을 예감하고 있는가 하는 생각이 들어 조심스러웠다.

"옥인 씨는 정신이 또랑또랑해서 100세 이상까지 사실 거예요."

일부러 또랑또랑이라는 밝은 어감을 주는 단어를 골랐다. 하지만 옥인 씨의 표정을 보고 그녀의 말을 잘못 판단했다는 것을 깨달았다. 옥인 씨의 힘없는 목소리가 이어졌다.

"너무 오래 살았어. 이제는 사는 것이 욕스러워. 이 몸으로 요양원에서 또 어떻게 살아갈까 싶어. 앞이 막막해. 하긴 지금까지 많이 버텼지. 내 집, 내 방에서 죽고 싶은데 안 되겠지."

나이가 들면 눈물의 양이 줄어드는지 그새 눈물은 말라버리고 억지로 미소를 짓는 옥인 씨의 눈에 쓸쓸함이 어리었다.

옥인 씨가 곧 요양원으로 갈 거라고 했다. 아들들이 그렇게 결정했다고 한다. 옥인 씨가 휘유하고 땅이 꺼지게 한숨을 내쉬며 속마음을 털어놓았다.

"이 집을 40년 전에 분양받았어. 우리 부부는 단칸방에서 시작해서 50살이 다되어서야 그 당시에는 큰 평수라고 할 수 있는 이 집을 분양받아 이사를 오게 된 거야. 너무 좋았지. 결혼하기 전까지 난 내 방을 가져보지 못했거든. 이 세상에서 이루고 싶은 것을 다 이룬 것 같았어. 그때 큰맘 먹고 마련한 가구들을 지금까지 사용하고 있고. 내손으로 직접 가꾸지 않은 것이 없어. 그 사이에 자식들 분가시키고 남편까지 저 세상으로 떠나보냈지만 나는 이 집을 지키며 살았어. 자식들이 나 혼자 살기에 집이 너무 크다며 다른 곳으로 옮기라고 해도 지금까지 미적거렸는데……. 이 집을 오래 지키고 싶지만 내 나이가 이곳에 맞지 않대. 이제 떠나야 된다는 거야. 더 이상 혼자서 버틸 수 있는 나이가 아니라고. 여기서 이별하자고. 이승에서 우리의 소임은 끝났다고. 집이 나에게 그렇게 말을 해. 이 집도 곧 재건축에 들어간대. 재건축이 결정되기 전에 세 아들이 서둘러 자기들끼리 지분을 상속했어. 참 많이 속상했지. 집값이 올라 세간의 이목을 끌지만 정작 사람 사는 냄새는 나지 않아. 상속이 끝나자 사람과 집이 함께 죽어갔어. 나나 집이나 철거될 날만 기다려."

그림방에서 거실로 돌아온 나는 시간을 확인했다. 벌써 10분이나 지났다. 방마다 들여다보는 것이 부담스럽고 짜증이 났다. 옥인 씨 찾는 것을 포기했다. 그녀 스스로 나타나기를 기다리기로 마음먹었다. 소파에 앉아 태블릿을 켰다. 쇼핑몰 사이트에 들어가서 봄 신상품으로 나온 바지와 티셔츠를 장바구니에 담았다. 그렇게 또 10여분을 보냈는데, 옥인 씨가 나오지 않았다. 지겨워, 시간이 아깝다 아까워. 고작 할머니들 시중들려고 심리학까지…… 내가 지금 뭐하는 거지. 진짜 돌겠네. 좋아, 나는 술래다 술래야. 맞아 술래지. 나는 아무렇게나 투덜거리며 태블릿을 백팩에 넣었다.

옥인 씨를 불렀다. 몇 번을 불렀다. 대답이 없다. 핸드폰에서 종료 5분 전을 알리는 알람이 울렸다. 마음이 초조해서 큰소리로 옥인 씨를 다시 불렀다.

돌이킬 수 없는 방향으로 시간은 흘렀다. 명희 씨를 만나러 가야할 때가 다 되었다. 그녀를 병원에 데려가서 당뇨병 진료와 고혈압 약을 받아야 되는데 난감했다. 다빈에게 전화를 걸었다. 마침 고객 케어를 끝내고 카페에서 휴식 중이라며 전화를 받았다. 나는 옥인 씨를 혼자 두고 갈 수 없는 상황을 설명하고 다빈에게 명희 씨를 부탁했다. 다빈의 목소리가 부루퉁해졌다. 그녀는 평소에도 케어 시간이 딜레이 되는 것을 업무태만이라고 잔소리를 할 만큼 싫어했다. 다빈이 그 할머니 왜 또 그래, 하고 톡 쏘았다.

한 달 전에 옥인 씨의 아파트에 왔을 때였다. 한참 동안 벨을 눌러도 현관문을 열어주지 않았다. 전화도 받지 않는 것이 이상했다. 경비에게 부탁하여 인터폰 연결을 했다. 그것조차 받지 않았다. 결국 경비의 입회하에 열쇠공을 불러 현관문을 열고 들어갔다. 옥인 씨가 화장실에 쓰러져 있었다. 변비가 심해 변기에 오래 앉아 있다가 정신을 잃어버렸던 거다. 119를 불러 그녀를 병원 응급실로 데리고 갔다. 옥인 씨의 아들이 병원에 도착할 때까지 그녀의 병상을 지켰다. 결과적으로 다음 고객들을 케어해야 할 스케줄이 엉망으로 엉켜버렸다. 사실, 이처럼 뜻하지 않게 시간이 딜레이 되는 경우가 허다했다.

다빈이 전화기 속에서 노인들이 어른이 아니라 꼭 어린 아이들 같다고. 자기가 좀 전에 케어를 한 고객도 병원에 다녀오는 길에 마트에 들러 장까지 봐달라고 해서 돌아버릴 뻔했다며 투덜댔다. 번번이 인정에 기대려고 하는 고객들의 사고를 바꿔보려고 온갖 아이디어를 짜냈지만, 그들의 요구사항을 자를 대고 재단을 하듯 싹둑 잘라버리기 어려웠다. 다빈의 짜증 섞인 목소리가 다시 들렸다.

"벌써 몇 번째니? 모든 게 물러터진 네 성격 때문이야. 딜레이 한 건 터지면 회사 이미지에 얼마나 타격을 받는지, 영업활동에 얼마나 손해가 되는지 알고는 있어?"

다빈의 말투가 거슬렸다. 회사대표로서의 업무적 멘트뿐이었다. 게다가 내 성격이 물러 터졌다고 비난까지 했다.

"내 성격 탓이라고. 내 친구 맞아? 내가 상황판단 잘못하고 있었니? 김다빈 대표님, 나도 회사에 의결권 있어. 왜 이래. 착각하지 마."

다빈의 비난에 아침 회의까지 생각이 나서 나도 큰 소리를 쳤다.

통화종료 버튼을 누르고 싶었다. 다빈 보다 더 거침없이 말을 뱉어내는 명희 씨를 생각하니 손가락이 가다가 멈췄다. 다빈이 먼저 전화를 끊어 버릴까봐 일단 미안하다하고, 다시 한번 명희 씨를 부탁한다고 재빨리 말했다. 다빈이 대답을 하지 않고 전화를 끊어버렸다. 명희 씨에게 전화를 해서 나 대신 다빈이 갈 거라고 양해를 구했다. 명희 씨가 무슨 일이 있느냐고 물었다. 그렇다고 옥인 씨의 상황을 이야기 할 수 없었다. 나의 개인사정이라고 둘러댔다. 명희 씨에게 병원 예약 시간은 꼭 지킬 테니까 너무 염려하지 말라고 안심을 시키고 전화를 끊었다.

쫓기듯 소파에서 벌떡 일어나 드레스룸과 서재를 확인하고, 마지막으로 옥인 씨의 침실문을 열었다. 두툼한 이중커튼 사이로 약한 빛이 스며들었다. 아늑한 굴속 같았다. 모든 사물들이 농도가 짙은 회색 빛깔의 오일 속에 잠긴 듯 그 형체가 흐릿하고 표면이 번질거림을 지나 미끈거리는 느낌이었다. 방안을 훑어봤다. 큰 자개장이 남쪽의 창문을 가로막고 병풍처럼 놓였다. 형광등 불빛을 받아 자개들이 반짝거렸다. 주조색은 은빛이지만 깊은 물속에서 숨죽이고 가라앉아 있던 작은 생명체들이 다양한 색채를 뿜어내며 일렁이는 것 같았다. 꼭 생활박물관에 들어온 기분이었다. 장롱뿐만 아니라 화장대와 머릿장 일체가 자개세트였다.

장롱 프레임의 아래쪽이 내려앉아 문짝이 서로 어긋나게 닫혀 있었다. 조심스럽게 두 손으로 손잡이를 잡고 앞으로 당겼다. 삐걱 소리와 함께 양쪽 문이 벌컥 열렸다. 문을 엶과 동시에 나는 뒤로 물러서며 짧게 탄성을 질렀다. 옥인 씨가 장롱 안에서 잠들어 있었다. 기가 막혔다. 할머니 감사합니다, 하는 말과 함께 눈물이 왈칵 쏟아졌다. 가슴을 쓸어내렸다. 웅크린 자세로 잠들어있는 옥인 씨의 모습이 꼭 자궁 속 태아 같았다. 옥인 씨를 깨우려고 하다가 잠시 망설였다. 방바닥에 무릎을 꿇고 앉아 잠든 옥인 씨의 얼굴을 들여다보았다. 웃음기까지 머금고 있던 그녀의 입가가 실룩거렸다. 움푹 꺼진 눈가로 눈물이 번져 나왔다. 자세가 불편한지 가슴께에 붙은 무릎을 펴려다가 그대로 방바닥으로 굴렀다.

얼른 옥인 씨를 받아 안았다. 의외로 몸이 가벼웠다. 조금 두툼한 옷 보따리를 안고 있는 느낌이었다. 나의 품안에서 옥인 씨가 살며시 눈을 떴다. 올려다보는 눈길이 아기가 어머니를 바라보는 것 같이 행복해 보였다. 나는 옥인 씨를 안아 깔려 있는 이불 위에 뉘었다. 내려놓은 자세 그대로 꼼짝을 하지 않고 누워있던 옥인 씨가 갑자기 울음을 터트렸다. 나는 놀라서 그녀의 어깨를 쓰다듬으며 달랬다.

정수기에서 냉수와 온수를 받아 미지근하게 섞어서 옥인 씨에게 마시도록 했다. 물 반 컵을 마시는데도 시간이 오래 걸렸다. 그녀가 컵을 내려놓자 내가 물었다.

"옥인 씨, 왜 우셨어요? 어디 편찮으세요?"

그녀의 볼에는 눈물방울이 주름 사이에 고여 있다가 깊게 패인 고랑을 타고 미끄러졌다.

"방금 꿈속에서 우리 어머니를 만났어. 어머니가 어찌나 젊고 곱는지. 어린 나를 안고 울고 있었어. 너무 서럽게 울어서 가슴이 몹시 아파."

옥인 씨가 색칠을 하던, 아기를 안은 젊은 여인의 눈에 화이트 젤리 펜으로 눈물을 가득 표현해 놓았던 것이 생각났다.

나는 스케줄을 체크했다. 명희 씨 다음으로 티타임대여 고객이 또 예약돼 있었다. 이제는 일어서야겠다고 생각했다. 무거운 마음으로 입을 뗐다.

"옥인 씨, 꿈속에서 어머님을 뵈어서 기쁘시겠어요. 제가 괜히 깨운 것 같아요. 어머님하고 좀 더 오래 만나도록 그냥 뒀어야 했는데 죄송해요."

"괜찮아. 또 자면 돼."

옥인 씨가 베란다에서 게발선인장 화분을 들고 들어왔다. 옥인 씨의 품에서 내려진 꽃송이들이 하르르 웃었다.

"세현 씨하고 잘 어울려. 선물이야."

"이걸요?"

창문이 작은 원룸에서 잘 키울 자신이 없었다. 귀찮은데 하는 생각이 들었지만 호의를 거절하기 어려웠다.

다음 고객을 만나러 가는 길 내내 옥인 씨에 대한 생각이 머릿속에서 떠나지 않았다. 하지만 나의 시간과 옥인 씨의 시간은 다르다. 그녀는 빌린 시간이 끝나가고 있었고, 나는 이제 시작인 것이다. 조수석 바닥에 얌전히 앉아있는 선인장을 바라봤다. 차의 속도에 따라 꽃송이가 대롱거렸다. 앞차가 급브레이커를 밟자 나도 급브레이커를 밟았다. 화분이 균형을 잃고 휘청거리다가 뒤집혔다. 앞차가 속력을 내기 시작했다. 나는 조수석 바닥 상황을 흘긋 살폈다. 새로운 화분에 옮겨 심어야 할 것 같았다. 뒤차가 추월을 시도했다. 나는 액셀러레이터를 밟아 앞차들의 흐름을 좇아갔다.

빵

전동차가 플랫폼을 빠져나갔다. 불이 환하게 켜진 빌딩숲에서 병국은 버릇처럼 간판들을 확인했다. 역의 랜드마크인 건물 전면에 자잘한 창들이 숨구멍처럼 붙어있는 건물이 눈에 들어왔다. D 시로부터 건축디자인 상을 받았다고 알려진 건물이다. 건물의 형태가 몇 개의 직사각형 상자를 쌓아올린 것처럼 보였다. 사이드라인을 보면 1층보다 2층의 벽체가 밖으로 돌출해 있고, 3층은 또 2층보다 안으로 들어가게 디자인된 구조였다. 멀리서 보면 건물전체가 좌우로 흔들리는 듯한 착시를 불러일으켰다. 실제로 난간에서 있으면, 몸이 흔들리는 느낌, 뛰어내려야 할 것 같은 묘한 불안감이 들기도 했다. 건축 디자이너들은 춤추는 동작을 형상화한 독특한 디자인이라고 평가했다.

건물 이름이 신남빌딩인데, 그가 근무하는 제빵회사의 지사가

4층에 있었다. 어둠 속에서 건물이 조폭처럼 건들거렸다. 언제든지 그의 목줄을 움켜쥐고 뽑아내 버릴 것 같은 느낌이 들었다. 생각하고 싶지 않았지만, Y팀장이 이끌던 팀이 해체되면서 마지막으로 회식을 한 날이라, 죽은 Y팀장이 더 생각났다. 병국은 눈시울을 붉히며 고개를 돌렸다.

그가 탄 도시철도는 3호선인데, 이 노선은 과좌식 모노레일 형식이다. 그래서 출퇴근 때 놀이동산의 롤러코스트를 타는 기분이 종종 들었다. 전동차는 크고 작은 빌딩들이 무질서하게 뒤섞여있는 도심지를 통과하고 있었다. 도시의 불빛에 가려져 존재감이 없던 하늘이 눈이 덜 녹아 얼룩덜룩 한 대지 위에 또 눈을 뿌렸다. 눈발이 굵어지기 시작했다. 그는 바깥을 세심하게 살폈다. 바람을 타고 끊임없이 눈송이들이 달려들었다. 죽을 줄 뻔히 알면서 앞만 보고 돌격하는 기마병들의 모습을 연상케 했다.

병국이 술에 취해 졸고 있는데, 옆자리에 딸아이 또래의 남자고등학생이 앉았다. 자리에 앉은 학생은 귀에 이어폰을 꽂더니 핸드폰에 고개를 박았다. 학생이 유튜브에 달린 댓글을 확인하며 계속 킥킥거렸다. 호기심에 학생의 핸드폰을 훔쳐봤다. 영상 속에 나오는 인물이 낯익었다. 딸아이가 자주 조회해서 그도 좋아하는 클레이아트 유튜브 동영상이었다. 클레이로 만든 동물들을 등장시켜놓고 유튜버가 개그를 하고 있었다. 병국은 영상 속의 유튜버와 옆에 앉은 학생을 번갈아 바라봤다. 동영상 속 인물이 분장을 했지만 옆의 학생과 동일한 사람이었다. 그는 학생에게 이 유튜버가 본인이 맞느냐고 물었다.

학생이 킥킥대던 얼굴로 그를 바라보며 짤막하게 대답했다.

"넵. 아직 구독자 수가 많진 않아요."

그리곤 다시 킥킥댔다.

"고등학생이 입시 준비도 바쁠 텐데."

그의 물음에 학생이 발랄하게 웃으며 대답했다.

"그딴 대학 안가요. 전 유튜버로 성공할거예요. 지금 유튜브학원 가요. 조회수 높이려면 촬영도 중요하지만, 동영상편집 기술에서 고퀄리티를 요구하니까요. 제대로 만들어야죠."

그가 물어보고 싶었던 것을 학생이 먼저 얘기했다.

"나도 유튜브 동영상 만들어보고 싶었거든. 사실, 고등학생이 유튜버라는게 신기했어. 요즘 1인 미디어가 대세라고 하지만. 그래도 대학은……"

학생은 이미 병국의 말에 신경 쓰지 않았다. 댓글에 하트를 달고 있었다. 전동차 스피커에서 안내방송이 나왔다. 눈이 많이 내려 H역까지 운행할 수 없단다. 3호선엔 총 6개의 급커브가 있었다. 그가 내릴 H역에 도착하려면 모노레일의 다섯 번째 커브를 돌아야 했다. 커브를 돌기 전에 있는 D역에서 모두 하차를 해 달라고 했다. 스노우 멜팅 시스템이 쌓인 눈을 미처 다 녹이지 못하고 있단다. 그래서 곡선구간 운행을 중지한다고 했다.

전동차 안이 삽시간에 아수라장이 됐다. 도시철도에 항의하는 소리, 여기저기 전화하는 소리, 아이 울음소리. 진짜 재난방송도 아닌데 사람들의 얼이 빠져버렸다. 소리가 소리를 키웠다. 남의 소리 때문에 자기 목소리가 들리지 않을까봐 저마다 큰소리로 고함을 쳐댔다. 일부 사람들은 눈을 험악하게 치뜨고 남의 소리만 탓했다. 병국은 자신의 발만 내려다 봤다.

학생이 내릴 준비를 했다. 그도 일어나 학생의 뒤에 섰다. 양계장에서 닭장 문을 열고 수백 마리 닭을 한꺼번에 방출한 것 같은 장면이 연출됐다. 끊임없이 꼬꼬댁거리며 사람들이 꾸역꾸역 역을 빠져 나갔다.

그가 학생에게 가는 방향을 물었다. 학생도 H역이라 했다. 학생에게 택시를 타자고 해봤다. 역 밖으로 밀려나온 사람들이 택시를 잡으려고 우왕좌왕했다. 눈 때문에 택시도 거의 다니지 않았다. 학생은 걸어가겠단다. 그도 학생을 따라 걸었다. 도로가 사람들의 발자국으로 단단하게 다져져 빙판이 되었다. 몇 번 엉덩방아를 찧은 후, 그들은 큰길을 버리고 상대적으로 발자국이 적게 난 골목길로 접어들었다. 성큼성큼 걷는 학생을 따라가느라 숨이 찼다. 그가 생각난 듯 멋쩍은 웃음을 웃으며 학생에게 말했다.

"나, 나쁜 사람 아니야."

"알아요, 아저씨. 근데, 21세기에 무슨 이딴 것이 있어요. 미래형 전철이 하루빨리 나와야 이딴 불편함이 없어질 텐데 말이죠.

이딴 눈 정돈 가뿐히 무시하고 치고나갈 수 있는 미래형 전철을 개발하는 것이 아주 시급해요. 그래야 이딴 원시형 고생을 안 하죠."

학생의 말속에 '이딴'과 '미래형'이라는 단어가 많이 등장했다. 그 말투가 재밌어 되물었다.

"미래형이라?"

"AI시대에 어울리는 것이죠."

"AI시대에 어울린다고? AI시대가 되면 무섭지 않을까?"

눈 속으로 발이 푹푹 빠졌다. 발가락이 얼었는지 감각이 없었다. 저녁 9시가 넘었다. 근처를 둘러봤다. 바로 앞 건물에 편의점이 보였다. 학생에게 컵라면이라도 사 주고 싶었다.

"저기 들어갈까? 뜨거운 국물이라도 먹고 가자. 아저씨가 사줄게."

"시간 없어요. 지각이에요."

"지각? 이미 늦었는데."

"더 늦기 전에 빨리 가야죠."

그는 머쓱해졌다. 그가 고개를 끄덕이다 엉덩방아를 찧자 학생이 손을 내밀며 개구쟁이처럼 웃었다. 병국도 학생의 손을 잡은 채 눈 위에 그냥 앉아서 같이 허허거렸다. 그는 학생을 따라 유튜브학원에 가보고 싶었지만, 쑥스러워 말을 꺼내지 못했다.

H역 주변은 학원가이다. 황동색 징크판으로 돔을 만들어 씌운

입시학원 건물이 역의 정면에 버티고 서 있었다. 그들은 입시학원 앞에서 헤어졌다. 그는 학생과 헤어지기 전에 손을 내밀며 말했다.

"성공해."

"넵."

학생이 껑충거리며 앞으로 걸어갔다. '우물쭈물하다가 내 이럴 줄 알았다'던 조지아 버나드 쇼의 묘비명이 왜 갑자기 생각나는지. 학원생이 타고 와서 내린 빈 택시를 잡았다.

젖은 발이 시리다 못해 아렸다. 하지만 집으로 바로 들어가고 싶지 않았다. 그는 아파트 단지 주변에 있는 꼬치구이 집으로 향했다.

*

오늘 새로 배정된 팀에서 상견례가 있었다. 병국은 팀장인 S에게 깍듯하게 예의를 갖춰 고맙다고 인사를 했다. S가 웃으며 그의 인사를 받았다. S는 입사 동기이다. 병국은 찬밥, 더운밥을 가릴 처지가 못 되었다. 병국도 자기 팀이 그대로 있었다면 올해 팀장으로 승진했을 것이다. Y팀장이 승진을 하면 그가 뒤를 이을 것이라는 정보를 입수하고 있었던 터다. 어쩌면 Y팀장의 빈자리에 S가 병국 대신 올라간 것인지도 몰랐다. 모든 것이 물 건너가 버린 지금, 입사동기 따져봐야 자신만 더 초라해질 뿐이라는 생각이 들었다. 1차가 끝나고 2차까지 S의 표정을 살피며 따라다녔다.

S가 3차를 가자고 했다. 그런데 S의 지시가 미리 있었는지 다른 팀원들이 모두 빠져버렸다. S와 병국만 남았다. 병국도 집에 가고 싶었지만, S의 눈치부터 봤다. S가 그의 어깨에 팔을 걸치며 우리끼리 가자고 외쳤다. 병국보다 머리하나 정도 키가 큰 S에게 어깨를 빼앗긴 채 걸었다. 입사동기지만 어깨를 겯을 만큼 친한 사이는 아니었다. 근처에 있는 실내포장마차로 들어갔다. 목소리에 잔뜩 힘이 들어간 S에게 그는 끝까지 참으며 술을 따랐다. 이 자리가 앞으로 회사생활에 중요한 영향을 미칠 거라고 생각은 했지만, 속에서 끓고 있는 마그마가 뚫고 나오려했다.

대리기사를 불러 S를 보내고 혼자서 한 잔 더 하려고 단골집을 찾았다. 그는 Y팀장을 생각하며 두 개의 잔에 술을 따랐다. 오늘까지만 Y팀장을 생각하기로 했다.

S에게 결재 받는 것 때문에 병국은 많은 스트레스를 받았다. Y팀장 때 온라인 결재로 처리하던 것도 S는 항상 종이문서 결재를 이중으로 요구했다. 결재판을 들고 그의 자리로 찾아가면, S는 커피머신에서 직접 커피를 뽑아 웃는 얼굴로 그에게 건네주고 결재를 했다. 그때마다 헷갈렸다. S의 웃음이 동료애인지, 비웃는 것인지 판단이 서지 않았다. 그런 날은 기분이 하루 종일 더러웠다. 한

달 동안 체중이 5킬로그램 넘게 불어났다. 바지를 입을 때마다 아내가 술살이 찐다며 운동을 하라고 잔소릴 했다. 하루는 병국 밑에 있는 대리가 그가 이중으로 결재 받는 것을 보고 의아해했다. 그 대리의 말이 그 정도 수준의 보안등급문서는 온라인 결재로 모두 처리가 된다는 것이다. 그 다음부터 그 대리가 병국을 피했다. 몇 개월 안 돼 후배들 사이에 분위기가 야릇하게 돌아갔다.

입주가 시작된 아파트 단지에 신규영업점을 내라는 지시가 떨어졌다. 지사장의 특명이라 했다. S는 신규영업점 내는 일을 병국에게 맡겼다. 단지의 상가에 도로를 사이에 두고 경쟁사의 영업점이 마주보고 개업 준비를 했다. 그는 영업점의 입지선정부터 고심에 고심을 거듭했다. 점주에게 사전교육을 할 때, 심지어 헤어디자이너와 메이크업강사까지 동원했다. 회사 유니폼에 맞춰 점주의 이미지를 세련되게 만들기 위해서다. 개업일이 다가오자 입술이 부르텄다. 후배팀원에게 맡겨도 될 일까지 그가 직접 챙겼다. 매일 밤늦게 파김치가 되어 퇴근하는 그를 아내가 의심할 정도였다. 경쟁사 매장의 개업일을 알아내어 그들보다 일주일 앞당겨 개업을 했다. 그는 다른 영업점 관리는 잠시 제쳐두고 거의 모든 시간을 신규영업점에 할애했다. 하루하루가 살얼음판을 걷는 기분이었다.

경쟁사 영업점도 개업을 했다. 아파트단지의 주민 구성이 젊은 맞벌이 부부가 많았다. 젊은 부부들은 유행에 민감하다는 것을 병국은 잘 알고 있었다. 제품 구성부터 신선도까지 세심하게 체크를 했다. 하지만 소비자 분석이 덜된 상태라서 재고가 많이 쌓였다. 재고반품에 브레이크가 걸렸다. S가 협조를 해주지 않았다. 점주가 원하는 대로 다 받아줄 수 없다고 했다. 재고처리를 못해 당황하는 점주를 보자 그도 조바심이 났다.

그는 지사장에게 직접 사정을 얘기했다. 지사장은 알았다는 말만하고 뒤로 빠져버렸다. 당사자들끼리 해결하라는 식이었다. 지난번 Y팀장 때도 방관만 하다가 문제가 터지자 자기는 모든 책임에서 빠져버렸던 사람이다. 병국은 어떻게 해서라도 신규 영업점을 본궤도에 올려놔야 한다는 압박감을 느꼈다. 만일 잘못되면 그 책임을 자기가 져야했다. 신축아파트 단지의 영업은 마라톤이 아니라 100미터 달리기다. 처음 몇 달 안에 승기를 잡지 못하면 상대에게 무릎을 꿇어야 했다. 회사의 브랜드 이미지가 업계 탑이면 쉽게 상대를 누를 수 있지만, 그렇지 않다면 영업점을 폐쇄할 때까지 들러리 신세를 면치 못했다. 점주가 바뀌어도 빼앗긴 1등자리를 탈환하는 경우가 극히 드물었다.

그는 매장을 방문할 때마다 신경을 썼다. 하지만 아무래도 오래 못 갈 것 같은 예감이 들었다. 예감이 적중될까봐 불안했다. 그는 어느 순간부터 덫에 걸린 기분이 들었다. S에게 말려들면 안 된다고 생각할수록 화가 나 속에서 신물이 올라왔다. 요즘 역류성식도

염이 더 심해져 새벽마다 고통을 겪었다.

신규영업점이 개업을 한지 석 달이 지났다. S가 그를 불렀다. 각 영업점의 매출상황을 집계한 보고서를 올린 다음날이었다. 다행이 아직까지 그 영업점의 매출이 평균이상을 유지하고 있었다. 병국은 별 부담 없이 S의 자리로 갔다. S가 커피를 권했다. 여느 날과 다름없는 S의 태도다. 그는 커피를 마시며 S의 말을 들었다.

"그 영업점 생각보다 잘 돌아가네."

"예."

병국은 기분이 나빠져 간단하게 대답했다. 그 영업점 매출을 입에 올리는 것을 듣자 목구멍에서 욕설이 튀어나오려 했다. S의 그동안 횡포가 생각났기 때문이다.

"저녁에 한 잔할까? 시간 되지?"

"예."

그는 '아니'하고 싶었지만, '예'라고 대답했다.

"그럼 그곳에서 이따 봐."

그는 자리로 돌아오면서 어금니를 깨물었다. 별 것 아니라고 생각하려해도 기분이 좆같은 것은 어쩔 수 없었다. 그는 종이컵을 확 구겨 쓰레기통에 던져 버리고 사무실을 나왔다. 퇴근 전에 몇 군데 매장이나 돌아볼까 하고서다.

S와 단둘이 만날 때면 신입 때부터 자주 가던 술집으로 갔다.

다른 팀원들과 마주치는 것을 S가 꺼려했기 때문이다. 병국은 그동안 쌓인 것이 터져 나올 것 같아 긴장의 끈을 늦추지 않았다. 둘 다 술에 취할 만큼 취했을 때다. S가 목소리를 낮춰 은밀한 어조로 속삭였다.

"곧, 구조조정 있을 거야."

"새삼스러운 것도 아닌데 그걸 이 자리에서 왜 얘기해."

"별것 아니지만."

"개새끼."

병국의 입에서 욕설이 튀어나왔다. 아차 했지만 이미 늦었다. 그는 내친김이다 싶어 그대로 쏟아냈다. 그의 욕설에도 S는 여전히 웃기만 했다. 병국은 S의 웃는 얼굴을 향해 어퍼컷을 올려붙였다. S가 재빨리 얼굴을 피했다. S보다 그가 더 많이 취한 상태였기 때문에 그의 주먹엔 이미 위력이 없었다. 널브러진 그를 S가 부축했다. 택시를 기다리는 동안에도 그는 S의 부축을 거부하며 온갖 욕설을 퍼부었다. S의 얼굴에서 웃음은 사라졌지만, 병국이 택시를 타고 떠나는 동안까지 표정엔 변함이 없었다.

병국이 걱정했던 것이 현실로 다가왔다. 신축 아파트단지에 입점했던 영업점의 매출이 떨어지기 시작했다. 손님의 숫자가 눈에 보일 정도로 감소했다. 경쟁사 영업점에 신제품이 들어오던 시기부터 역전이 일어났다. 길 건너편에 있는 경쟁사 매장에 사람들이 북적였다.

떨어지는 매출손실을 방어하기 위해 할인을 해도 재고가 쌓여갔다. 반품에 브레이크가 걸리자 재고품이 다음날 그대로 판매대에 깔렸다. 재고 빵을 사간 사람이 SNS에 올리겠다고 회사 게시판에 글을 올렸다. 지난번 Y팀장을 죽음으로 몰고 간 사건이 또 터질 것 같았다. 회사가 발칵 뒤집혔다. 병국은 자신이 받아야할 징계보다, 이번엔 S차례라는 생각이 먼저 들었다. 마음속의 또 다른 그가 사건이 더 커지도록 내버려두라고 속삭였다. 본사에서 감사가 내려왔다. 회사 게시판에 글을 올린 사람에게 보상을 하고, 그 영업점에 한 달 동안 케이크 판매를 금지시켰다.

그는 S에게 어떤 징계가 내려질까 지켜봤다. 그런데 병국만 인사고과에 벌점을 받았고, S에 대해 별다른 낌새가 보이지 않았다. 나중에야 S와 지사장이 같은 대학 출신이고, 많은 정보를 공유한다는 것을 알았다. 중간에서 지사장이 바람막이 역할을 했다는 소문이 들렸다.

*

구조조정이 시작됐다. S팀장이 지사장에게 누굴 어떻게 평가했다고 하더라는 등, 온갖 말이 난무했다. 사람들이 퇴근 후 술도 마시지 않았다. 모두들 자기만 아니길 바라면서 아주 작은 정보에도 민감하게 반응했다. 병국이 해고될 것이라는 소문이 파다했다. 정해진 날짜에 통보가 왔다. 신규 영업점 사건 때문에 각오는 했었다. 하지만 누군가로부터 줄따귀를 맞고도 대응 한 번 못한 것 같아 억울했다. 그는 옥상에 올라가 겨울바람 속에서 담배 두 개비를 연거푸 피웠다. 창고정리반값세일이라는 찢어진 현수막이 마주보이는 건물 벽에서 몸부림을 쳤다. 그는 피우던 담배를 비벼 끄고 옥상 아래를 내려다봤다. 순간 건물이 흔들렸다. 옥상바닥이 비꾸러지면서 몸이 허공으로 튕겨나가는 것 같았다. 나무가 귀찮은 벌레를 털어내듯 건물이 그를 밀어내는 느낌이었다. 갑자기 Y 팀장의 기분이 이랬을 것이라는 생각이 들었다.

다음날, 아침식탁에서 해고당했다는 사실을 아내에게 알렸다. 생각보다 아내의 반응이 미적지근했다. 퇴근해서 다시 얘기하자며 아내가 출근을 했다. 하늘이라도 무너진 것 같은 반응을 보일 줄 알았는데, 섭섭했다. 아내가 연가를 냈다. 휴가를 즐기는 사람들처럼 주중에 제주도로 여행을 다녀왔다. 여행을 하는 동안 주말이 아니라서 많이 붐비지 않네 하는 정도의 대화만 나눴다. 억지로라도 여유로운척했던 기간은 예상 밖으로 짧았다.

은행에서 마이너스통장 갱신을 하라고 연락이 왔다. 서류에 재직증명서를 첨부하라고 했다. 재직증명서 제출을 못했다. 신용등급이 낮아지자 마이너스 통장 대출한도액이 3분의 1로 줄어들고, 이자율이 껑충 뛰어올랐다. 가슴이 철렁 내려앉았다. 위기감이 몰려왔다. 아내보다 병국이 먼저 불안 증세를 보였다. 게다가 아침에 늦잠을 자기 시작하면서 밤낮이 바뀌었다. 아내와의 잠자리도 시간이 많으니까 오히려 시들했다. 불면증을 메우기 위해 마지못해 하는 것으로 생각되자 그것도 오래가지 못했다. 아침 일찍 출근을 해야 하는 아내가 먼저 돌아누웠다. 그는 새벽이 될 때까지 컴퓨터 앞에 앉아 있기가 일쑤였다.

참을 만큼 참았는지, 아내가 지사장을 찾아가보라고 눈치를 줬다. 매장이라도 하나 내 달라고 해보라는 것이다. 아내의 잔소리에 못 이겨 지사장을 찾아갔다. 윗선에 줄이 닿아있던 지사장에게 부탁을 했다. 돌아온 대답은 무능하다였다.

"그때, 너희 팀 회사에 입힌 손해가 얼만지 알기나 해? 아직 이미지 회복 안 됐어. 게다가 이번에도 그게 뭐냐. 신축 아파트단지면 땅 짚고 헤엄치기 아냐. 그 매장관리도 엉망이고. 그런 것 던져주면 제대로 일을 만들어야지. S팀장이 머리를 흔들더만. 부담스럽다고 안 받으려고 하는 걸 억지로 붙여놨으면 고분고분하게 말이라도 잘 듣던가. 그 능력으로 무얼 하겠어. 영업점 내줄 명분이 있어야지."

"지사장님, 정말 죄송합니다. 그렇지만 어떻게……"

그가 말을 다하기도 전에 지사장이 말을 끊었다.

"자네 사정은 알지만, 내 입장에서 어떻게 상신해 볼 방법이 없네. 나중에 기회가 되면 그때 가서 다시 생각해보지."

S가 머리를 흔들더란 말에 심한 모욕감을 느꼈다. 하지만 그것

은 예상한 일이었다. 그런데 Y팀장 때 일까지 들추자 그도 오기가 돋았다.

"지사장님, 저희 팀에선 최선을 다했습니다. Y팀장님은 지사장님의 오더를 충실히 따랐고요. 그런데 왜 저희가 그 문제를 책임져야 합니까?"

"자네 아직 정신 못 차렸군. 나 바빠!"

지사장은 그를 밀어내듯이 하고 등을 돌려 버렸다.

지사장이 말하는 그 사건의 발단은 정작 엉뚱한 곳에서 시작됐다. 평당 인테리어 단가가 너무 높다고 점주들이 불만을 제기했다. 인테리어 비용문제가 영업점 네트워크를 타고 다른 영업점들로 확산됐다. 그런데 점주들의 불만이 다른 것으로 옮아붙었다. 매장 인테리어 교체주기가 너무 빠르다는 거였다. 병국의 팀장이었던 Y팀장이 인테리어 교체주기를 조금 늘리는 방식으로 대안을 제시했다. 하지만 지사장은 그것을 인테리어업자와 점주간의 문제로 대수롭잖게 여겼다. 회사 측에서 초기에 인테리어 교체주기만 조정했더라도 덮을 수 있는 것을 등한시하다가 결국 점주와 회사 간의 갑을 문제로 키워버렸다. 그 문제가 점주들의 커뮤니티에서 외부로 노출이 됐다. 순식간에 포털사이트에서 검색순위 10위권 안에 올라가버렸다. 회사 이미지가 점주들을 착취하는 악마들이 경영하는 회사로 소비자들에게 각인이 됐다. 결국 그것이 매출

손실을 가져오는 중요한 요인이 됐고, 누군가 책임을 져야 했다. 지사장은 자기가 살아남으려고 그 책임을 Y팀장에게 떠넘겼다. Y팀장이 모든 책임을 지고 회사를 떠나기 전날, 팀은 마지막 회식을 했다. 그리고 다음날 새벽에 비보를 들었다. 그날 밤 회식이 끝나고 Y팀장이 지사옥상에서 뛰어내렸던 것이다. 4층의 돌출된 난간에 몸이 부딪혀 시체의 상태가 형편없이 망가졌다는 소문이 돌았다.

지사장과 만난 후, 집으로 돌아가기엔 너무 이른 시각이라서 병국은 거리를 배회했다. 포장마차에서 닭똥집에 소주 두 병을 마시고 나왔다. 도시의 불빛이 너무 휘황찬란해 낯선 거리에 서 있는 것 같았다. 그의 몸이 마음의 무게감을 지탱 못하는지 다리가 휘청거렸다. 그는 빛을 등지고 3호선을 탔다.

3호선은 이 도시를 남북으로 가로질렀다. 공단을 통과하면서 온갖 국적을 가진 사람들이 탑승했다. 나라 숫자만큼 고유의 체취가 뒤섞였다. 출입문 쪽에 기대고 서 있는 국적 불명의 20대 남자가 요즘 한국 젊은 남자들은 거의 사용하지 않는 포마드를 머리에 잔뜩 발라 멋을 부렸다. 주변의 다른 냄새를 다 흡수해 버릴 정도로 강한 향에 숨쉬기가 괴로웠다. 그는 남자를 차창 밖으로 던져버리는 상상을 했다. 창밖으로 추락을 해도 머리카락은 착 달라붙어있을 것 같아 싱겁게 웃어버렸다. 사람들 표정이 놀이동산에서 롤러코스트를 타면서도 서로 웃지 않으려고 일부러 화난 척하는 것 같아 딱해보였다.

병국 앞에 아가씨 한 명이 다가와 섰다. 가느린 몸매에 보통 여자들보다 키가 작았다. 퇴근길인지 지쳐보였다. 꽉 들어찬 사람들 사이에서 손잡이에 거의 매달리다시피 하고 있었다. 전동차가 커브구간을 돌 때 그녀의 복부가 병국의 얼굴 가까이로 쏠렸다. 꼭 마리오네트인형처럼 대롱거렸다.

'이 아가씨는 무슨 일로 하루의 시간을 보냈을까. 자동차 부품 공장에서 납땜을 했을까. 나사를 조였을까.'

대학교 때 봤던 찰리 채플린의 영화 〈모던 타임즈〉가 생각났다. 떼를 지어 출근하는 사람들. 화면을 가득 채운 기계 속에 끼여서 나사를 조이는 찰리. 가장 인상 깊었던 것은 컨베이어벨트 앞에서 하루 종일 나사를 조이다가 맛이 간 찰리가 눈에 보이는 것은 모두 조이려고 하던 장면이었다. 특히 여자의 옷에 붙은 단추를 조이려고 덤비는 장면을 보면서, 웃으면서도 화가 나던 것이 생생하게 기억났다. 병국은 자신이 버려진 나사에 불과하다는 생각이 들었다. 정작 기계 속에 끼여 있지도 못하는, 닳아서 쓸모없어진 나사. 발에 걷어차인, 눈에 띄지도 않는, 점점 잊혀져가는 나사들.

그녀의 살 냄새가 후각을 자극했다. 병국은 여자의 배꼽으로부터 시선을 비키기 위해 핸드폰을 열고 유튜브 동영상을 시청했다.

지난번에 전동차 안에서 만났던 그 학생의 동영상을 클릭했다. 그동안 구독자 수가 많이 늘어나 있었다. 응원의 댓글을 달았다.

술에 취해 노래를 흥얼거리며 비틀거리는 그에게 현관문을 열어주며, 아내가 결과가 좋았느냐고 다그쳤다. 그는 아내를 안고 한 바퀴 빙글 돌았다. 아내는 긴가민가하며 그가 하는 대로 내버려뒀다. 얄궂게도 기분이 좋았다. 큰소리로 외쳤다.

"앞으로 그쪽으로 고개 돌리면, 난 인간이길 포기한다!"

아내가 그를 밀어냈다. 그렇거나 말거나 고함을 지르고 나니 날아갈 것 같이 후련해졌다. 하루 종일 목을 옥죄던 넥타이를 풀어 던졌다.

*

병국은 고등학생 유튜버와 얘기를 나눌 때 떠올린 아이템이 생각났다. 마음이 설렜다. 생각날 때마다 크로키를 해둔 디자인 북을 열었다. 아이템을 구체화시키려 되새김질하며 아파트단지를 어슬렁거리던 그는 집으로 돌아오는 길에 버릇처럼 마트로 향했다. 그의 손에 술병 대신 클레이가 들려있었다. 아내가 검은 비닐봉지에 든 것이 무엇이냐고 궁금해 했지만, 그는 별거 아니라는 말만했다. 작은 방의 문을 안으로 걸어 잠그고 밤낮없이 빵 디자인에 몰두했다. 생각만큼 쉽지 않았다. 형태에 사실성을 살릴 것인지, 추상으로 갈 것인지부터 설정하기 어려웠다. 식품으로서 빵이 가진 속성을 감안할 때, 사람들의 오감을 만족시킬만한가? 하는 질문을 던지면, 모형은 손아귀에서 여지없이 뭉개졌다.

아내의 잔소리도 피할 겸 병국은 시골에 다니러 내려갔다. 할머니가 혼자 계시는 곳이다. 그곳에서도 그는 클레이를 주물럭거렸다. 영문을 모르는 할머니가 그의 어린 시절 얘기를 들려줬다.

병국은 아버지가 어머니하고 이혼을 해서 5살 때부터 할머니 손에서 자랐다. 할머니의 말에 의하면 그가 울 때마다 고무찰흙을 쥐어줬단다. 고무찰흙만 주면 울음을 그쳤기 때문이었다. 그는 어릴 때부터 말랑거리는 것을 만지작거리기를 좋아했다. 고무찰흙으로 사람 얼굴, 강아지, 사탕, 과자, 빵을 만들며 놀았다. 초등학교 다닐 때 고무찰흙을 가지고 만들기 하는 시간을 제일 좋아했다. 중, 고등학교 시절에도 가방엔 항상 고무찰흙 덩어리가 굴러다녔다. 고무찰흙으로 친구들의 얼굴을 여러 가지 모양으로 빚으며 장난을 쳤다. 특히 고등학교 3학년 야자시간에 고무찰흙으로 야자 감독선생의 얼굴을 뿔 달린 호빵맨으로 만들었다가 혼쭐이 난적이 있었다. 그때 교무실로 잡혀간 그에게 담임선생이 과자나 빵 디자인 쪽 직업을 선택해보라고 했다. 졸업식 날 고무찰흙으로 야자 감독선생의 얼굴을 만들어 선물로 드렸더니 선물을 받아든 그 선생이 자기 얼굴과 완벽하게 일치한다며 칭찬을 했다.

할머니의 얘기를 들으며 툇마루에 앉아 소주를 마셨다. 쥐가 구운 쥐포냄새를 맡았는지 쥐구멍에서 머리를 내밀고 쳐다봤다. 친구 같은 기분이 들어 쥐포 조각을 던져줬다. 쥐가 갑작스런 횡재에 놀라서 쪼르르 달려가 냉장고 속에 숨었다. 쥐를 쫓던 그의 눈길이 냉장고에 가서 멈췄다. 신발장 대용으로 사용하는, 문짝이 고장 나서 삐죽이 열려있는 냉장고 안에 들어있는 구두와 눈이 마주쳤다. 구두가 흘겨보는 것 같았다. 취직을 해서 떠날 때 새구두로 갈아 신고 버려둔 것을 할머니가 여태껏 보관해 뒀나보다.

구두에 거미가 줄을 두텁게 쳐놓았다. 거미줄에 감겨 삭아가는 구두를 꺼냈다. 그는 구두를 닦아야겠다고 마음먹었다. 구두 속의 먼지를 털어 내는데 아직 눈도 뜨지 못한 피부가 빨간 새끼쥐가 떨어졌다. 새끼들이 파르르 떨었다. 낡은 등산화 속에 숨어있던 어미쥐는 곤두박질치듯 뛰어내려 쥐구멍 속으로 도망쳤다. 쥐구멍이 안전하다고 생각하는지, 어미쥐가 대가리만 내놓고 찍찍거리지도 않고 눈을 반들거리며 지켜봤다. 그는 꼬물거리는 새끼쥐들을 집게로 집어 어미쥐가 숨어있는 쥐구멍에 넣어줬다. 새끼를 두고 도망친 어미가 얄밉지만, 그렇다고 새끼들을 차마 바깥에 던져버릴 수 없었다. 구두표면의 먼지를 물티슈로 닦고, 구두약을 묻혀 문질렀다. 구두가 묵은 때를 벗고 반짝였다.

아파트로 돌아온 그는 디자인한 빵을 클레이 대신 밀가루 반죽으로 만들어 오븐에 구웠다. 유튜버 학생이 가르쳐준 대로 일단 영상을 찍었다. 학생에게 동영상 편집을 의뢰했다. 학생이 보내준 편집본을 몇 번이나 반복해 봤지만 만족스럽지 않았다. 만들고 버리기를 수없이 반복했다. 빵 디자인에 빠져 작은 방 속에서 겨울 한 철을 보냈다. 아내와 딸은 거의 그를 잊고 지냈다. 일주일 중에 일요일 저녁에라야 함께 식탁에 앉을 수 있었다. 얼굴이 빵처럼 부풀어 오른 그를 보고 아내가 잔소릴 했다.

"그러다 폐인 돼. 현타도 안와?"

"그렇게 되면 좋겠어!"

울고 싶은데 뺨 때리는 것 같았다. 손에 잡히는 대로 밀가루 포대를 집어던졌다. 밀가루가 방바닥에 쏟아졌다. 구워놓은 빵 무더기를 걷어차다가 방바닥에 깔린 밀가루에 미끄러져 뒤로 나뒹굴었다. 지진이 지나가는 것 같이 방안이 흔들렸다. 바닥에 누운 채 눈을 감았다. 흩어진 빵들이 그를 둘러싸고 화살을 쏘아대는 것 같았다. 그의 입에서 울음인지 비명인지 모를 소리가 터져 나왔다. 회오리치는 밀가루 폭풍 사이로 그가 비칠거리며 걸어가는 것이 보였다. 비명소리에 놀란 아내가 눈을 감고 있는 그를 흔들어 보더니, 119에 전화를 걸었다. 그는 입을 움직이는 것조차 귀찮아서 호들갑을 떠는 아내를 그냥 내버려뒀다.

*

병국은 제빵학원에 등록했다. 수업시간에 강사의 강의 내용을 정리해둔 노트에 이런 낙서가 적혔다. '빵 나라의 문을 열고 들어갔다. 그곳의 사람들은 빵을 신성시여겼다. 로마거리의 제빵사들은 길드에 소속되었으며, 고급 옷을 입고 살았다. 파스퇴르라는 사람이 이스트를 만들어 권력층만 먹을 수 있었던 부드러운 빵을 가난뱅이도 먹을 수 있도록 선물했다. 빵 나라에선, 사람은 빵 없으면 살 수 없다는 것을 교리로 믿었다. 그곳에선 인간이 가장 순수한 순간이 빵을 향해 손을 뻗는 때라는 것을 강조했다. 강사의 입에선 계속 같은 단어가 반복된다. 자기 삶에 자기가 통제권을 가지고, 지속가능한 수익을 창출하고, 지속가능한 성장, 지속가능한……. 지금의 상태가 지속가능할까봐 겁이 난다'라고 썼다.

제빵사 시험에 몇 번 떨어지면서 그의 인식이 많이 바뀌었다. 처음엔 제빵사를 단순한 기능인 정도로 만만하게 봤다. 손재주만 있으면 금방 배울 수 있는 분야라고 생각했다. 그것이 큰 오산이었다. 제빵사에게 장인정신과 예술가적 감각이 필요하다는 것을 거듭되는 실패를 통해 배웠다.

1년여 만에 제빵사 자격증을 따고 개인 브랜드 빵집을 개업했다. 그러고 유튜브학원에서 동영상 촬영과 편집 과정을 배우고, 여러 번 실습을 했다. 오늘 처음 유튜브에 업 로드할 동영상을 찍는 날이다. 자신의 플랫폼에서 자기가 디자인한 빵 장사를 제대로 해볼 참이다. 병국이 빵 디자인하는 모습을 딸이 캐리커쳐 해 썸네일을 만들었다. 그는 메이크업을 끝내고 제빵사 가운을 입었다. 아이롱 펌도 얼굴과 잘 어울렸다. 머리숱이 많아 보이는 효과가 있다며, 미용사가 권했는데, 하기를 잘했다. 거울 앞에서 마지막 점검을 하는 그에게 아내가 엄지손가락을 치켜세웠다. 그는 호흡을 조절하고 카메라 앞에 섰다. 동영상의 제목은 '뻥국의 빵 이야기 1편'이다.

| 작가의 말 |

자판을 두드린다. 글자 하나하나가 단어를 이루고 그 단어들이 의미를 가진 문장을 만들어낸다. 재밌지 않을 리가 없다. 그래서 소설을 쓴다는 것은 즐거운 일이다. 여기서 즐겁다는 것은 나 혼자만의 독백일지 모르겠다. 그래도 소설 쓰는 것이 좋다. 작품 속의 등장인물들과 함께 남이 모르는 어떤 일에 골몰해보는 재미가 솔솔하기 때문이다.

작품집을 독자들 앞에 내놓기가 아직은 부끄럽다. 하지만 모루 위에서 쇳덩이를 두드리는 대장장이처럼 혼신의 힘을 다해 두드렸다. 매끄럽지 못하고 거친 부분도 많다. 그것도 관점에 따라 또 다른 개성이지 않을까 싶다. 읽어주는 사람과 코드가 맞기를 바라야겠지만. 아니 그렇게 되리라는 희망을 가져본다.

작품 속에는 다양한 인물들이 살고 있다. 나 또한 작품 속에서 함께 살았다. 그들의 이야기가 아닌 우리의 이야기를 쓰고 싶었다. 작품을 쓰면서 함께 울고 함께 웃었다. 작품 속 인물들이 사는 공간은 사람들의 시선이 오래 머물지 않고 잠시 스쳐가는 곳이 많다. 아니면 아예 외면 받는 공간이기도 하다. 그런 곳에서 우리는 자기 삶에 최선을 다하는 사람들이다. 세속적인 시각으로 보면 주류가 아닌 사람들이라 칭할 수 있겠다. 평범한 사람들도 그들을 오랫동안 눈여겨보지 않고 시선을 돌리는 것이 사실이다. 왜 그럴까? 불편하니까. 즐겁지 않으니까가 답일 것이다.

솔직히 말해 작품을 쓰는 과정에서 소외된 사람들에 대해 좀 더 섬세하게 접근해 보았다고 할 수 있겠다. 대충 건성건성 보아 넘겼던 것을 진지한 눈길로 한 번 더 살피고, 만져보고, 헤집어 봤다고 할까. 그러면서 이곳에도 사람들이 살고 있었네. 그들도 보통 사람들하고 똑 같은 욕망을 가졌고, 욕망 때문에 고통스러워하네. 오히려 이곳 사람들은 가식적이지 않고 자연스럽게 욕망에 충실하고자하는 모습이네였다.

이제까지 사람이나 사물이나 상황과 마주쳤을 때, 대상을 있는 그대로 바라보기보다 고정관념을 가지고 재단했다는 것을 깨달았다. 얕은 식견으로 시건방 떨지 말고 솔직해지자고 마음먹었다. 그래서 등장인물들에게 말을 걸고 그들이 맞닥뜨린 상황을 함께 뚫고 나가보려고 나름 애를 썼다. 그랬더니 등장인물들이 도리어 삶에서 발생하는 여러 문제에 대해 대응하는 방법을 가르쳐줬다. 등장인물들을 따라다니면서 내가 가진 문제가 무엇인지 발견하게 되었고, 또 그에 대한 해결책도 얻게 되었다고 말하면 거짓이라고 하겠지만. 나름 의미 있는 경험이라고 할 수 있겠다.

처음 소설을 쓰기 시작했을 때부터 문장을 쉽게 쓰자는 생각을 가졌다. 한글만 읽을 수 있다면 누구라도 이해할 수 있는 문장을 쓰기 위해 많은 고심을 했다. 그런 문장으로 읽히는지 모르겠다. 앞으로도 명료한 문장을 쓰도록 더욱 노력하겠다.

그동안 여러 지면에 발표된 작품들을 모았습니다.

「까마귀 서점」—2022년 불교신문 신춘문예 당선작

「모카를 위하여」—2022년 경상일보 신춘문예 당선작

「봄」—2023년 한국소설 5월호 게재

「정거장」—2023년 문학저널 가을호 게재

「기억색」—2023년 경주문학 제71호 게재

「티타임 대여」—2023년 문예바다 봄호 게재

「빵」—2020년 동리목월 가을호 게재

부끄럽고 예쁜 자식들입니다. 끝까지 읽어주셔서 감사합니다.

2024. 01. 26. 별이 내려다보는 밤에.

박산윤

까마귀 서점

초판 1쇄 인쇄 2024년 4월 15일
초판 1쇄 발행 2024년 4월 17일

저 자 박산윤
발행인 박지연
발행처 도서출판 도화
등 록 2013년 11월 19일 제2013-000124호
주 소 서울시 송파구 중대로34길 9-3
전 화 02) 3012-1030
팩 스 02) 3012-1031
전자우편 dohwa1030@daum.net
인 쇄 유진보라

ISBN 979-11-92828-49-7 *03810
정가 13,000원

도화道化, fool는

고정적인 질서에 대한 익살맞은 비판자,
고정화된 사고의 틀을 해체한다는 뜻입니다.